ニホンブンレツ

山田悠介

河出書房新社

CONTENTS

ニホンブンレツ

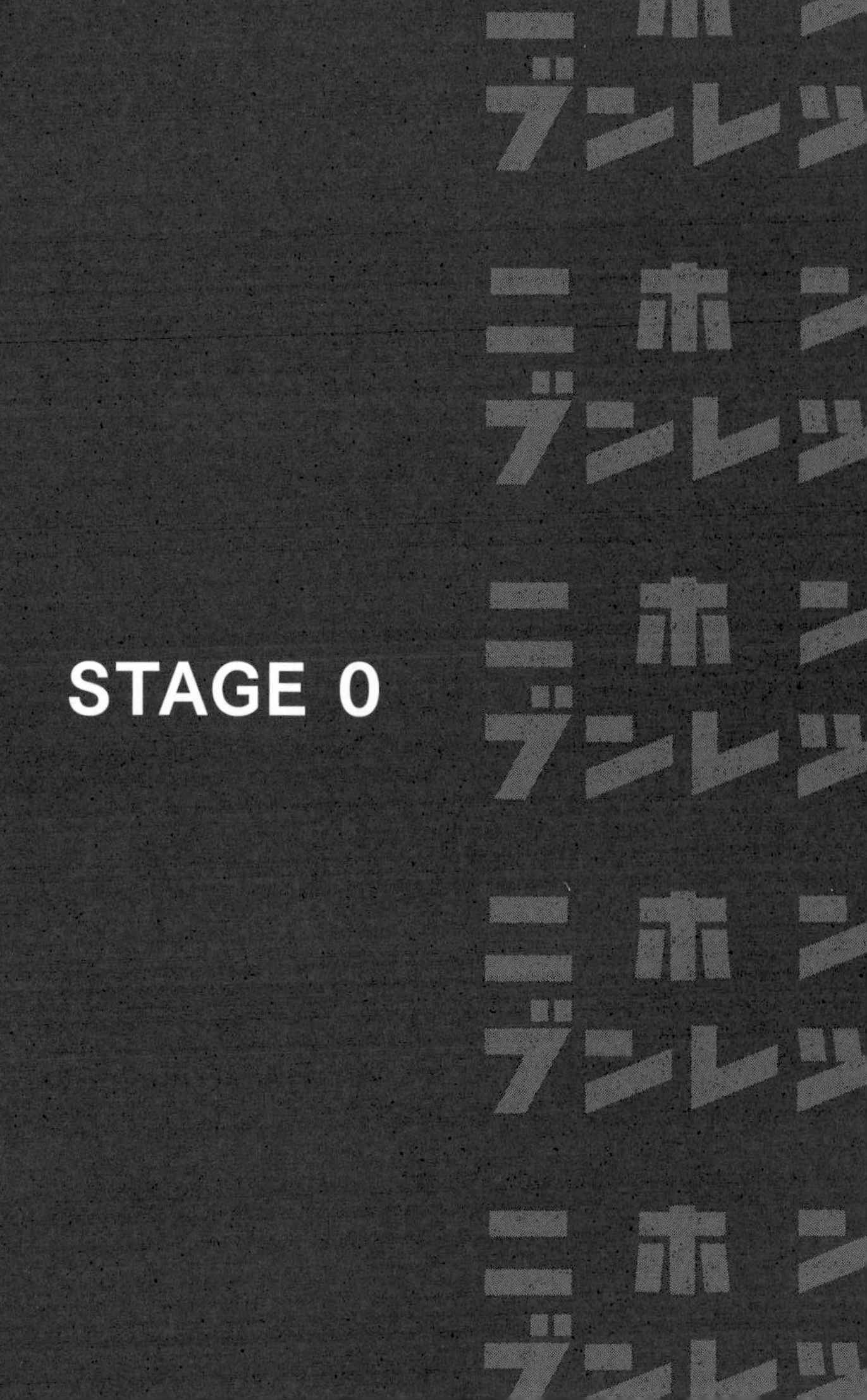

STAGE 0

1

見上げると、いつの間にか雪が落ちていた。

空一面どんよりとした雲に覆われている。そのせいでまだ昼過ぎだというのに街全体が薄暗い。それでも行き交う人々の顔には幸せそうな笑顔が弾けていた。

「ヒロちゃん、早く早く！」

「そんなに急がなくてもいいだろ」

久々に渋谷にやってきた東条博文が、跳ねるように前を歩く西堀恵実を追いかける。

恵実は博文の手を取り、人込みの中をどんどん歩いていった。

東口を出て宮益坂を登っていく。このあたりは数年前に再開発が終わりずいぶんと変貌したという。四年前に広島から出てきたころはまだ一部で工事をしていたが、どうやら完全にできあがったようだ。駅前は綺麗に整備され、目も眩むような高層ビルが並んでいる。博文たちはそのうちの一つのファッションビルを目指していた。

ビルの入口でコートについた雪を払う。中からはこの時期に欠かせない曲が流れ、赤と緑、そしてゴールドの色彩に溢(あふ)れている。エントランスホールには巨大なモミの木がセッティングされ、色とりどりの明かりが明滅していた。

「ヒロちゃんは何が欲しいの？」

エスカレーターに乗りながら恵実が上気した笑顔を見せる。丸顔にぱっちりとした目、いつもは後ろでひっつめるだけの髪を、今日は綺麗に巻いてセットしている。ベージュのコートはたいして高価な代物ではなかったが、恵実は上品に着こなしていた。

「ん……別に何もないな」

「ええ？　ちゃんと考えてきてって言ったじゃない。こんなにたくさんの中から今日中に決められないよ」

口元に笑みを浮かべながら、あえて怒ったように恵実が言う。

博文は考え込むように腕組みをした。

「しいていえば、来年から使える物かな。いよいよ就職だし」

「そうだね。実用的なもの探そっか」

二人はそれぞれに贈るクリスマス・プレゼントを何にするか話しながら、キラキラと輝いた店内を進んでいった。

博文と恵実は同じ大学に通う学生だ。

四年前、入学間もない時期に出会い付き合い始めた。お互い一人っ子ということや同じ広島出身ということで話が合い、地元ネタで盛り上がったのがきっかけかもしれない。飾らない人柄や、いつも周りを気遣う優しいところに惹かれていった。もちろん見た目も好みだ。本人は少し太めなことを気にしているが、そこがまた優しい雰囲気を醸し出している。

そしてなにより二人が意気投合したのは、お互い子ども好きということだった。兄弟姉妹がいなかったぶん、賑やかさに憧れがあったのかもしれない。

将来は二人とも小学校の先生を目指していたのである。

夢について語り合いながらデートを重ねていくうちに、絆はどんどん深まっていった。

二人とも広島から出てきて大学近くの安アパートで独り暮らしをしていたのだが、お互い貧乏学生だ。共に実家からの仕送りはなく奨学金を受け取っている。もちろんバイトもしていたが東京の高い家賃は痛い。そこで付き合って一年が経つころ、彼女はアパートを引き払って博文の家に転がり込んできた。以来、勉強も、日常生活も、そしてたくさんのイベントも共にしながら過ごしてきた。

一番のイベントといえば半年前に行った教育実習だろう。

大学の方針により、母校ではなく都内の指定公立校に行った。二人は違う学校でいろいろ大変なこともあったが、初めての経験はとても新鮮だった。あらためて子ども好きだということを実感する。それは恵実も同じだったようで、実習が終わるとさらに先生になるという気持ちが高まった。

そして都内近郊の学校へ就職活動して回った結果、博文は来年から横浜の公立小学校への就職が決まっている。もちろん恵実もだ。彼女は川崎の小学校だった。

今年は大学四年生。ほとんどすべての単位も取得したし、年明けに卒論を提出すれば無事卒業だ。いよいよ来年度から小学校の先生になる。お互いずっと夢見てきた仕事。新人は大変だろうけど恵実と一緒なら乗り越えられる。

大好きな人と一緒に夢に向かって進んでいける。未来が輝いているように思える。

そして今日、博文はある決心をしていた——


エスカレーターで三階に上がると、そこはいつもより多くの人で賑わっていた。よく見るとほとんどがカップルである。自分たちのような学生ではなく、二十代後半から三十代の人たちだ。

そこはジュエリーのお店ばかりが集まるフロアだった。しかも階下の安い品ではなく、それなりに値の張るブランドが並んでいる。学生がいないのもうなずけた。

　ふと恵実の横顔を見ると、チラッとフロアを横目で見ている。明らかに興味をそそられている顔だ。いつもは人一倍贅沢をしようとしない恵実だが、そこはさすがに女子だ。アクセサリーには興味があるのだろう。今持っているのは安物のネックレスとイヤリングが一つずつだけだった。

　しかし博文は知っている。

　アパートで恵実が読んでいた雑誌のページが折られていたこと。そこにはあるジュエリーが掲載されていたこと。そして何度も何度もそのページを見て、恵実が溜め息をついていたことを。

　恵実は関係ないとばかりに上階へ向かうエスカレーターに乗ろうとする。

　そこで博文は恵実の腕を摑んだ。

　恵実が訝し気な顔をして振り返る。博文はひとつ咳払いをしてつぶやいた。

「恵実へのプレゼントはここで買おう」

「え？」

「来年から社会人だろ。大人の女は良いアクセサリーのひとつくらい必要だろうしな」

「何言ってんの？　そんなお金どこにあるのよ」

恵実はそう言って笑っている。

二人で生活を始めてから、お互いが稼いだバイト代は同じ銀行口座に振り込んでいた。基本、お金は恵実が管理してきたのだ。今の自分たちがいくら持っていて、遊興費にどれだけ使えるか恵実が一番知っている。

それが分かっているからこそ、博文はこの半年、あえて別口座を作って〝へそくり〟をしてきたのだ。家庭教師やチラシ配り、日雇いのデリバリーのバイトなどを繰り返してきた。そうしてコツコツお金を貯めてきたのは、今日、この計画を実行するためである。

再びエスカレーターに乗ろうと前を歩いていく恵実の背中に向かって博文は言った。

「恵実、あの指輪欲しいんだろ?」

恵実がハッとして振り返る。

「あの雑誌に出てた指輪。今日俺は、あれを買いにきたんだ」

「……だって、あんな高いもの」

「値段のことは心配しなくていいよ。実はこっそり貯めてきたんだ」

「でも……」

「二人とも就職が決まったら、学生のうちに言おうと決めてたんだよ。社会人になってからのほうが高いもの買えるかもしれないけど……」

ふと見ると、恵実がうつむいている。

「恵実？」

周りを行き交う人が自分たちを見ている。こんな日に、こんな場所で、ケンカでもしていると映ったのだろうか。

「止められても俺は買うからな」

博文が告げると恵実が顔を上げた。確かにケンカしていると思われても仕方ない。その目には涙が浮かんでいる。しかし顔は笑っている。鼻をすすりながら恵実が言った。

「うん、ありがとう。とっても嬉しい」

「じゃあ――」

「待って。その続きは今夜にしよう。プレゼント交換のときに聞かせて」

「……ああ、そうだな。そうしよう」

博文はそう言うと、恵実の手を握って目的の店に入った。

数人のカップルがショーケースの中を真剣な表情で覗いている。いくつも並ぶ煌びやかなジュエリーに目移りしてしまう。

しかし二人が求める品はもう決まっていた。

たくさんの中からすぐにその品を見つける。それはこのブランドの中ではかなり安めのものである。しかし学生の二人にとっては決意のいる金額だ。この四年、博文が買ったどんなものより高価だった。

しかしそんなことは関係ない。

一生に一度の買い物だ。

いま自分ができる精いっぱいの物を贈りたい。

リングの中央には小さなダイヤモンドが輝いている。

それは二人にとって特別な品になるはずだった。

2

プレゼントを買い終え、渋谷から下北沢(しもきたざわ)まで帰ってきた。駅前のスーパーで買い物をして自宅アパートまで歩いていく。

恵実へのプレゼントを買ったあとで博文へのプレゼントも探した。就職したら使うし、スーツもいいなと思ったのだがやはりやめた。恵実にあまり負担をかけないように、自分はあまり高くないものにしたかった。男物のスーツもそれなりに高いし、あまりに実用的すぎて味気ない。しかもスーツなど消耗品だ。擦り切れて着られなくなったら捨てるしかない。せっかく恵実から貰った思い出の品を捨てるのは避けたかった。

吟味した結果、博文は時計にしてもらった。いまも時計は持っているがプラスチック製のスポーツウォッチだ。いかにも学生っぽい雰囲気だったから、恵実が提案してくれたのだ。

ステンレスのブレスに黒い文字盤が精悍な、いかにも大人っぽい時計を恵実が選んでくれたのだった。

博文はこのままこの渋谷にいて、映画でも見てから食事をして帰ろうと思っていた。何より素敵な場所でプレゼントを渡し、あの言葉を言いたかった。

しかし恵実は家で過ごそうと言い出した。

高価な買い物をしてしまったし、あまり贅沢ばかりしていられない。帰りにスーパーに寄って食材を買っていこう。恵実がご馳走を用意するという。家でケーキを食べ、プレゼント交換をしよう。記念の日は家で過ごしたいというのだ。

ずっと質素な毎日を送ってきただけに、たまには華やかなことをしてやりたかった。しかし恵実は言い出したら聞かない頑固なところもある。確かに、恵実の手料理を食べながらのクリスマスパーティも悪くない。いや、最高だ。いかにも恵実らしい提案である。博文は考えを改めて家に戻ってきた。

両手にはスーパーの大きな買い物袋がぶら下がっている。それでもレストランで食事をするよりずっと安上がりだ。

ふと気づくと、あたりを舞っていた雪がどんどん増えている。傘を持ってこなかったので恵実の頭や肩にもうっすらと雪がかかっていた。

「なんか本降りになってきたな」

「東京でこんな雪になるなんて珍しいね」

翌日、博文は就職の決まっている横浜の小学校に事務書類を届けなければいけなかった。

「明日電車動くかな？」

「分からないけど、止まるほど降らないんじゃない？　それにホワイト・クリスマスだよ。素敵じゃない」

「まあそうだな」

買い物袋の中にはスーパーで買った安物のシャンパンが入っている。博文はあまりお酒には強くない。むしろ恵実のほうが強いくらいだ。しかし記念の日だ。形だけでも乾杯しよう。そう思って買ってみたのだ。

ガラス瓶に入ったシャンパンは重い。早く部屋に帰って冷蔵庫に入れようと思ったときだった。

どこからかスマホの震える音が響いてくる。一瞬自分かと思い、買い物袋のぶら下がった手でコートのポケットを触ってみる。しかしポケットは震えていない。

恵実が同じく自分のスマホを取り出す。着信があったのは恵実だった。「お母さんからだ」そう言って通話ボタンをタップした。

「もしもし――」

恵実の母親は広島の自宅で祖母と一緒に暮らしている。まだ一度も会ったことはなかったが、同棲（どうせい）していることは報告していたし、電話で話したことはあった。独り東京で暮らす娘を心配していたが、博文の誠意ある態度に安心したのか、同棲を認めてくれて、娘をよろしく頼みますと言ってもらった。

恵実の母親は夫を早くに亡くし、パートをしながら一人娘と高齢の母を養ってきたという。写真で見せてもらった母親は、恵実と対照的に線の細い人だった。しかし優しそうな目元がそっくりだ。電話で聞いた声も柔らかかった。おそらく性格も似ているのだろう。

「えっ⁉」

ところがそこに恵実の悲鳴にも近い声が響いた。

アパートの入口で立ち止まる。

恵実の顔色がみるみる白くなっていく。

「うん……うん……分かった。急いで行く。うん、待ってて」

いくつか言葉を交わしたあと通話を終える。

恵実がスマホを両手で握りながら博文の目を見てつぶやいた。

「おばあちゃんが、亡くなった——」


「ほんと、ごめんね」

翌日クリスマスの早朝、博文は恵実と一緒に電車に乗り羽田空港を目指していた。

「なんで恵実が謝るんだよ。気にするな」

昨日、恵実のお母さんからかかってきた電話は祖母の急死を告げるものだった。

父親は恵実が子どものころに亡くなっている。祖父はさらに前、生まれる前に他界していた。ゆえに恵実は幼いころから祖母と母、三人で暮らしてきた。病弱な祖母は昔から横になっていることが多かったが、人生の岐路には必ず祖母の支えがあったと恵実は言っていた。

高校入試のとき、大学受験のとき、常に後押ししてくれた。特に就職か大学進学かで悩んでいるときに進学を応援してくれたのは祖母だったという。

そんな祖母が亡くなったのだ。直前までいつもと変わらなかったのだが、昨日、急に冷え込んだことで心筋梗塞を起こし、そのまま息を引き取ったという。

訃報が届いたことで昨日のパーティは急きょ中止にした。食材もケーキも冷蔵庫にしまい、残り物やお茶だけで過ごした。博文もあまり食欲がない。恵実は憔悴しきって何も喉を通らず、博文に促されてお茶だけを啜っていた。

昨日もやってきた渋谷、品川と乗り継いで羽田空港の国内線ターミナルに到着する。地下鉄から地上階に出ると、いつの間にか空は明るくなっていた。

明るいのは日の出のおかげだけではない。降り続く雪があたり一面を覆い雪景色になっている。白く輝く雪が鈍い朝日を反射している。未だに雪がちらつき空は曇っているが、そのおかげでやけに明るく感じられた。

昨夜スマホで航空チケットを予約した。急なことだったので焦ったが、なんとか羽田発広島行きの席を一つ確保することができた。恵実がなるべく早く行きたいというので、朝一番の便を予約したのである。

唯一の心配は天気だった。

昨日降り始めた雪は夜が明けても降り続いている。あまり激しくはないが、夜通し降ったことで都心は雪化粧だった。

滑走路にも雪が積もっていては飛行機は飛ばないかもしれない。

家を出るとき、一応スマホで確認したところ欠航の情報はなかったが、飛び立つまでどうなるか分からない。新幹線ということも考えたが東京から広島では時間がかかる。

しかし出発ロビーのインフォメーションディスプレイを見て博文は安堵(あんど)した。滑走路は夜通しの整備で雪はなく、飛行機は予定どおり飛ぶという。

博文は出発ゲートの前まで来ると、手にしたボストンバッグを恵実に渡した。

「じゃあ、お母さんによろしく。本当に俺も行かなくていいか？」

「うん。大丈夫。ヒロちゃんは今日小学校に行く約束があるでしょ。そういうことはしっかりしなくっちゃ」

「ああ」

同棲する彼女のおばあさんが亡くなったのだ。一緒に行くことも考えた。しかし博文は絶対外せない約束がある。博文の実家も広島市内にあるが、恵実と違い博文は両親、特に父親と仲たがいしていた。東京の大学に行くことも、小学校の先生になることにも反対されてきた。博文はその反対を押し切って、半ば家出同然に東京へ出てきたのである。いまさら家には帰れない。

「籍を入れたら一緒にお墓参りに行こう」

恵実はそう言ってポケットからチケットを取り出した。こんなところは恵実らしい。ずいぶん古風な考え方だと思った。

「お母さんによろしく」

「うん、大切な日にこんなことになってごめんね」

青白い顔で、昨日から幾度となく繰り返す謝罪をもう一度口にする。

「もういいって。クリスマスは来年も来る。おばあちゃんにしっかりお別れしてきな」

「——分かった。ありがとう。遅くても大晦日(おおみそか)までには帰ってくるよ。一緒に初詣行こうね。お正月にあのこと聞かせて」

「そうだな。そうしよう」

博文はそう言って、恵実の肩を抱き寄せた。

昨夜言いそびれた言葉が喉元まで出かかってまた引っ込む。

焦ることはない。

クリスマスがダメならお正月だ。

これからずっと一緒なんだから、言うチャンスはいくらでもある。

博文は自らにそう言い聞かせた。

腕を解くと恵実が潤んだ目で博文を見上げる。

「じゃあ、行ってきます」

「気をつけて」

恵実は何度も振り返って手を振りながら、出発ゲートの先に姿を消した。

3

出発カウンターの窓から、恵実の乗る便が定刻どおりに離陸したのを見届けると、博文は独りで電車に乗った。

外は雪だったがせっかくここまで出てきたんだ。約束どおり就職先の横浜の小学校に行くことにしていた。

横浜行きの電車に乗り込む。今日は土曜日だが、ラッシュ時間が近づき電車は混みあってくる。

博文は吊革に摑まりながらスマホで天気予報を確認した。

どうやら恵実が向かった広島は快晴のようだ。出発できたからには無事広島に着くだろう。祖母との別れは辛いだろうが、無事にお葬式を終えて戻ってきてほしい。来年は新社会人である。二人で新たな生活を始めるのだ。

天気予報を見終え、そのままニュースサイトのヘッドラインを眺める。

そこに並んだ見出しを見て博文は深い溜め息をついた。

『本日決戦――大阪府知事選挙』

そこにはヒートアップした選挙戦の様子が伝えられていた。

半年前、日本に衝撃のニュースが走り抜けた。

『大阪府知事暗殺』

西日本を中心とした経済圏を築き、東京を軸とした中央政権からの自立を目指していた府知事・太田実が事務所前で銃撃を受けて亡くなったのだ。

実行犯は反社会勢力の男で大阪府警に現行犯逮捕された。その背後を捜査した結果、現職の東京都知事・金平元男を熱狂的に信奉する後援会の存在が浮上したのである。

金平はかねてから太田の発言に危機感を募らせており、東京への権力掌握・一局集中をさらに推し進めようとしていたのだ。

数年来くすぶっていた抗争の種は太田府知事暗殺によって一気に顕在化し、深刻の度を深めていた。

暗殺により、急きょ副知事だった横山清が知事代行となり政務を行う。

しかし横山は太田の右腕として対東京強硬派路線を先導してきた急先鋒だ。事態は太田の時代よりさらに先鋭化する。

横山は西日本各県知事を大阪に呼んで「西日本サミット」を開催。東日本からの経済的自立を推し進めたのである。いわゆる「西日本経済協力機構」の設立だ。いままでのように中央政府からの「地方交付金」に頼るのではなく、独立の財源で自由な経済活動を展開しようというのだ。

マスコミはその政策を連日のように報じていた。もしかしたら横山はさらに大胆な方針を打ち出すのではないか。日々スクープしようと血眼になる。しかし当の横山は「あくまでも経済的自立」を主張してはぐらかし続けていた。

そして亡くなった太田前府知事の任期が切れることから、先日、大阪府知事選挙が公示されたのである。

当然、横山は立候補を表明。対して、東京の中央政界とも親交の深い対東日本穏健派の候補が出馬を表明した。この数ヶ月横山が推し進めてきた分裂路線が支持されるのか、はたまた横山の方針に待ったをかけ、融和路線に舵を切るのか、事実上の信任投票の様相を呈していたのである。

熱を帯びた選挙戦が繰り広げられ、テレビでも新聞でもネットでも、その話題で持ちきりだった。長く政治への無関心が続いていたが、横山の過激な政策は人々の関心を呼び、若い世代も含めて異例の熱狂となっている。

そして今日、クリスマス当日の土曜日に投票となったのだ。

博文はスマホの画面から目を離し、車窓の先へ視線を移した。

電車はいつのまにか地上に出ている。外は一面銀世界が広がっていた。

博文の地元広島ではこんな雪が降ることはめったにない。四年前に別れた家族はいまどうしているだろう。母さんは身体を壊していないだろうか。

そして父さんは——

博文は東京の大学へ進学が決まり、家出、いや勘当同然で家を飛び出してきたときのことを思い出していた。


博文の父・彰文は政治家だ。

もともと広島で会社を経営していたが、政治的野心を持つ父は広島市議会議員、県議会議員とステップを踏み、そして一昨年ついに広島県知事に当選していた。家に帰ることはできなかったが、母の紀子が時々電話をくれて近況を教えてくれる。テレビニュースでも『キレ者知事誕生』と多くのメディアが報道していた。

当然、横山が呼びかけた西日本サミットへは広島県知事として参加していることだろう。急進的な横山や、対東日本強硬派とどれだけ関係を深めているか気になる。

博文は過激な発言を繰り返し、大阪府民や西日本の人たちを扇動する横山を好きにはなれなかった。

確かに、彼の思い切った発言は胸をすくものがある。それは西日本出身の博文にもよく理解できた。しかし対立ばかりを煽(あお)り立てる横山は危険なのではないか。対立は結局なんの解決にもならない。彰文と博文の親子関係だってそうだ。お互いが少しずつ折れて妥協点を見つけ出さなければ先へは進めないはずなのだ。

しかし彰文も以前、横山と同じことを言っていたことを思い出す。

東京からの経済的自立。

広島が再び活気を取り戻すにはそれしかない。遠く離れた東京に頼らず、近隣各県と協力して西日本を活性化しなければならないと訴えていた。

危険な横山。

それに共鳴(きょうめい)する父。

あまり深入りしないでくれ。

博文はそう願うしかなかった。

4

博文は横浜の小学校での約束を終えると、真っ直ぐに家に帰ってきた。

途中、雪はさらに降りしきり、東京でも久しぶりのホワイト・クリスマスになっている。白に染まった街中ではいたるところで電飾が煌めき気分を盛り上げていた。

しかし恵実のいないアパートに独りで帰ってくると、博文は寂しさがこみ上げてくるのを抑えられなかった。

人生で最高のクリスマスになる予定だったが仕方ない。

恵実は無事に広島に着いただろうか。

東京の雪は激しさを増し交通網も乱れ始めている。博文も帰ってくるまで時間がかかり、すでに夕方だ。それでも広島の天気は良いらしいから心配ないだろう。

博文は恵実が気になったが、あえて連絡はしなかった。

家に着けばすぐに葬儀の用意で忙しいはずだ。

久しぶりの母との再会で積もる話もあるだろう。

なにより、仲の良かった祖母の死に顔を見て悲嘆に暮れていることだろう。

あっちから連絡を寄越すまでそっとしておこう。

博文はそう考えて夕飯の準備を始めた。

一年でもっとも日の短いこの時期、すでにあたりは暗くなり始めている。昨日買い込んだ食材は冷蔵庫にしまわれたままだ。さすがに恵実が帰ってくる大晦日までもたない。寂しさを紛(まぎ)らわすために料理でもしていようと思ったのだ。

夜になり、リビングのこたつの上には豪華な料理が並んでいた。すべて昨日恵実と一緒に食べようと思っていたパーティメニューだ。一日遅れの骨付きチキンがセンター、その周りにサラダやスープが並ぶ。今日を逃しては飲む機会を失うだろうシャンパンも冷蔵庫から出してきた。すべての料理が二人分あるから、さすがに博文独りで今日だけでは食べきれない。明日も残り物を食べることになりそうだ。

博文はテレビでバラエティ番組を眺めながら、並んだ料理を少しずつ片付けていく。しかしどれを口に運んでも大して美味しいと感じなかった。やはりこういう料理は大切な人と一緒じゃないと意味がない。シャンパンのコルクを独りで飛ばしグラスに注いで飲んだとき、寂しさは頂点に達していた。

「やっぱり〝ぼっちパーティ〟なんてするんじゃなかった」

博文がそう独り言をつぶやいたときだった。テレビの横に置いていたスマホが震える。

慌てて見ると恵実からだ。

博文は思わず笑顔になり通話ボタンを押した。

「もしもし」

『あ、ヒロちゃん、私。無事家に着きました。お母さんにも、おばあちゃんにも会えたよ』

「そうか――」

電話越しということもあるが、声がいつもと少し違う。

恵実のことだ。ずっと泣いていたのだろう。若干掠れて鼻声になっている。

声を聞いただけで恵実の状態は察しがつく。あれこれ訊く必要はなかった。

「大丈夫か？」

「うん。明後日がお通夜でその翌日が葬儀になった。それまでは家でおばあちゃんのそばにいるつもり」

「そうだな。それがいいよ。でもあんまり無理するなよ。ちゃんと食べなきゃダメだぞ」

「ありがとう……。そうだ冷蔵庫のチキン食べちゃってね。あまり日持ちしないだろうから――」

「分かってる。もうさっき食べたところ。恵実はそんなこと気にしないでいいよ」

被せ気味にそう言って電話口でクスリと笑った。

いかにも恵実らしい。自分のことより周りに気を遣う。いま一番辛いのは恵実だというのに。恵実もふふふと笑っていた。

「葬儀が終わってすぐは寂しいだろうから、ちょっとお母さんに付き添うつもり。三十一日の早めに帰るね」

「そうか。分かった。じゃあそれまでに大掃除しておくよ」

「そうだね。博文の机のまわり汚いもんね。しっかり綺麗にしておいてね」

「うるせえなあ。分かってるよ」

寂しさを紛らわそうと恵実がつっこむ。それが分かっているから博文もあえて冷たく返した。ところが――

「それよりくれぐれも気を――」

〝つけて〟

最後にそう言おうとしたときだった。

突然スマホが無音になったのだ。

不審に思い、耳からスマホを離して画面を見る。

そこには『通話終了』の文字があった。

終了画面を押したはずはないのにおかしい。もう一度通話をタップしてみたが繫がらない。『あなたのおかけになった電話番号は電源が切られているか電波が――』と例の自動アナウンスが聞こえてくるだけである。

恵実は家からかけていたはずだ。移動中ならともかく、いきなり電波が切れることはない。一瞬電源が切れたのかと思ったが博文のスマホは大丈夫だ。しっかり者の恵実がそんなミスをするとも思えない。もしかしたら雪のせいかと考えた。積雪でどこかの基地局が壊れた可能性はある。しかし見てみると博文のスマホの電波はしっかり入っていた。広島に雪は降っていない。

どういうことだ？

ところがそこで、点けっぱなしにしていたテレビから独特の電子音が響いてきた。

画面上部に『ニュース速報』の文字が浮かぶ。

雪の被害ニュースかと思ったら、朝から話題になっていた選挙のことだった。

『横山清新府知事誕生』

時計を見るとちょうど夜八時を回ったところだ。

今日行われていた府知事選挙の投票が締め切られたとたん、出口調査などの結果により速報が流れたのである。

その瞬間、博文は得体の知れない胸騒ぎを覚えた。

クリスマス特番のバラエティから国営放送のニュースにチャンネルを変える。

するとアナウンサーが改めて横山の当選確実を報じていた。

そしてこのあと本人が記者会見を開くという。

しばらくすると、マイクの前に立つ横山のアップが画面に映し出された。

五十代後半らしいが、艶（つや）のある肌と鋭い眼光からか比較的若く見える。グレーのスーツに身を包み首元には真っ赤なネクタイがのぞいていた。

マイクの調整を終えた横山がカメラ目線になる。そして静かに語り始めた。

『本日、新府知事となりました横山です。まずは支持してくださった大阪府の有権者の方々にお礼を申し上げる』

淡々とした話し口ながら、一語一語嚙（か）み締めるような言い方には重みがある。

『太田前府知事の跡を継ぎ府政に尽力してきましたが、その方針が信任されたことを喜ばしく思います。しかし我々の悲願はこんなものでは終わりません。

実はこの半年、西日本各県知事の皆さんと計画を進めてきました。本日私が当選したことを受けて、ここに宣言したいと思います――』

途絶えた電話のことも忘れて思わず聞き入る。

次の瞬間、横山が堂々たる顔つきで言い放った。

『本日二十時をもって、西日本は独立を宣言する』

博文はスマホを手にしたまま、テレビ画面を呆然（ぼうぜん）と見つめ続けた。

5

二〇二七年の年末は大混乱のまま暮れ、二〇二八年の年が明けた。

一方的に独立を宣言した横山は、それから東日本とはいっさいの連絡を絶っている。

クリスマスの日、恵実との電話が切れたのも横山の計画によるものだったのだ。

テレビはもちろん、スマホも、ラジオも、そしてインターネットまで、あらゆる情報伝達手段が東と西で断絶した。

博文が何度恵実に電話をかけても繋がらない。何度、無機質な自動アナウンスを聞いたことだろう。

もちろん断絶は通信網だけではない。

鉄道網はもちろん、高速道路、空路、海路、すべての移動手段を封鎖したのだ。

東海道新幹線は掛川と浜松の間、天竜川(てんりゅうがわ)のところに巨大な壁ができているという。

東名高速道路も天竜川に架かる橋が爆破されたと報道されていた。

事態を重く見た東京の中央政府は十二月二十九日に戒厳令(かいげんれい)を発令。自衛隊を派遣した。

ところが報道によると、ちょうど東西の境界にあたる浜松、松本、上越で西日本の反撃にあい、局地的に銃撃を伴う内戦状態になっているという。

内閣総理大臣をトップとする行政が自衛隊や警察などの指揮権を持つはずだ。

ところが西日本に駐屯していた自衛隊や各県警は、いつのまにか横山大阪府知事の指示で動いているのである。ここまでくると経済同盟などという生温いものではない。完全なクーデター、独立戦争だった。

混乱と不安の中で博文は独りで元旦を迎えた。

当然、大晦日に帰ってくると言っていた恵実はいない。初日の出もお雑煮やおせち料理もなく、ただテレビから流れてくるニュースを観て時間が過ぎていった。

いま恵実はいったい何をしているだろう。

二十八日に行う予定だった祖母の葬儀は無事にできたのだろうか。そして恵実とお母さんの安否は？　独裁者のように振る舞う横山のもとでは、いままでどおりの生活が送れるとは思えない。東日本だって戒厳令が布かれて夜間の外出が禁じられているのだ。西日本はそれ以上の混乱になっていることは間違いない。

午後になり、博文は思い立って外出した。

隣町にある神社に初詣に行くことにしたのである。

家に閉じこもって不安に駆られてばかりもいられない。これからどうなるか分からないが、今年は大学を卒業してようやく学校の先生になる節目の年だ。

恵実が一緒に初詣に行こうと言っていたことを思い出す。そこで重い腰を上げてやってきたのだった。

去年も一昨年も、恵実と一緒に来た近所の神社だ。それほど大きくもないが、毎年元日は大勢の参拝客でごったがえす。ところが午後三時を過ぎた神社には数えるほどしか人影は見当たらなかった。

さすがにこの混乱の中で、悠長に初詣になど来ていられないということか。

その気持ちは分かる。しかし博文は恵実との約束があるのだ。

手水舎で手と口を清めて本殿へと続く階段を上っていく。拝殿の前に立ち賽銭箱に百円玉を投げ込むと、目を瞑り眉間の前できつく手を叩いた。

どうか、この混乱が無事治まりますように。

恵実が無事でいますように。

そして——

最後の願いを繰り返し唱えて手をほどく。

そこには、クリスマス・イブの夜に恵実に渡すはずだった婚約指輪が握られていた。

「どうか結婚できますように——」

あれから一週間、ずっと言えなかった言葉を初めて口にする。

神様の前で口にすることで、叶(かな)えてくれるのではと思ったのだ。

しかし参拝を終えても不安な気持ちはなくならない。

歩いてきた参道の階段を下りながらふと顔を上げると、周りの景色が一望できる。

小高い丘の上にある神社は眺めがいい。

恵実がいる西の空は、真っ赤な夕日に染まっていた。

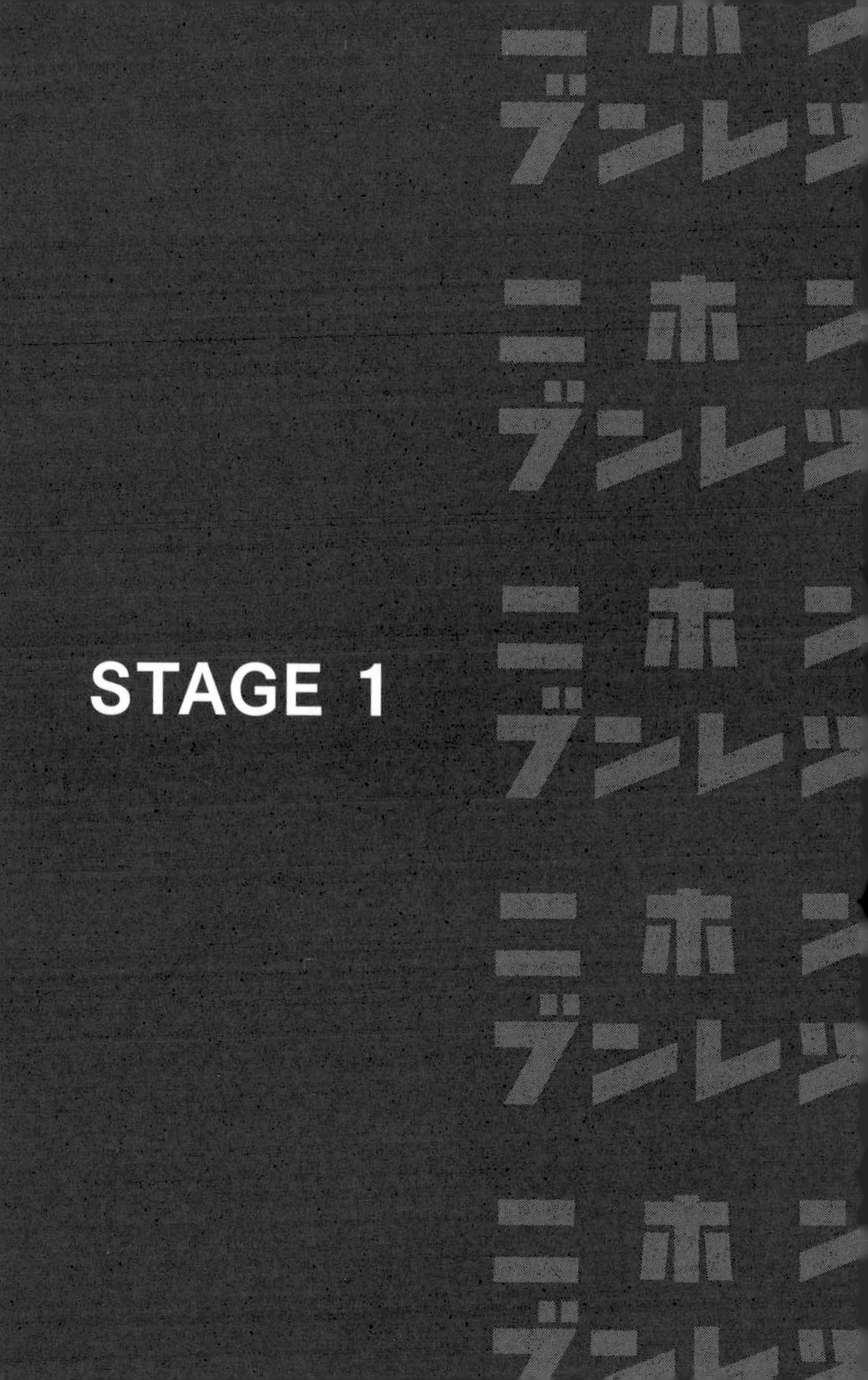

STAGE 1

1

黒板には日本地図が描かれ、東は青、西は赤のチョークで塗られている。
東条博文は中部地方にそびえ立つ〝東西の壁〟を描いている途中だった。子どもたちが分かりやすいように丁寧に描いていく。本当はそんなもの描きたくはない。が、立場上仕方ないのだ。

二学期が始まって早々、博文の受け持つ一年一組では社会科の授業が行われていた。東西の壁をチョークで描く博文は憂鬱（ゆううつ）な思いだった。自分の教えたい社会科の授業は教科書からほぼ削除された。社会科だけではない。西日本に関する項目は全て削除され、五年前とはカリキュラムがガラリと変わった。

現在、東日本の小学校の社会科は歴史に重点を置いている。しかし歴史といってもそのほとんどの内容が嘘（うそ）だった。五年前から始まったパニックの原因は全て西にあるとか、西の人間は東国民の命を狙っているだとか、その他あることないことを教えて、西の人間は悪魔だと子どもたちの頭に徹底的に叩きこむのだ。授業ではなく洗脳であった。何より恐ろしいのは、小学一年生の子どもたちは当時の出来事を覚えていないので、博文の言うことは全て正しいと思っていることだ。それぞれの家庭で西についてどう教えているかは知らないが、子どもたちが疑っている様子はない。普段は騒がしい子どもたちだが、社会の授業は特に真剣に聞いている。社会の授業をふざけると博文にきつく叱られるのを知っているからだ。少し騒いだくらいで叱りたくはないが、教育委員会から厳しく指示されているのだ。だから小学一年の教室とはいえ、社会科だけは異様な雰囲気が漂う。

子どもながらに、社会の授業は真剣に聞かなくてはならないと知っているから、子どもたちは率先して手を挙げて質問してくる。そのたびに博文は罪悪感を抱きながら嘘の答えを教えるのだ。だからよけいに子どもたちは西は悪魔なんだと思いこむ。社会科を教えるたびに、日本の行く末が恐ろしくなった。

博文は黒板に『壁』を描きながら、全ての発端(ほったん)である五年前のあの事件を思い出していた――

五年前まで、日本はアジア大陸の東方、日本海を隔てて太平洋上に位置し、北海道、本州、四国、九州の四島、四十七都道府県からなる一つの国だった。

北海道、東北、中部、関東、中国、近畿、四国、九州地方にはそれぞれの歴史と文化があり、人々は自分の生まれ育った土地や文化をこよなく愛し大切にしてきたのである。

その一方で、各地方は昔からの様々な違いを意識し、敵対してきたのも事実だ。

特に関東人と関西人は敵対心が強く、はるか昔から互いにライバル視し、競争心を燃やしてきた。

言葉や格好、食べ物の違いは言うに及ばず、東京は大阪の馴れ馴れしさを、大阪は東京のスカしたところなど、一つひとつは些細なことであるが、どこか気にくわないと思う者が多く存在していたのは事実である。方言を耳にするだけで虫ずが走るという者もあるくらいだった。

東京と大阪の人間は表面上は普通に接していても、本心では相手を忌み嫌ってきたのだ。

そんないがみ合いが長く続いた二〇二七年、東西知事の個人的な対立が日本をとんでもない事態へと導いてしまった。

大阪府知事選の最中、東京都知事・金平元男が大阪を嘲笑する発言をした。

日本は江戸に幕府が開かれて以来東京を中心に回っており、大阪など一地方にすぎない。地方分権強化などもってのほか。大阪は黙って中央に従っていればいい、と発言したのである。

これが一庶民の発言なら問題にはならなかったろうが、東京都知事が公の場で発言したのである。その日、日本中が大騒ぎとなった。西は派手に騒ぎ立て、東は金平の発言をもっともな意見だと支持した。よくぞ言ってくれたと大阪に対する鬱憤を晴らした思いであった。

西は金平に発言の撤回と辞任を求めたが、金平はそれを拒否した。それどころか事実を国民に知らせて何が悪いと強気の姿勢を崩さなかった。

マスコミは連日連夜、金平の問題を取り上げた。しかし騒いではいても誰もあとの展開は想像すらしていなかった。東京と大阪は事あるごとに衝突している。今回も一種のパフォーマンス程度にしかとらえていなかったのである。金平が都知事を辞任して幕は閉じると誰もが考えていた。

だが騒ぎは思わぬ方向に展開し事態を悪化させた。

この発言に触発された都内の過激派が、現職府知事・太田実を事務所前で襲撃し殺害してしまったのだ。太田だけではない。事務所にいた秘書、さらには後援関係者も殺害された。

太田実は大阪府知事を二期務めた男で大阪府民の絶大なる信頼を得ていた。常に東を意識し、金平元男とは幾度となく衝突していた。ゆえに以前から東京を至上とする過激派に目をつけられていたのである。

事件翌日、太田の右腕にして副知事だった横山清が知事代行となった。この男も以前から東京に対し敵意を抱いていた男だった。太田が東に殺害され、横山の東に対する怒りと恨みは頂点に達した。

その後横山は府民の東京嫌いの追い風に乗って改めて実施された知事選に当選。しかし横山の真の目的はそれだけに留まらなかったのである。彼の恐ろしい計画は速やかに実行された。西日本諸県の賛同と東京への復讐に燃える民意を受けて、横山は経済封鎖、つまり〝鎖国〟を断行したのである。同時に横山は大阪を中心に独立を宣言。かねてからの野望を実行に移した。その強硬な態度から、東日本の人々は横山をモンスターのように恐れ嫌った。

横山は東海道新幹線、東名高速、航空機関などの全交通網を完全封鎖し行き来できなくするだけでなく、全ての情報までもストップさせたのである。突然の暴策に国民は大パニックに陥った。

これを受けた東京は西日本の横暴を非難し、当時の首相・泉本純一と金平が中心となって東日本の団結を呼びかけた。西がそう出るならと東日本も一致団結し、とうとう戒厳令が布かれて東西境界地帯に武力を派遣した。それを受けた西日本も同様に厳戒態勢に入った。

こうして日本は真っ二つに分裂したのである。

そして四年半前の二〇二八年二月十一日、富士山の西、東経一三八度にあたるラインに日本列島を分断する東西の壁が建設された。日本を縦断するその壁はベルリンの壁よりもはるかに巨大で、まるで万里の長城が現れたかのようであった。

この事態に世界中が揺れに揺れたが、国連はこの事態を既成事実として黙認、世界地図では東日本が青、西日本が赤と区分されることとなったのである——

博文は教師になってから毎日のように葛藤（かっとう）を抱いていた。日本が分裂するまでの出来事を、しかも嘘の歴史を子どもたちに教えるために小学校の教師になったのではない。子どもたちには嘘ではなく真実を教えたい。政治家の勝手で、東、西に帰りたくても帰れない人たちが数万、いや数十万人もいることを伝えたい。西は悪魔などではなく、本当は人情味に溢れた素晴らしい人たちばかりなのだと子どもたちに教えたい。その他にも西の様々な良いところを知ってほしい。

しかし決してそれはできなかった。教室の天井隅にカメラが設置されており授業内容は全て録画されているのだ。少しでも国に都合の悪い授業をすれば教育委員会にデータを回され、今いる小学校を辞めさせられる。教員免許だって剝奪（はくだつ）される。最悪、思想犯として牢獄に放りこまれる可能性だってある。

ここは日本であって日本ではなくなったのだ。一見東日本国民の生活に変化はなく、みな自由に暮らしているようではあるが、様々な規制に縛られている。

当然だが、関西、九州など西の言葉、方言は厳禁。名所、名産品を称賛することも禁止されるなど他にも多くの規制がある。どこで誰が見ているか分からない世の中である。言動には細心の注意を払わなければならない。

そのため教師は特に窮屈な仕事ではあるが、博文は教師を辞めるわけにはいかなかった。教師になるのが夢だったし〝約束〟でもあったのだ。

博文は東西の壁を黒板に描き子どもたちに〝隣の国〟について授業で教えてはいるが、今だって西日本が別の国という意識はない。四十七都道府県で一つの国だと思っている。日本が二つに分かれたなんて未だに現実のこととは思えなかった。しかし実際目の前で東西の壁を見たとき、本当に日本は二つの国に分かれたのだと実感せざるをえなかった。

突然の分裂に日本中は大混乱に陥った。一九六一年、ドイツにベルリンの壁が作られ東ドイツと西ドイツに分かれたときのように、故郷に帰りたくても帰れない国民が大量に発生した。就学のために上京、もしくは単身赴任していた人間はもちろん、たまたま東に来ていて帰れなくなったという西の人間も多い。逆のパターンだってある。

仕方なく西で暮らしている東の人間も多いはずだ。しかし東も西も、和解するどころかそういった人たちを故郷に帰すことすらしなかった。お互い、相手国に情報を知られないためである。国の情報を少しでも知った人間を敵対国に帰すわけにはいかないのだ。

生き別れになった家族、友人、恋人が数え切れないほど生まれた。日本各地から嘆きの声が湧き起こった。

博文もそんな被害者の一人だった。

広島に住む両親と生き別れたのだ。もっとも、東西の壁がなくとも父は自分と会うつもりはないかもしれないが……。

博文は広島県広島市、有名な原爆ドームや広島城と太田川を隔てた西区で、東条家の一人息子として生まれ育った。父・彰文は資産家として有名であり、毎日の生活は豊かだった。

父は祖父から受け継いだ建設会社とリゾート施設を経営していたが、博文が小学生のときは市議会議員を務めており、中学二年のときに県議会議員に当選し、それからは経営のほうは社員に任せて政治に力を入れていた。

父はそのころから広島県知事に立候補するつもりだった。それは両親の会話から知ったことである。父にとって県議会議員はあくまで通過点にすぎなかったのだろう。

父の最終目標がどの位置だったか分からないが、人一倍野心に溢れた人だった。県民のために政治を行うのではなく、どちらかというと自分の地位と名誉のための政治活動だった気がする。博文は子どもながらにそう感じていた。

事実、大きなものを得るためには小さなものを犠牲にしなければならない、偉くなるためには県民を騙さなければならないときだってある、と父が秘書に言っているのを聞いたことがある。

父は博文にも、勝つために努力をして全て一番を取れと言い聞かせた。一人っ子だった博文は他の子と比べて競争心に欠けていて、人と競い合うのが嫌いだった。ゆえに博文は正反対の考えを持つ父が苦手だった。しかし博文は一人息子だったぶん期待は大きく、父は将来は博文にも政治の世界を歩ませるつもりだったのである。父から何度もそう言い聞かされてきたし、周りからもそう言われてきた。

博文さんなら大臣、もしかしたら総理大臣も夢じゃない、とみなが煽った。

博文自身本気になんてしていなかったし、そんなつもりはまったくなかった。ずっと父の言いなりだったが政治家にだけはなりたくなかった。父のようにはなりたくなかったし汚い世界だということも知っている。自分の性格上、政治家には向いていないことも分かっている。純粋な心と正義感だけでは政治家にはなれないのだ。

何より博文は小学校の教師になりたかった。子どもが好きな博文は高校生くらいから教師になりたいと密(ひそ)かに夢を抱いていた。皮肉にも父の英才教育のおかげで成績は優秀で、教員免許は問題なく取れそうだった。しかし当然父は教師になることなど許してはくれなかった。

「お前は日本を動かす男になるんだ、トップに立つ男なんだ……」

普段は冷静沈着な父が熱を込めて訴えた。

博文は父が自分に抱く夢、思いを知っている。しかしそれでも教師になりたかった。子どもたちに尊敬される先生になりたかったのである。博文は父の反対を押し切り東京の国立大を受験し合格。家を飛び出すようにして上京した。父は当然学費も家賃も払ってはくれなかったが、母・紀子がささやかながら密かに食料なども送ってくれた。博文はなんとかバイトだけで全てを賄(まかな)ってきたのである。

母は父が怖くて、いつも父の顔色ばかりをうかがっていた人だから、父がいる前では博文の味方にはなってはくれなかったが、いつも陰で慰(なぐさ)め支えてくれる心の優しい母だった。博文は独りになって改めて母のありがたさを知った。

翌年、父が広島県知事になったことを母の電話で知った。博文はあえて父の映るニュースや新聞を見なかった。政治家として出世していく父をあまり見たくはなかったのだ。会社経営に全力を尽くしていたころのほうが博文の目には格好良く映っていた。

日本が東と西に分裂したのはその二年後である。西が経済封鎖を強行したと報道で知ったときには、固定電話はもちろん、スマホも使用できなくなっていて、最後に母の声すら聞くことができなかった。

母は今ごろどうしているだろうか。健康でいてくれることを願う。

父はどうしているだろう。現在も政治家として活躍しているのだろうか。県知事よりもさらに上のポストにいるかもしれないが、博文には彼らの近況を知る術もない。しかしそれは父と母も同様である。博文が教員試験に合格し、横浜市の小学校の教師として働いていることを二人は知らない。

博文は五年が経った今でもふと思うことがある。当時広島県知事であった父は横山の計画に関与していたのだろうか。

博文はそれはないと信じたい。仮に関与していたとすればその動きを真っ先に東京の博文に教えてくれていたはずだ。

父は関与していない。博文はそう自分に言い聞かせていた。

博文は依然、東西の壁を黒板に描いていたがふとその手が止まった。子どもたちから「先生どうしたの？」と声が飛ぶが、博文は反応を見せず止まったままだった。

ふとある人の顔が浮かんできたのだ。

博文にはもう一人どうしても会いたい人がいる。誰よりも会いたい、大切な人である。その人とも東西の壁のせいで生き別れとなった。

今でも彼女の顔を思い出すだけで涙が浮かぶ。チョークを持つ手が震える。彼女との思い出を振り返ると胸が苦しくなる。

今どこで何をしているだろう。考えるだけでいてもたってもいられなくなる。もう二度と会えないかもしれないと思うだけで怖くなった。

「会いたい」

博文は小さくつぶやいた。しかし東西の壁が崩壊しないかぎり彼女にはもう二度と会えない。分かってはいるが博文の力ではどうすることもできない。

彼女、西堀恵実は同じ大学の同級生だった。入学して間もなく友人が主催した合コンで知り合った。四対四だったが、彼女は一番後ろにいて気恥ずかしそうにやってきた。目が合った博文は『どうも』と会釈(えしゃく)した。何がおかしかったのか彼女はクスリと笑った。その笑みを見て優しそうな子だなと博文は思った。

恵実は目は一重だがぱっちりしていて希望に満ちたような輝いた瞳をしていた。鼻はウサギのように小さくて唇は厚い。頬はふっくらとしていて赤ん坊のように赤らんでいた。それがコンプレックスらしく頬だけファンデーションを厚く塗っていた。コンプレックスといえば、ボールのようにまん丸い顔の形も彼女は嫌いだったようだ。気にしていつも顎(あご)のあたりにうっすらとシャドーを入れていた。それが不自然でおかしかった。

髪はいつもポニーテールで特別な日だけお洒落に巻いてきた。

背は博文と同じくらいだった。博文が百六十九センチなのでかなり高いほうである。ヒールを履かれると超されてしまうので、博文は並んで歩くのが恥ずかしかった。

身体の線はぽっちゃりとまでは言わないが、それに近い体型だった。彼女は口グセのように瘦せたいと言っていた。そのままでいいと博文は慰めていた。

博文は最初から彼女に特別な好意を抱いていたわけではない。恵実も教育学部で博文と同じく小学校の教師を目指していると知り、初めて彼女に興味を抱いた。もう一つ偶然なことに出身も同じ広島県ということもあって、二人は意気投合し急接近した。

初めてのデートは定番だがディズニーランドだった。広島から出てきたばかりの二人はディズニーランドくらいしか知らなかったのである。

彼女は本当に子どもが大好きで、小さい子とすれ違うたびに手を振ったり笑顔を見せたりしていた。彼女のその仕草を見るだけで博文は優しい気持ちになれた。

彼女は歩きながら中学生のころから小学校の先生になりたかったと話した。保育士でもよかったのだが、子どもたちに勉強も教えたいという思いもあり教職を目指すことにしたそうだ。博文も自分の夢を語ると、恵実はがんばって一緒に小学校の先生になろうと小指を差し出してきた。博文はこのとき恵実と約束を交わしたのだ。

恵実は今どきの子にしては珍しく家庭的で、お節介なほど世話好きで、優しくて思いやりのある女性だった。自分よりもまず博文のことを第一に考えてくれていた。

博文は生まれつき肌が弱くアトピーに近い症状が常に出ていた。それに気づいた彼女は、食生活から変えていけば大丈夫、私が必ず治してあげるからと言って、料理を作りにきてくれた。博文が少しでも掻くと、その部分を右手で押さえて痒くならないようにとおまじないをかけてくれた。クリームを持っているときは丁寧に塗ってくれた。

博文はこの子は本当に自分の身体を思ってくれているんだと心底嬉しかった。他人からこんなに大事にされたことはなかった。

恵実は一週間に二度は博文のアパートに来て、勉強がはかどるようにと部屋中を掃除し洗濯までしてくれた。掃除をすれば肌にもいいでしょが口グセだった。

いつも悪いねとお礼を言うと、恵実はううんと首を振って、大丈夫、慣れてるからと微笑した。微笑したあと彼女は悲しげな表情を見せた。博文はその表情の意味を知っていた。

恵実は早くに父を病気で亡くしており、母親も身体が弱いため家のことは全て恵実が担当していたそうなのだ。だから家事は苦にはならないのだと言ったことがある。彼女の脳裏を一瞬、辛い過去が過ったに違いなかった。

博文はあまり深くは訊かなかったが、恵実はそうとう苦労してきたんだなと思った。

何不自由なく育ってきた自分が恥ずかしかった。と同時に、彼女を守ってやりたい、支えてあげたいと心底思った。

恵実は将来についても堅実で家庭的な考えを持っていた。

結婚したら仕事と家事を両立して、夫の健康のために料理は毎日手作りし、掃除は最低でも二日に一回。仕事から帰ってきた夫がリラックスできるように、できたらマッサージもしてあげたい。とにかく私は三歩下がって夫を見守れる、余裕のある女性になりたい。

子どもは少なくとも一人は欲しいな。

子どもができたら仕事は辞めてずっと子どものそばにいてあげたい。私が幼いころ寂しい思いをしたから、子どもが家に帰ってきたときはおかえりと迎えてあげたい。両親の愛情をたくさん注げばきっと思いやりのある子どもに育って明るい家庭になるよ。

ヒロちゃん、私といたらきっと幸せになっちゃうよ、と彼女は言ってかわいく舌を出した。冗談を言ったふうではあるが博文は冗談とはとらえていなかった。

博文は、こんな女性を奥さんにしたら将来は絶対幸せだろうなと思った。自分と恵実と子どもが幸せに暮らしている姿が目に浮かぶのである。

恵実とは全ての面で気が合うし、一緒にいると落ち着くし心地いいし、何より楽しい。彼女もそう思っているはずだ。

恵実といたらいつも笑っていられる。明るい生活が送れる。自分を支えてくれるから仕事だってきっとうまくいく。子どもだって安心して任せられる。これほど自分の理想にあった女性はもう二度と現れない。

博文はこんなにも人を思ったことがなかった。これまで何人か気になる女性はいたが、ここまで本気で人を愛したことはなかった。心底一緒にいたいと思う。恵実を失ったら自分の人生は狂うだろうとさえ思った。

彼女と結婚したい――

それから博文は教員試験に合格するために必要な単位の取得に励んだ。博文は希望に満ち溢れていた。明るい将来しか思い浮かばなかった。

恵実とはその後も順調に交際を重ね、一年を過ぎたころにはほとんど一緒に暮らすようになっていた。結婚したらもっと毎日が幸せになる。博文はそう断言できた。

しかし前触れもなく、二人の幸せは崩壊した。〝封鎖〟が実行されたとき、恵実はたまたま広島に帰っていた。祖母が病気で亡くなったのだ。その日はまさに、プロポーズしようと計画していたクリスマス・イブのことだった。

突然の別れに博文は頭の中が真っ白になった。博文は混乱しながらも電話をかけた。しかし恵実には繋がらない。スマホが壊れたみたいに何も発しないのである。その手は小刻みに震えていた。じっとしている場合ではないと博文は東京駅に急いだが、すでに駅は溢れる人で大混乱となっていた。新幹線に乗れたとしても浜松より先へは行けないことが分かると大騒ぎになった。街の大型スクリーンでは、当時の首相・泉本が会見を開いており戒厳令を告げていた。会見が終わると画面が切り替わり、高速や一般道が大渋滞（じゅうたい）となっている映像が映し出され、東と西の境界線には完全武装した多くの自衛隊、いやそのときはすでに軍隊と化した人たちが立ちはだかり道を塞いでいた。街中が騒然となった。その映像を見たとき身体中に震えが起きた。

もう二度と恵実に会えないかもしれない。

そう思った瞬間に怖くなったのだ。

当然博文は諦めなかった。諦めるわけにはいかなかった。

政治家の勝手で恵実との将来を失うわけにはいかなかった。

博文はどうにか西日本に行ける方法はないかと思案した。しかし全ての交通機関を封鎖されてしまっている。ならばと博文は東西の境界地域・浜松に向かった。

境界線にはすでに東西の壁の建設が始まっていた。そのときは有刺鉄線が張り巡らされただけだったが、後の本格的な東西の壁建設にはいったいどれだけの西日本の人々が動員されたのだろう。

建設現場周辺には武装した西日本の兵が配置されており、西に渡ろうとする東国民を武力で威嚇した。一切の隙はなく騒動に紛れて西に入りこむことは無理であった。もっとも威嚇射撃されたあとは周辺は異様な静けさだった。

女の悲鳴が上がったのはその直後である。強行突破を試みた三十歳近い女性が撃たれたのだ。もしかしたら彼女は、西に両親か夫、もしくは最愛の子どもがいたのかもしれない。なのに国は容赦なく女性の命を奪った。見せしめの意味もあったのだろう。東国民は石のように動かなくなった。

博文はこの現実に戦慄し、そして絶望した。

恵実にはもう会えない。このとき博文はその事実を受け入れざるをえなかった。恵実に会う術がないのである。

境界線に東西の壁ができてからは、越境を試みた人間はいないのではないか。無数の兵士が見張っているし、何より壁が巨大すぎて登ろうにも登れない高さだった。その巨大な壁が、南は浜松から北は新潟と富山の県境まで日本列島を縦断している。日本は完全に分裂した。

絶対に越えられない壁を目の当たりにしたとき、博文は半狂乱に陥り兵士に取り押さえられた。三日間留置所に閉じこめられ釈放された。

突然幸せを奪われた博文は何一つ手につかなかった。恵実に会いたくて会いたくてただそれだけの日々が続いた。

恵実に会いたい。顔が見たい。肌に触れたい。せめて声だけでも聞きたい。しかし一切許されない。幸せを奪った奴らを殺してやりたいと思うくらい憎んだ。

自分の人生は終わった。恵実がいなくては生きてはいけない。それまでが幸せすぎたためそのショックはあまりに大きく、もう頭がどうかなってしまいそうだった。

毎日が真っ暗だった。恵実との日々を思い出すたび涙が流れ心が苦しくなった。心労がたたって博文は十キロも体重が減り、体調もすぐれなかった。このまま死んでもいいかなと思ったときもある。

気持ちが落ち着きだしたのはそれから一ヶ月が経ったころである。恵実との約束を思い出したのだ。自分は小学校の教師にならなければならない。恵実とそう約束した。

いつの日か東西は和解し東西の壁は崩壊するかもしれない。そう信じて卒業と同時に横浜の小学校の教員になった。

しかし博文の統一の願いは未だ叶っていない。統一どころか、元東京都知事で現在は東日本の首相である金平元男は歩み寄るそぶりすら見せない。

このまま日本はどうなってしまうのか。不安よりも恐ろしさのほうが先に来る。もっと悪いほうへ進むような気がしてならない。

恵実は今、どこでどう生きているだろう。

恵実も西のどこかで小学教師として日々がんばっているに違いない。

恵実と生き別れて五年が経つが、博文は今でも彼女の写真を持ち歩いているし、彼女への気持ちは少しも薄れていない。むしろあのころ以上に思いは強くなっている。恵実もきっと同じ思いでいてくれているはずだ。

再会できたら彼女と結婚する。博文には恵実を幸せにする自信がある。

幸せを取り戻すためには、近い将来、東西の壁が崩壊することを願うしかなかった。どう考えてもそれしか恵実と再会できる方法は見当たらなかった。

2

今日は二学期が始まったばかりということもあり、授業は三時間で終了した。博文が担任を受け持つ一年一組の子どもたちは元気よくあいさつすると教室をあとにした。社会の授業の緊張感が嘘のようである。

ほとんどの子は下校したが、まだグラウンドに残っている子どももおりドッジボールをして遊んでいる。博文は教室の窓から子どもたちの遊ぶ姿を見てふふっと微笑(ほほえ)んだ。子どもたちの無邪気な笑顔が博文の心を癒やしてくれる。

教室から職員室に戻ると他の教師からお疲れ様ですと声をかけられた。博文はあいさつして自分の席についた。

博文が勤務する横浜市幸南（こうなん）小学校には三十人近くの教師がいるが、博文が最年少である。みな良い先生ばかりで、そのほとんどがベテランなので的確な指示やアドバイスをくれる。職員室の環境はとてもいい。博文は毎日いろいろなことを学んでいる。

ただ、教育委員会の監視があるからのびのびと仕事ができず窮屈である。常に規則に縛られた状態であった。教師は文部科学省と教育委員会の命令どおりに子どもたちに教育しなければならないし、行動しなければならない。幸南小学校は自分の意見をしっかりと持った先生ばかりだが、上には誰も逆らえない。

机の書類をまとめていると隣の席である三原義男（みはらよしお）が教室から帰ってきた。今日は体育の授業はないはずなのに、三原はいつものようにジャージ姿であった。彼は中学教師の経験もあり、中学教師時代は体育を教えていたらしい。体育系学科を卒業した彼は角刈りでアスリートのような身体つきをしている。典型的な体育教師であった。現在は六年生を教えている。子どもから人気のある教師だ。

博文は隣の席ということもあり三原と一番仲がよかった。二週間に一度は飲みに誘われる。博文は酒は得意ではないが三原の話はいつもユニークなので嫌なことを全て忘れられる。ただ少し酒グセが悪いのが玉に瑕（きず）だが……。

三原はTシャツの裾をパタパタとさせながら席についた。

「東条先生、今日も暑いねぇ」

三原は野太い声で言った。博文は笑顔で答えた。

「ええ、本当に」

「いつまで残暑が続くのかねえ」

三原は独り言のようにつぶやいて、事務仕事を始める。

「ああそうだ、東条先生、今日久々に飲みに行かない？」

三原は机に向かいながら博文を誘った。博文は快く誘いを受けた。

「いいですね。行きましょう」

「お、今日はずいぶんと付き合いがいいねえ」

三原は機嫌の良い声で言った。いつもですよと答えようとしたときだった。

職員室のテレビ画面が緊急報道に切り替わった。全職員の視線が画面に集まる。博文の表情からは笑顔が消えていた。この時点から胸騒ぎを覚えた。

報道記者は興奮した口調で国民に伝えた。

『緊急速報をお伝えします。かねてよりその帰属問題が取りざたされている奥島ですが、本日未明、西日本軍の一隊が同島に上陸し、西日本の領土であることを通告してきました。繰り返します……』

報道内容に職員室は騒然となり博文は硬直した。記者は繰り返したが今度は職員の声でよく聞き取れなかった。

博文は無意識のうちに隣の三原と顔を見合わせた。三原は呆(あき)れたように首を振り溜め息をつく。

博文は、東日本はこの先いったいどうなっていくのだと未来が改めて恐ろしくなる。もしかしたら東日本政府は国民を軍に臨時召集するつもりではないのか。

東日本は分裂して以来、昔の日本国と変わらず民主国家ながら、西の脅威に備えて徴兵制を導入した。十八歳から四十歳までの男子は一年間寮に入り軍隊生活を強いられる。

博文は幸南小学校の教師になって五年が経つが、去年一年間は強制的に軍隊に入れられ訓練を行った。野戦訓練、銃撃訓練はもちろん、格闘技や素手で人を殺す方法など、ありとあらゆる技を習得させられた。もともと運動神経の良かった博文は教官が驚くほど優秀な成績だった。しかしそれらはあくまで訓練であり、実際に派兵されそうな機会がこれほど身近に迫ってくるとは予想もしていなかった。

だが政府は国民の自由と幸せを奪うだけでなく、命までも犠牲にしようとしている。奥島を手に入れることに躍起になっているが、現首相・金平元男には東日本が滅びる姿が見えないのだろうか。

現在は奥島での争いに留まっているが、近い将来、本土で大きな戦争が勃発する気がしてならない。焼け野原となった東京が目に浮かぶ。

「まったく迷惑な話だな。国民の命をなんだと思ってやがる」

三原は画面を見ながら怒りに満ちた声で言った。

「まったくです」

「将来東はどうなってしまうんだろうな」

三原は深刻そうにつぶやいた。博文はふたたび恵実の顔を思い浮かべる。

「ええ……」

現状では彼女に再会するのは絶望的だ。東西が和解して壁が崩壊するのを期待するしかない。

「先生！」

職員室は未だ騒然とした空気だが子どもの明るい声が響いた。

「東条先生！」

博文は自分が呼ばれているのに気づきハッとなった。振り返ると廊下には自分の受け持つクラスの子どもが五人立っていた。全員男子児童だ。

博文が反応すると子どもたちは走ってやってきた。何かあったのではないかと心配したが、子どもたちの表情を見るとそうではないらしい。

「どうしたんだ？　真っ直ぐ家に帰らないとダメじゃないか」

博文が注意しても聞いていなかった。一人の子どもが博文の袖を引っ張って言った。

「ねえねえ、先生もドッジボールやろうよ」

他の四人もあとに続いた。

「やろうやろう！」

隣で聞いていた三原がクスクスと笑った。

「東条先生、人気者ですねえ」

博文は困ったなという表情を見せた。休み明けということもあり、やらなければならない書類が山積みなのだ。しかし子どもたちにとってそんな事情は知ったことではない。

迷っていると子どもたちは、

「ねえ、先生やろうよ」

とダダをこねるような声になり、今度は全員で博文の腕を引っ張った。

博文は仕方ないというように席から立ち上がった。

「分かった分かった。そのかわり三十分だけな。そしたらちゃんと家に帰るんだぞ。約束な」

五人は歓喜の声を上げて職員室を飛び出ていった。博文はやれやれと子どもたちのあとを追う。職員室を出る際、三原に声をかけられた。

「東条先生」

博文が振り返る。

「はい？」

三原は嬉しそうに今日の夜のことを伝えた。

「夜七時、いつもの場所でな」

子どもと遊んでも、事務仕事が残っていても、七時までには必ず全て終わらせろという意味も込められていた。

「分かりましたよ」

了解すると三原はにんまり顔で手を振った。


グラウンドに出ると子どもたちが早く早くと手招きしていた。メンバーは全員一年一組の子どもで数えると九人だった。なるほど、一人足りないから博文を誘ったらしい。

博文が輪に加わると子どもたちは早速チーム分けを始めた。代表を二人決めてその二人がジャンケンをし、交互に指名していく方法だ。博文は当然ドラフト一位だった。学級委員がリーダーのチームである。リーダーは博文を獲得し跳びはねて喜んだ。

その後も子どもたちは次々とメンバーを決めていく。ジャンケンに勝つと歓喜し、負けると頭を抱えて残念がる。博文は微笑みながら優しい目で子どもたちを眺めていた。

博文は今年初めて担任を任された。小学一年生を相手にするのはなかなか大変だが毎日が充実している。子どもたちの笑顔を見ていると毎日がんばろうという気になるし元気を貰えるから、恵実に対しても前向きな気持ちになれる。

この子たちは自分の子どものようにかわいい。大切な子どもたちだ。

チーム分けが終わると早速コートの中に入った。試合が始まる前に博文は子どもたちに念押しした。

「三十分だけだぞ。終わったら真っ直ぐ家に帰るんだからな。いいな？」

代表して学級委員が返事した。博文は袖をまくり、

「よし始めよう」

と合図した。しかしボールを持っている子はなかなかプレイを開始しない。なぜか正門のほうに視線を向けている。

「先生、あれ何？」

その子が正門を指さして訊いた。博文の瞳に迷彩色の４ＷＤが飛びこんできた。車は正門をくぐりグラウンドの手前で停車する。運転席と助手席の扉が開いた。軍の兵

士らしき男たちが降りてきた瞬間、博文の心臓は早鐘を打ち始めた。逆に子どもたちは興味津々である。かっこいいと大声を上げて興奮する子もいた。

二人の男は校舎ではなくなぜかこちらにやってくる。博文の鼓動がさらに速くなった。彼らが博文の前で足を止めた瞬間、子どもたちはシンと静まりかえった。両方とも深々と帽子を被っているが、氷のように冷たい表情と鋭い目をしている。その様子に子どもたちが怯(おび)えだした。博文は子どもたちを安心させる余裕がなかった。いいようのない不安にかられる。

一人の男が名簿らしき物と博文の顔を交互に見た。

「東条博文に違いないな?」

博文の喉が緊張でゴクリと鳴った。

「はい――」

思わず声が震えた。男が書類を取り出し広げる。おもむろに記されている文章を読み始めた。

指　令

東条博文

右の者、二〇二八年に施行された「国家防衛法」第一条により、本日から東日本政府軍第三師団所属とし、身柄を第三師団駐屯地へ移送するものとする。

なお、当指令は国民の義務にして、いかなる事由によっても免除されることはなく、また従軍中・退役後も守秘義務を負い、違反した場合は同法第五条にのっとり軍法会議に諮（はか）るものとする。

二〇三二年　九月三日

東日本政府　内閣総理大臣　金平元男

自分あての召集命令が伝えられ博文は脱力した。

「私に、ですか……」

「そうだ」

博文はきつく目を閉じ深く息をついた。

気持ちの混乱はなく自分でも意外なほど落ち着いていた。先ほど報道が伝えられたとき心のどこかで覚悟はしていた。今回免(まぬが)れたとしてもいずれ召集されるだろう。他の人より少し早かっただけである。

男は説明もそこそこに、

「ついてこい」

と言って有無を言わさず博文の腕を摑み引っ張った。子どもながらに博文の危険を察知したのだろう。子どもたちは男の足にしがみついた。

「先生に何するんだ！」

男は表情一つ変えず子どもたちを乱暴に振り払った。博文は男をキッと睨(にら)み付ける。

「子どもたちに手荒なマネはよせ！」

「うるさい。早く来い」

男は抑揚(よくよう)のない声で言った。

博文はその場に屈(かが)み、優しい笑みを見せて子どもたちの頭を撫(な)でた。

「大丈夫、心配ないよ。すぐに帰ってくるから」

「本当？」

みんな涙声になっていた。

「本当だよ。先生が帰ってくるまでみんな良い子にしてるんだぞ」

博文は言って立ち上がり男たちの後ろを歩いた。

「おいちょっと待て！」

グラウンドに男の叫び声が響いた。三原の声だということはすぐに分かった。今度は何だというように男たちは振り返る。

「何なんだお前ら、いったい……」

博文は睨むような鋭い視線を向け、やめろというように首を振った。三原はようやく意味を悟ったようだった。

「まさかあんたら……」

男たちは三原に背を向け博文に言った。

「行くぞ」

「待て！」

三原はすぐに止めた。そして男たちに訴えた。

「連れていくなら俺を連れていけ！」

男たちは三原を見た。

「彼は国にさんざん幸せを奪われてきたんだ。なのに今度は召集令だなんてあんまりだ」

三原はもう一度言った。

「連れていくなら俺を連れていけ」

博文は途中から首を振っていた。

「いいんです。仕方ないんですよ」

三原は聞かなかった。

「いや俺が行く」

博文は彼の気持ちだけでもありがたかった。

「ありがとうございます。僕は大丈夫ですから」

博文は笑みを見せて自分から背を向けた。

「待て！」

博文は振り返らなかった。

「東条！」

三原は学校以外では博文のことを東条と呼んでいた。

「東条！」

博文は車に乗るとき三原に深々と頭を下げた。三原の叫び声は校門を出たあともしばらく聞こえていた。

3

今回国に召集されたのは関東地方を中心に二百七十名。そのほとんどが二十代であった。現在東日本には二十代男子が四百万人とデータが出ている。その数多い中から選ばれた彼らは悲運であった。

しかし運だけの問題ではない。博文には召集された理由が何となく分かる。訓練の成績が良かっただけではないだろう。恐らく博文が西出身の人間だからではないか。偶然ではなく必然なのだ。この推測は十中八九当たっているだろう。

博文の予想どおり、最初に召集された二百七十名は全員が西出身の人間であった。西出身の人間なら死んだってかまわない。国のために犠牲になるのは当たり前だ。それが現首相・金平元男の考えであった。

召集された者たちはまず新潟にある第三師団駐屯地の地下室に集められた。殺風景で薄暗く、不気味で異様な雰囲気が漂っていた。

召集されたほとんどの者が死に怯えていて、嘔吐する者、その場に倒れこむ者もいた。軍を指揮する男たちはその者たちを殴り、蹴飛ばし、強引に立たせた。まるで奴隷のような扱いだった。

博文たちは早速今回の指令を言い渡された。

報道で伝えられたとおり、現在は西日本が占拠する奥島を急襲し、奪還することが目的である。島の高台に築かれた基地をめがけて三隊に分かれ一斉攻撃をしかけ、占領したらすぐに第二本隊が上陸する手はずである。言うまでもなく第二本隊は臨時召集の民間人ではなく東出身の職業軍人ばかりだ。攻め落とすのは第一陣で手柄は本隊なのだ。昔も今も、そういった仕組みはどこも同じである。

奥島は日本海の東西境界一三八度線付近、能登半島沖百キロにある一周わずか三キロほどの小さな島であるが、東はこの島を奪還することに必死だった。

奥島には豊富な鉄鉱石が眠るばかりか、軍事面でも重要なポイントであったため、東西は自国の領土にすることに躍起になっていた。

博文たちは島を奪還するための単なる道具であった。皮肉にも、政治家の願望と欲望のために命をかけるのだ。こんなバカらしいことはなかった。しかし命令に従うしかないのだ。

東日本は民主国家と謳われているが内情は以前とずいぶん変わってしまった。

東西に分裂した直後金平が首相になり、与野党が統一されたのだが、金平は徴兵制度だけではなく、他にも様々な法律を改正した。例えば健康保険料や国民年金の負担が一気に増え、消費税も二十パーセントに引き上げられた。金平は国民から税金を搾り取り軍事予算に充てるつもりなのだ。

それにより国民はさらに苦しい生活を強いられるが西の脅威にさらされているため反対する議員などはおらず、国民もそれに従うしかなかった。


夜の日本海に東日本兵を乗せた小船が三艘、横一列に並び奥島を目指し進んでいく。博文はちょうど真ん中の船に乗っていた。

船首には東日本の国旗が立てられている。日の丸の中心が白で周りが青の旗である。ちなみに西日本は周りが赤の旗だ。

船にはそれぞれ兵士が三十人乗っており三艘に一人の隊長がいる。九十人一組のパーティで行動するようだった。残り二組のパーティも別の位置から同じタイミングで島に向かっているはずである。博文が乗る船の隊長は第一陣を取り仕切る軍団長でもあった。見た目四十歳近いが背が高く、筋肉隆々の男だ。帽子の陰から覗く目は鋭く常に兵士を睨むような目で見ていた。兵士に話す口調も乱暴である。いかにも性格の悪そうな男であった。

奥島が近づいてくると、軍団長である小清水が博文たちを整列させた。全員緑のキャップを被り、迷彩色の軍服を身にまとっている。肩に突撃に用いられる軽量のアサルトライフルを掛け、腰には拳銃では最強と言われるデザートイーグルとサバイバルナイフ、さらに手榴弾を装備している。

小清水は無線を使い全隊九十人の兵士に怒鳴るような声で言った。

「もうじき奥島に到着する！　いいかお前ら！　にっくき西日本軍を皆殺しにするのだ。敵が現れたら迷わず撃て！　お国のために命を捨てて突っこむのだ！　死を恐れるな。お国のためと思えば死ぬのは怖くないぞ！」

博文は小清水を睨むような目で見ていた。博文たちを捨てゴマ同然と考える男が許せなかった。

博文の横に立つ兵士が博文の耳元で囁いた。

「まったく、ふざけたことぬかしよって。なあ？」

博文は関西弁を久々に聞いた。現在東日本では西の言葉は〝敵国語〟として禁止されている。

博文は横目で男を見た。目が合うと男はニヤリと笑った。他の者と違いこの男だけは余裕の表情だった。強がっているような感じでもない。

男はまた囁いた。

「こんなとこで死んでたまるかい」

博文も声には出さないが、そうだというようにうなずいた。

「同じ西日本の奴らでもな、全員ぶち殺したるで。殺らな、こっちが殺られるからな」

男は妙に自信に溢れていた。しかし彼の言うとおりである。恵実に再会する前に死ぬわけにはいかない。生きて東に戻らなければならないのだ。

博文は一年間訓練をしてきたが本番と訓練とはわけが違う。命のやりとりなのだ。相手だって死にものぐるいで戦ってくる。初陣の博文に対し、相手は幾度となく修羅場をくぐってきた者たちばかりだろう。正直、心のどこかでは、家族、そして恵実にはもう会えないという気持ちがあった。

しかし今この男に教えられた。自分は絶対に死なない。殺らなければ殺られる。相手が現れたら躊躇なく引き金を引く！

博文は自分にそう強く言い聞かせた。

数分後、前方に奥島が見えてきた。

博文たちのパーティは西日本軍の基地の裏手側にあたる島の北に回った。他の船も基地正面である南を避け、東、西と三方に分かれた。西日本軍の基地を囲み、深夜二時に一斉攻撃をしかけ全滅させる作戦であった。

船を下りた兵士たちはライフルを両手に持ち、小清水を先頭に砂浜を小走りで進んだ。前方にうっそうとした森が見える。まずは身を隠すことだった。波の音で兵士の足音は完全にかき消された。西日本軍は敵の気配すら気づいていないだろう。

他のパーティも島の東と西から西日本軍の基地に近づいているころだった。

小清水隊は森の中に入ると走るのをやめ、かすかな明かりを灯して息を潜めて進んでいく。静まり返った森にガサガサと兵士たちの足音がする。夜でも気温が高く湿気も多いので、兵士たちは少し動いただけでも汗だくだった。

博文は緊張のあまりすでに息を切らしていた。心臓が今にも破裂しそうなほど暴れている。息を大きくつくと軽く目眩がした。

無理もない。これから自分は人を殺すのだ。殺されることだって考えられる。

博文だけではない。他の者もすでに肩で息をしている。みんなも足取りが重そうだった。博文は恐れるなと自分に言い聞かせライフルを強く握りしめた。

森は思ったよりも広大で、暗さと足元の悪さもあり二十分かけてようやくそこを抜けた。すると遠い先に高台が見えてきた。あそこに西日本軍の基地がある。かすかではあるが西日本軍の旗がはためいているのが分かった。奥島は想像していたよりもずっと小さかった。見る限り森や草原ばかりで無人島のような雰囲気だった。こんな島のために何人もの兵士が犠牲になってきたのだ。バカげていると思った。

小清水隊は草原に身を隠しながら少しずつ基地との距離を縮めていく。基地まで約五十メートルほどだ。緊張感がさらに高まる。博文はよけいな思いにとらわれず、相手が現れたら躊躇うことなく引き金を引くことだけに意識を集中させた。罪悪感を抱き躊躇した瞬間に殺される。殺られる前に殺るのだと呪文のように心の中で唱えた。

西日本軍の基地まで三十メートルと迫ったところで小清水は全員にその場に屈むよう命じ、自らも草に身を隠してトランシーバーで他のパーティと交信した。どうやら全パーティの準備が整い待機しているとのことだった。

いよいよ攻撃開始である。二時を回ると同時に一斉に基地に突入する。博文は生唾を飲みこんだ。

しかしこのとき、博文はふとある違和感を抱いた。西日本軍は東日本軍の気配にまったく気づいていないのか、ここから見る限りでは見張りの兵もいない。いつ敵が攻めてきてもおかしくないのだ。常に警戒しているはずなのだが。

小清水隊の準備は整っている。あとは小清水が兵士に合図するだけであった。

そのとき突然遠くのほうから銃声が聞こえてきた。全員ハッとなり銃声のほうに身体を向ける。小清水隊から見て右手の方角だった。まだ予定の時刻になっていないのに銃撃戦が始まったのである。恐らく西から上陸したパーティが西日本軍に遭遇(そうぐう)してしまったのだ。

するとと左手の方角でも銃撃戦が始まった。

小清水はこの予想外の事態に判断に迷っているようだった。基地北方から迫る小清水隊の兵士が撃たれ倒れたのはその直後であった。背後の森から敵が現れたのだ。暗闇なので明確な数は分からないが、小清水隊は次々と撃たれて倒れていく。

博文の悪い予感は現実のものとなってしまった。西日本軍は東日本軍の侵撃に備え待ち伏せしていたのだ。そして一気に攻撃をしかけてきた。

恐らく他のパーティも浮き足立っているに違いない。このままでは東日本軍は全滅する。

小清水は草原に身を潜めて兵士たちに大声で命令した。

「撃て！　奴らを皆殺しにしろ！」

博文はライフルの銃口を森のほうへ向けて見えない敵に向かって引き金を引いた。銃声が空に響く。銃弾が飛び交う。東西兵士の悲鳴が上がる。

「前からも来たぞ！」

ある兵士が叫んだ。草原に屈んでいた博文はハッと基地のほうを振り返った。

そのときである。西日本軍の銃弾が博文の左肩をかすめた。博文は空に向かって吠(ほ)

えた。

幸いかすった程度ではあるが武器を持つだけでも激痛が走った。博文は歯を食いしばり銃を撃ち続ける。東日本軍は仲間を気遣うどころではなかった。一人、また一人とやられていく。

「突っこんできたぞ！」

違う兵士が前方を指さした。五十人以上の西日本兵士が銃を撃ちながら小清水隊に突っこんでくる。

「全員手榴弾を放て！」

小清水の合図で全員が手榴弾を手にした。博文も痛みを堪（こら）え手榴弾を取り出しピンを抜いた。そして敵兵に向かって手榴弾を放った。地面を揺るがすほどの爆発が起こると敵兵は派手に吹っ飛んだ。

「森にも放て！」

博文は残っている二つの手榴弾を森に投げた。東日本軍の放った手榴弾は森に潜んでいた敵兵に大ダメージを食らわした。爆発と同時に火が木に燃え移り、炎は一気に広がった。赤い炎が敵兵を照らし出す。敵兵は大打撃を受け散り散りとなった。東日本兵は逃げ惑う敵兵に銃弾を浴びせた。博文は左肩の痛みを堪えて引き金を引く。

「手榴弾だ！」

仲間がそう叫んだとき、博文はとっさに立ち上がり走っていた。背後ですさまじい爆発が起こった瞬間、博文は爆風で吹っ飛ばされて地面に叩きつけられた。

少しの間意識を失っていたらしく、目が覚めると隣で小清水が地面に寝そべりながらライフルを連射していた。小清水も爆風で吹き飛ばされたらしく、顔中傷だらけとなり軍服はボロボロだった。博文は地面に落ちている銃を取ろうと腕を伸ばす。身体中に痛みが走った。何とかライフルを手繰(たぐ)り寄せて敵兵に銃口を向けた。しかし身体中の痛みのせいで照準(しょうじゅん)が定まらない。乱射に近かった。

あたりはまさに地獄絵図と化していた。森は火の海となり、炎の下には東西兵士の死体がゴロゴロと転がっている。目を背けたくなるような光景だった。

奇襲を仕掛けてきた西日本軍はほぼ全滅に近かったが、東日本軍も小清水と博文と、残り数人であった。

しかしその数人も残りの西日本軍とともに倒れた。生き残ったのは小清水と博文のみであった。

小清水はあたりを確認すると、

「片付いたか」

と言ってその場からゆっくりと立ち上がった。博文もライフルを杖(つえ)にして立ち上がる。小清水はあたりを見渡すと吐き捨てるように言った。

「どいつもこいつも戦力にならん奴ばかりだな」

博文は小清水の横顔に怒りの目を向けた。仲間の死に対し何とも思わないこの男が許せない。仲間の犠牲によって自分たちは生き残れているのだ。

視線を感じた小清水は博文の顔を見た。

「なんだ？」

冷ややかな目であった。博文はすぐに目を逸らした。

「いえ、何でもありません」

小清水はまあいいというように鼻を鳴らした。

「まだ敵兵がいるかもしれない。注意しながら味方の軍を探すぞ。この様子だと俺たち以外は全滅している可能性のほうが高いがな」

「……はい」

小清水は東西兵士の死体の横を平然と通り過ぎていく。博文は罪悪感を抱かずにはいられなかった。しかし、殺らなければ殺られていたんだと博文は自分を納得させた。

炎の海と化した森に背を向けて小清水は東の方角に歩を進めた。博文は黙って後ろをついていく。

不意にガサガサと背後で草の音が聞こえた。その刹那、小清水と博文は振り返った。まだ息の残っている西日本兵が倒れたままこちらに拳銃を向けていた。もう虫の息ではあるが男の執念であった。

小清水も振り返ったと同時に拳銃を構えていたが、西日本兵のほうが速かった。

「……死ね」

男は消え入るような声で言うと引き金を引いた。西日本兵の放った銃弾は小清水の眉間を貫通した。その瞬間、小清水の表情と動作が停止した。西日本兵は博文にも銃口を向けた。博文はライフルを構えたが小清水が最後の力で西日本兵にトドメを刺した。と同時に小清水は地面にバタリと倒れる。小清水は目をカッと見開いたまま死んでいた。その見開かれた目は博文を睨んでいるようだった。

博文はしばらくその場から動けないでいた。呆然と立ちつくす。

強風が吹き、草木がざわざわと音を立てる。

結局残ったのは自分独りであった。まだ息が残っている兵士もいるだろうが、見る限りでは誰一人動かない。

森のほうを振り返ると炎の赤い光が博文の顔を照らした。森は大炎上である。ここを抜けて船のある海岸へは戻れない。やはり生き残っている東日本軍を探すしかないようだった。しかし途中で西日本軍に出くわしたら終わりである。負傷した男が大勢を相手にできるわけがない。

判断に迷っていると、また背後で草のざわめく音が聞こえた。博文はとっさに振り返る。しかし風の仕業だと分かり胸を撫で下ろした。

博文は小清水を撃った西日本兵を見た。そのときである。博文の全身に電気のようなものが走った。同時に心臓が暴れ出す。博文はそっとあたりを見渡した。

今、ここにいるのは自分と数百の死体である。かすかに息が残っている兵士もいるだろうが博文の行動など誰も見ていない。

今、西日本兵の軍服に着替えても誰も気づきやしない。西日本軍の軍服を着て西日本兵になりすませば、西に潜入することができるのではないか！

それは千載一遇のチャンスだった。

博文の気持ちは高ぶった。東西の壁が崩壊しない限り西に行くことは絶対に不可能と思っていたが、ここに思わぬ隙間があった。西に入りこむ唯一の方法である。東日本兵と気づかれた瞬間に命を落とすだろうが、このまま西日本兵とぶつかるよりはましだ。いずれにせよ危険ならば一か八か賭ける価値はある。成功すれば恵実に再会できるのだ。夢を叶えることができる。

博文は西日本兵の死体に向かって歩んだがすぐにその足が止まった。脳裏に一年一組の子どもたちの笑顔が浮かんだのである。子どもたちは自分の帰りを待っている。博文は子どもたちに必ず帰ってくると約束したのだ。しかし西に入ればもう東に帰ってくることはできない。西に紛れこむということは子どもたちを裏切ることでもあるのだ。

博文は胸が締め付けられた。恵実と子どもたちを天秤（てんびん）にかけることはしたくなかったが、やはり恵実への思いのほうが強かった。恵実にどうしても会いたかった。子どもたちには大勢の先生がいる。自分一人がいなくなったところで大きな影響はない。自分のことなど忘れてすぐに新しい担任に懐（なつ）くだろう。博文は強引に自分を納得させた。

みんな、ごめん……。

博文は小清水を撃った兵士のもとへ歩み寄り急いで軍服を脱がせ始めた。そのとき博文の瞳から一筋の涙がこぼれた。

死体は重く苦労したが何とか軍服を脱がせることができた。博文は着ている軍服を脱ぎ、西日本兵の軍服に着替えて帽子も被った。そして東日本軍の軍服を死体に着せた。

ちょうどそのときであった。基地のほうから男たちの声が聞こえてきた。

「生きている者はいるか！　いたら返事しろ！」

足音からして数人はいるだろう。博文はその場にうつぶせとなり身を隠した。あれがもし東日本軍ならじっとしていなければならない。

「生きている者がいたら返事しろ！」

大勢の声が飛び交う。いくつもの懐中電灯の光が交差する。博文は一瞬であるが西日本軍の軍服を確認した。一気に緊張が高まる。博文は意を決して言葉を発した。

「……ここだ」

しかし、極度の緊張で声が弱々しかった。西日本軍の呼びかけにかき消されてしまう。

博文は右手を挙げ、今度は腹の底から叫んだ。

「ここだ！　ここだ！　ここだ！」

西日本軍が自分の存在に気づくまで、博文は叫び続けた。

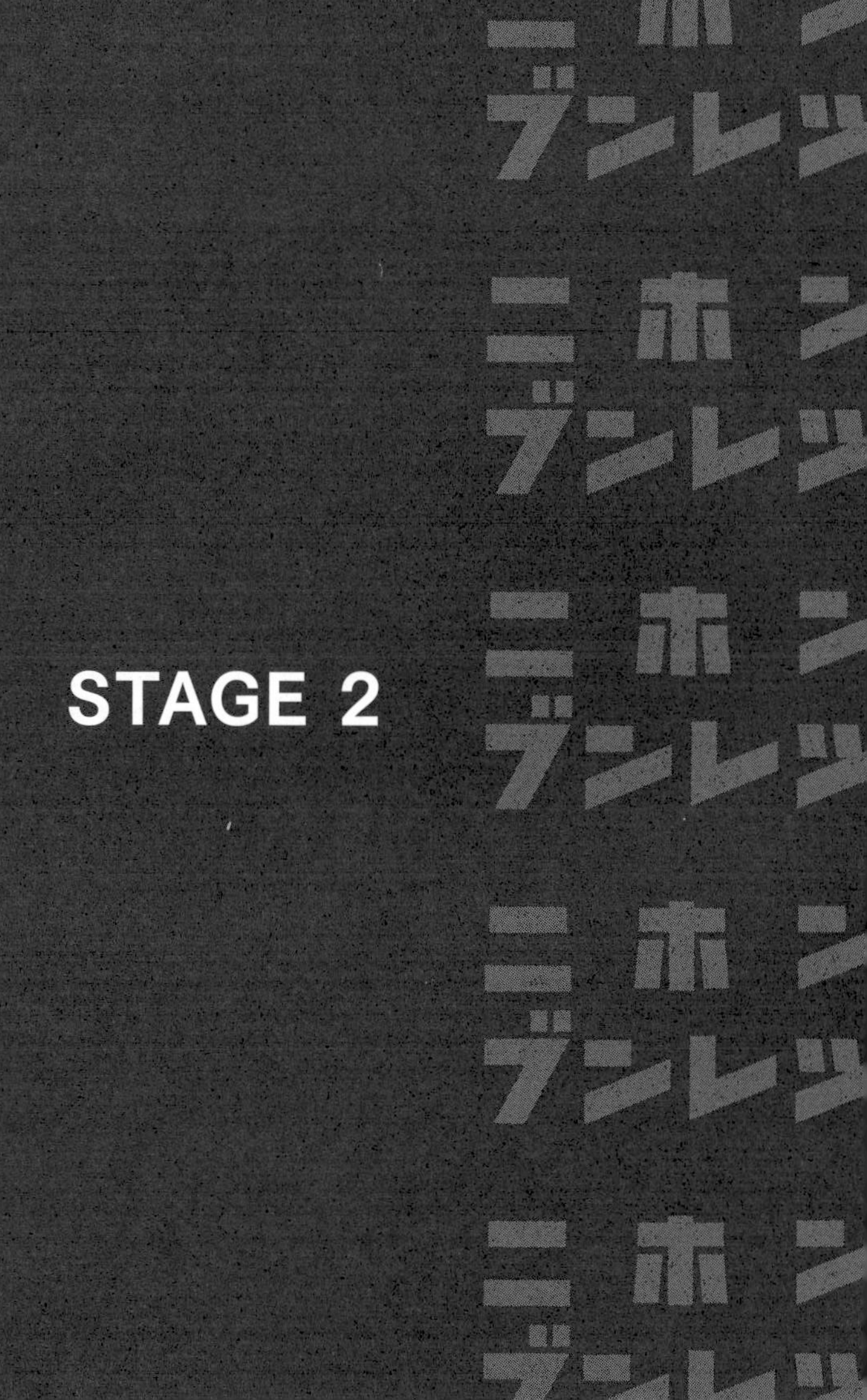
ニホン
ブンレツ
ニホン
ブンレツ
STAGE 2
ニホン
ブンレツ
ニホン
ブンレツ
ニホン
ブンレツ

4

朝日の昇る日本海を真っ赤な巨大船が一直線に進んでいく。

東日本軍との戦いで負傷した西日本兵は、この大型船に乗せられ本国に送還される。治療が施された軽傷者は隅にやられ、重傷者は今も治療を受けている。全滅したかに見えた西日本軍だったが思いのほか多くの兵士が一命をとりとめていた。医療室には血と消毒薬の混ざった匂いが充満し、あちこちから悲鳴と呻き声が聞こえていた。

博文は医療室の片隅に敷かれた薄い布団に仰向けとなり、静かに天井を眺めていた。

東日本軍の作戦は失敗に終わったが博文の計画は成功した。医療室に運ばれた博文は最初に女性看護師から治療を受けたが、彼女は博文をまったく疑ってはいなかった。今も博文を怪しんでいる者はいない。みんな治療に専念している。実は自分が東日本兵だということなど誰も思うまい。

博文はただ一点を見つめているだけだが湧き上がる興奮を抑えきれなかった。呼吸は荒く固く握られた右拳は小刻みに震えていた。

ついに西に入ることに成功したぞ。どれだけこのときを望んだことか。もう少しで恵実に会える。そう思うといてもたってもいられなくなった。博文は自分の気持ちを鎮めた。

あれから西日本兵を装い助けを求めて叫び続けた博文であったが、暗がりということもあり西日本軍の兵士は博文が実は東日本兵だということなど誰一人として疑わなかった。もっとも彼らは一人ひとりの顔までは覚えていないだろう。ゆえに西日本軍の軍服を着ていれば味方なのだ。彼らは親切なことに肩まで貸してくれて軍基地まで運んでくれた。そこで簡単な治療を受けて船が到着するまで医務室で寝かされた。その間も西日本兵が頻繁に出入りしたのでバレるのではないかとビクビクしていたが、誰も博文には気づかなかった。博文はなるべく顔を見られないようにと扉に背を向け船が到着するのを待った。そして三時間後、負傷者は真っ赤な大型船に乗せられたのである。

船が出航して五時間は経っただろうか、博文はこの船がいったいどこへ向かっているのか見当がつかない。気になるところであるが医療室にいる人間に訊くわけにもいかない。下手に尋ねてバレたら苦労が水の泡である。今はただじっと待つしかなかった。

博文は港に着くまで少し眠ろうかと目を瞑った。しかし身体は非常に疲れているはずなのに頭が興奮していて眠れる気がしなかった。

暗闇の中に恵実の姿がポッと浮かんだ。

博文の記憶の中にある恵実の顔が次々と蘇る。どれも笑顔ばかりで楽しそうだった。恵実とは四年も一緒にいたが、そういえば一度も彼女が怒った表情を見たことがない。二人は一度もケンカしたことがなかった。それくらいに仲が良く相性もぴったりだった。

またあのころの幸せな日々に戻りたい。いや、必ず取り戻す。まずは恵実と再会することだ。今は実家に住んでいなくても、実家を訪ねれば恵実の居場所はすぐに分かるだろう。実家の明確な住所は知らないが広島の呉(くれ)市ということは知っている。調べればなんとかなるだろう。

博文は夢が広がる。恵実と再会したらいろいろな場所にデートに行って、結婚したら一、二年後には子どもを作る。できれば男の子がいい。家族で買い物に行ったり、遊園地に行ったり、息子とキャッチボールをしたりして幸せな毎日を送る。さらに二年後くらいには二人目が生まれるだろう。一人目が男の子だったら女の子がいい。恵実のように優しくて思いやりのある子に育てたい。誰からも好かれる女性になってほしい。

恵実との子ならきっとそういう子どもに育ってくれる。恵実となら必ず幸せな家庭を築くことができる。

早く彼女に会いたい……。

会って力いっぱい抱きしめたい。もう二度と彼女を離さない。

再会のときはもうすぐそこまで迫っている。五年ぶりということもありまだ実感が湧かないが、会えばすぐにあのころの二人に戻るだろう。五年という月日は長く苦しい時間であったが、現実に再会のときが迫っていると思うと恵実と一緒にいたのが昨日のことのように思えた。

恵実の奴、驚くだろうな。抱きしめたら彼女は泣くかもしれない。

博文は待ちきれない思いで溢れていたが、西日本兵になりきり港に着くまで動かずじっと辛抱していた。その間も眠ることなく恵実のことだけを考えていた。

それからさらに五時間後、巨大船は速度を緩めてとある港に到着した。

大型船の出口扉が開くと負傷した西日本兵は外に出された。長い時間船に乗っていた博文は外の明かりが目に眩しかった。すでに西の空へ傾いているとはいえ太陽の光が海に反射しているのでよけいだ。すると扉付近で一瞬立ち止まっただけで湾岸の警備兵と思われる男の怒声が飛んだ。

「さっさと歩かんかい！」

博文はすぐに歩調を速めた。危ない危ない。決して目立たないことである。西に紛れこんでいることを忘れてはならない。言葉にも注意しなければならなかった。

軽傷者が船を出ると次に重傷者が担架で救急車に運ばれた。どうやらこれから病院に移されるらしい。軽傷者は船の近くに何台も停まっている黒いミニバスに進むよう指示された。博文もその中の一人であった。

軽傷者は次々と黒いミニバスに乗せられていく。車に乗る際、博文はバーコードを読み取るような機械を持った警備兵に、

「待て」

と止められた。一瞬ギクリとしたが男はその機械を博文の軍服の胸のあたりに当てると、

「乗れ」

と乱暴な口調で指示した。博文は一番後ろの窓際の席に座った。男は先ほど何を調べたのだろうかと、博文は軍服の胸ポケットの中に手を入れた。すると中から茶色い鉄のカードが出てきた。カードには意味不明な数字が並ぶほかは何も書かれていない。

これはいったいなんだろうか。男は手に持っていた機械でカードを読み取っていた

ようだが、もしかしたらこれはいわゆる住民票みたいなものだろうか。それとも軍に関係する物なのだろうか。どちらも違うとしたら見当がつかない。博文はカードの正体が気になったが、不思議そうに見ていると周りに変に思われる。カードをしまうと顔を隠すようにしてうつむいた。

それにしてもここはどこだろうと、博文は窓から外を見た。すぐそばに乗船手続きをする建物があり、そこに『博多港』と書かれてあった。それを見て博文は初めて自分が今九州の福岡にいるのだと知った。福岡には何度か来たことがあるが博多港は初めてで、福岡のどのあたりに位置するのかはいまいち分からなかった。

しかし奥島から近い能登半島の港ではなく、なぜ博多港なのか理由が分からない。ではこれから自分たちはどこへ連れていかれるのか。それすらも見当がつかなかった。

全兵士がバスに乗ると同乗した警備兵によって全てのカーテンが閉められた。真っ黒のカーテンなので車内は暗くなった。しかし明かりは点けられなかった。彼も同じ軍関係者だろうか。このとき博文はある違和感を抱いた。なぜ兵士の姿を隠すようなことをするのだろう。何か都合が悪いことでもあるのだろうか。まるで犯罪者のようではないか。それともただ単にケガをしているからか。博文は何となくそれは違うような気がした。だからといって他に理由は思い浮かばないが、漠然たる不安を感じるのである。

間もなくバスは動き出しカーテンの隙間から一般道を進んでいくのが見える。

博文は行き先が気になって仕方ないが、カーテンは閉められているし後ろの席なので前方の景色も見えにくい。隣の席に座る男なら知っているかもしれないが、やはり下手に尋ねることはできなかった。今はただバスがどこかに到着するのを待つしかなかった。

意外にもバスは三十分足らずで停車した。博文は軽く腰を上げて前方の景色を見た。ほんのわずかに線路が見えるが、どこかの駅だろうか。しかし駅がある様子でもない。殺風景な景色だった。

兵士たちが順番に降ろされる。博文は最後だった。車内が暗かったのでまた陽の光が目に痛かった。慣れると博文の瞳にいくつもの貨物列車が飛びこんできた。しかし見るからに普通の貨物列車ではない。バスと同じように全て車体が黒く不気味だった。

博文は頭や腕や足に包帯を巻いている兵士たちを見た。

もしや自分たちはこの貨物列車に乗せられるのか？

普通列車なら不審に思わないが、なぜ貨物列車なのだろうか。疑問を抱いている間にも兵士たちは次々と貨物列車に乗せられていく。いや、放りこまれていくといったほうが正しかった。

順番が来ると博文も乱暴に押しこまれた。貨物なので当然座席などあるはずもなく、みな空いているスペースに小さくなって座る。博文もスペースを探して縮こまって座った。博文はもう一度兵士たちを見わたした。抵抗はおろか文句を言う者すらいない。ほとんどの者がただボーッと一点を見つめている。覇気がなくみな希望を失ってしまったような表情で、これが当たり前というような様子だった。

やはり何かが変だと博文は思った。彼らもそうだし、警備兵たちは自分たちを人間扱いしていない。船を下りてからそれを強く感じた。まるで奴隷扱いなのだ。東もそうだったが西はもっとひどい。貨物に兵士が放りこまれているのを見て博文は家畜を想像したほどだ。

この列車はいったいどこへ向かうのか?

悪い想像ばかりが浮かぶ。不安が恐怖に変わっていった。

自分はもしかしたら、とんでもない世界に足を踏み入れてしまったのではないか……。

船を下りてからの扱いを見ると、兵士たちに一生自由はないのではないか。死ぬまで拘束されるのではないか。そんな気がしてならないのだ。もしそうだとしたら恵実に会うのはそれこそ夢のまた夢となってしまう。

身の危険を感じた博文は頭で決断するよりも先に身体が動いていた。今も次々と兵士が放りこまれてくるが、立ち上がった博文は兵士をかき分けて入口から外に飛び降りた。そして警備兵を思い切り突き飛ばし全力で逃げた。

「逃亡兵だ！」

突き飛ばされた男が叫んだ。博文は一瞬振り返った。五人の警備兵が追いかけてきている。博文は身体中の痛みを忘れて必死に逃げた。

「止まれ！　止まらんかい！」

博文は線路沿いを走るが、右方向にいくつもの倉庫が建っている。博文は警備兵をまくため倉庫のほうへ向きを変えた。その刹那、大空に銃声が響いた。警備兵たちは博文めがけ容赦なく発砲してくる。博文の顔が一瞬にして青ざめた。胸が早鐘を打つ。もう生きた心地がしなかった。

何とか倉庫のほうへ逃げこんだ博文は、警備兵たちを攪乱しようとジグザグに方向を変えた。一瞬博文を見失ったらしく距離は広がったが、警備兵たちはまだしつこく追いかけてくる。

倉庫を抜けてしばらくすると一般道に出た。博文は歩道を全力で駆け抜ける。歩行者、車の運転手、全ての人間が何事かと視線を向ける。その後ろには警備兵が追いかけてくる。すぐに脱走兵だと理解したに違いない。

「止まれ！」

博文は走りながら振り返った。警備兵たちとの距離が少しずつ縮まっている。博文は体力があるほうではないし、昨日から一睡もしていない。何よりケガをしているのだ。このままでは捕まるのは時間の問題であった。

また銃の乾いた音がした。街中に悲鳴が響く。しかし警備兵たちは一般人にかまわず発砲してくる。博文は狙いが定まらぬよう左右に揺れながら走った。だがもう心臓が限界だった。今にも破裂しそうであった。

それでもさらに一キロは走った。博文を走らせているのは気力と恐怖である。しかし博文はもう倒れる寸前まで来ていた。

もうダメだ、と諦めかけたそのときである。道路沿いにあるコンビニエンスストアに若い女性が赤い軽自動車を停めて入っていったのを博文は見た。女性は博文と警備兵たちの存在には気づいてはいなかった。

博文は目を光らせた。その目に映るのは女性の軽自動車だ。古いガソリン車である。女性はすぐに帰ってくるつもりだったのだろう。それに残暑も厳しいためにエアコンを切りたくなかったのではないか。軽自動車のエンジンを切らずにコンビニ内に入ったのだ。赤く光るテールランプがその証拠だった。

博文はそれを見逃さなかった。

しめたと思った。幸い助手席には誰も座っていない。ＡＩを搭載していないため居場所が割り出される心配も少ない。あれに乗れば逃げられる。博文は最後の力を振り絞りコンビニに向かって走った。そして急いで軽自動車の運転席に座り、ギアを入れてアクセルを踏んだ。急発進し一瞬バランスを崩したが何とか立て直した。

「止まれ！　止まれ！」

男たちの叫び声と銃声が響く。博文はバックミラーを見て安堵した。さすがに警備兵たちは追うのを諦めた。悔しそうにこちらを見ている。危機一髪のところで警備兵から逃げ切った博文は、国道に出ると東に向かって車を走らせた。

5

運良く警備兵たちから逃げ切ったが気を緩めてはならなかった。ラジオのニュースではまだ伝えられていないが、今ごろ博文は西日本中に指名手配されて軍と警察は博文の行方を追っているに違いない。博文は検問が敷かれていないか注意しながら国道を一直線に走る。標識には『北九州市』と出ていた。

博文の心臓はまだバクバクと音を立てている。

見る限り警察や警備兵の姿はないが落ち着かなかった。軍服姿では目立ちすぎる。一刻も早く着替えたいが、博文は現金や電子マネーを持っていないことに気づいた。持っていたとしてもうかつに使えなかった。日本は東と西に分かれもうすぐ五年が経つ。東の通貨は昔のままだが、西の通貨が変わっている可能性は十分にある。

スマホを持っていないのも痛かった。西の領土に入ったのだから、スマホがあれば今すぐ家族や恵実と連絡が取れたかもしれないのだ。いや、もしかしたら電波も形式も変わってしまったかもしれない。

とにかく博文は自身と恵実の実家のある広島県を目指して走っていった。最初に恵実に会いたいが、この格好では恵実の家を調べている途中で捕まってしまう。まずは実家に行って軍服を着替えることだった。息子が西に潜入して現在指名手配されていると知っても、母は温かく迎えてくれるだろう。

博文はお金がないため高速に乗れなかった。ＥＴＣカードがどこかに挿入されていないか期待したが、挿入する機械すらなかった。監視カメラを避けるためにも博文は一般道で広島県を目指す。かなりの時間を要するが仕方がなかった。

福岡と山口を繋ぐ関門海峡にさしかかったところで、博文の脳裏にふと西日本兵のことが浮かんだ。それにしてもなぜ彼らはあんな奴隷のような扱いを受けていたのだろうか。あの貨物列車はいったいどこへ向かう列車だったのだろう。行き先など知るよしもないが、彼らにとって良い場所でないのは断言できる。

博文はある想像をした。

もしかしたら彼らは犯罪者で、罪を犯した罰として軍に召集されたのではないだろうか。仮にそうだとしたらあの列車の行き先は刑務所だろう。もし本当にそうだとしたら脱走して正解だった。いずれにせよあの貨物列車に乗っていたら博文の自由は奪われていた気がする。

関門海峡を渡り博文は九州地方を抜け山口県に入ろうとしている。山口を越えれば広島県である。もう少しで恵実に会える。期待と興奮とで速度が上がった。

ところが、博文は橋を渡り終えると『山口県』と標識が出ている手前でブレーキを踏んだ。前方に、『これより先立ち入り禁止』と書かれた看板が、行く手を塞ぐようにして立っているのだ。

博文は首をかしげた。国道なのに立ち入り禁止とは変だった。この先で何らかの事故が起きたのか。その割には警察も警備の人間も立っていない。遠い先を見ても工事をしている様子もない。

博文は困った。ここを通らなければ実家には行けないのだ。

危険かもしれないが看板を無視して博文はアクセルを踏んだ。

彼はしばらくしてある異変に気づき軽自動車を停めた。そして運転席を降り遠くのほうまで景色を見渡した。

明らかにおかしい。看板を越えてから、つまり山口県に入ったとたん人間の姿が消えた。車も一台も走っていない。あたりは気味が悪いくらいに静まり返っていた。耳に聞こえるのは風と軽自動車のアイドリングの音だけである。博文はそんなバカなと心の中で叫びふたたび車を発進させた。

だがやはりどこに視線を向けても人の姿がない。いくら走っても車やバイクとすれ違うことはなかった。

信号も電気が消えている。街中の明かりも消えて店は全てシャッターが閉まっている。街中が閑散(かんさん)としていた。しかし荒らされた様子は一切ない。まるで人類だけが滅びたかのようであった。

これは単なる偶然とは思えなかった。もしかしたら何か事情があり今いる市だけ住民が避難しているのではないかと考え、博文はさらに走ってみた。しかし状況は変わらずどの市にも人の姿は見あたらない。人間の気配すらないのだ。

博文はふたたび車を停めた。驚きと薄気味悪さからしばらくその場から動けなかった。

「どうなってるんだ」

思わず声に出していた。

山口県の住民が全ていなくなっている……。

いったい、この五年の間に山口県に何が起こったというのか。福岡は何の変わりもなく普通に大勢の人々が行き交っていたが、山口県に入ったとたんに風景が一変した。深刻な何かがあったのは明白だった。

兵士のことといい山口県といい、西の実態が気になる。

だがモタモタしていられない。自分は今追われている身なのだ。広島の実家に行くのが最優先だ。博文はギアを入れアクセルを踏んだ。


博文の目に、『広島県』と書かれた標識が映った。一般道のためかなりの時間を要したがようやく広島県に到着した。しかし広島県に入っても異常な風景のままだった。山口県との県境あたりで予感していたが広島県に入っても人間がどこにもいない。町並みはほとんど変わらないが明かりが一切ないため全体が暗い。

これはいったいどういうことであろうか。謎は深まる一方だった。

博文はお金はないが誰一人としていないならば高速に乗ることも可能だろうと気づき、高速に乗ると車を猛スピードで飛ばした。

五日市（いつかいち）で高速を下りた博文は実家のある広島市西区に向かった。どうか人が現れてくれと願うが、やはりどこにも人間の姿はない。この様子だと父と母もいないだろうし間違いなく恵実も広島にはいないだろう。ではいったいどこにいるのか。博文は見当もつかないが悪い予感がする。博文は落ち着かなかった。

住宅街のど真ん中に三階建ての屋敷が堂々と建っている。そこが博文の実家であった。

実家に到着したころにはすっかり夜もふけていた。当然父と母は中にはいないだろう。チャイムを押すことも呼びかけることもしなかった。博文は実家の鍵を持っていないので、門を乗り越えると裏に回り勝手口のガラス窓を石で割って中に入った。

約九年ぶりの実家だが、ほとんど変わってはいなかった。リビングには父が気に入って買った外国製のソファとテーブルがまだ置いてある。変わったといえば、母の趣味であるスワロフスキーの置き物が増え、電化製品が新しくなっているくらいだった。

博文は二階に上がり自分の部屋に入った。博文の部屋もまったく変わっていない。机の上もいじられていないし小さいころ家族で撮った写真もそのままだ。しかし博文は懐かしんでいる余裕はなかった。クローゼットを開けて軍服から私服に着替える。これで目立つことはなくなったが博文は新たな不安を抱えていた。

山口県や広島県はいつからこんな無人状態になったのか。そして家族や恵実はそれ以来どこで暮らしているのか。いくら考えても想像すらできない。

博文は、ならば西日本の〝首都〟であろう大阪に行けば現在の西日本が分かるのではないかと思った。それが分かれば家族や恵実の手がかりも摑めるかもしれない。自宅を出た博文は車に乗りこみふたたび高速道に乗り大阪方面に向かった。

博文は、家族、そして恵実が無事であることを祈った。

夜の山陽自動車道を一台の軽自動車がものすごいスピードで通過していく。他に車がないので飛ばし放題であった。あっという間に広島を抜けた博文は岡山県を走る。広島に入るときと同じく予感はしていたが、岡山に入っても他の自動車は一台も現れなかった。この様子だと岡山県も山口、広島と同様無人状態であろう。いったいどこまでこの状態が続くのだろうか。標識を見る限りそろそろ兵庫県だが、兵庫県も無人化しているのではないか。

しかし博文の予想とは裏腹に、兵庫県に入り無人の料金所を越えてしばらくするといくつもの赤いテールランプが見えてきた。いきなりだったので博文はブレーキをかけ一気に速度を落とした。そして白い高級車の後ろにつく。博文は他の車が走っているのを見てホッとした気分だった。気づけば街の明かりも派手に灯っている。どうやら兵庫県には普通に人が生活しているようである。

それはそれで新たな疑問が生まれた。

なぜ兵庫に入ったとたん普通の風景に戻ったのだろうか。

博文はこのときまさかと閃(ひらめ)くものがあった。

兵庫は近畿地方で、山口、広島、岡山は中国地方だ。もしかしたら西日本は現在、中国地方は全て無人状態なのではないだろうか。博文は通ってきていないが、島根と鳥取の二県も無人化しているような気がするのである。しかしなぜだ。そして肝心の中国地方の住民は現在どこで生活をしている？

もしや中国地方の住民が軍に召集されたのではないかと博文は考えたが、すぐに違うというように首を振った。それなら女性や子どもは残っているはずである。山口、広島、岡山の三県はまるで人類が滅びたように誰一人としていなかった。

博文は他の可能性を考えたが思い浮かばなかった。かなり長いこと連続で運転しているため頭が回転していないせいもある。博文は姫路のパーキングエリアで休憩を取ることにした。

博文は自動販売機の前に車を停車させた。喉が渇いたがお金を持っていないため水道水で我慢した。水を飲んだらトイレに行きたくなり用をたす。

トイレを出て車に戻る際、博文と同い年くらいの男性が通りかかり、博文は無意識のうちに声をかけていた。

「あの、すみません……」

若い男性は振り返った。長い髪を金色に染めた今風の男だ。両耳にはいくつものピアスをつけている。指にはギラギラと光る指輪を四つもはめていた。いかにもチャラチャラとした遊んでいそうな男だった。

「何？」

男はタメ口で対応した。

「ちょっとお訊きしたいのですが」

博文は丁寧に言った。

「おう、何でも訊いてや」

男は軽いノリで返した。

「さっき山口、広島、岡山の三県を通ってきましたが、なぜ人が誰もいなくなっているのですか？」

そう尋ねると男は不思議そうに博文の顔を見た。

「何言うてんの？〝実験エリア〟だからに決まってるやん」

「実験エリア？」

博文は思わず声が大きくなった。

「てゆうか、実験エリアに入ったらあかんやろ。ホンマ危険やで」

博文は今度はつぶやくようにして言った。

「実験、エリア……」

「兄さんボケたんか？　中国地方は国が東西に分かれて半年で実験エリアに指定されたんやないか。忘れたんか」

やはりそうだったか。山口、広島、岡山の三県だけではない。中国地方全県が現在無人状態なのだ。しかし驚いた。まさか国の実験のためだったとは。西はいったい中国地方でどんな実験を行っているのか。よほど大規模な実験に違いない。

「なあ兄さん聞いてるんか？　さっきからおかしな兄さんやで」

博文は笑ってごまかした。危ない危ない。質問も慎重に選ばなくてはならない。

「そう、そうでしたね。それで、何の実験でしたっけ？　僕、あまりニュース観ないもので……」

「軍の実験がメインだから基本公開されてないけど、いろいろ実験してるようやで。島根と鳥取ではこの前ミサイル実験が行われたし、噂では山口で細菌兵器の人体実験までやってるみたいやで。次にどんな実験がされるのかは知らんけどな」

なるほどそういうことか。西は東の脅威に備えて兵器実験を行っているようだ。西は近い将来、東に攻撃をしかけるつもりかもしれない。

しかし西もメチャクチャなことをすると思った。実験のためとはいえ中国地方の住民を全て追い出すとは。

「そういえば中国地方の住民は現在どこで生活しているんでしょうね？」

一番重要な質問であった。しかし男はさあというように両手を上げた。

「そんなん知らんよ。平民エリア、奴隷エリア、そして俺らのような華族エリアと様々やろ？」

男は最後は自慢げに言った。

平民？　奴隷？　華族？

博文は何が何だか分からず頭が混乱した。

「兄さんは平民エリアやろ？」

男は断定したような言い方で訊いた。

博文は訳が分からず、

「平民エリア？」

とただ繰り返すだけだった。

「兄さんのナリ見たらすぐに分かるわ。明らかに普通やもんな。九州から来たんやろ？」

博文は動揺した。なぜ自分が九州から来たのを知っているのか。しかし逃走犯だと気づいている様子はない。

「それより兄さん、バッジが付いてないやないか。あかんでバッジ付けな。どこで警察や軍が見てるか分からんからな」

男は急にそう指摘してきた。

「バッジ？」

博文は男の胸を見た。赤い小さなバッジが付いている。博文は他の人間の胸にも注目した。

みんな赤いバッジを付けているのだ。もしや西日本住民は全員このバッジを付けているのか。

「なあ兄さん」

急に男の声の調子が変わった。視線を戻すと男は怪しむ目つきに変わっていた。博文は顔が引きつった。

「何でさっきから当たり前のことばかり訊くんや？　おかしいやないか」

男は博文に一歩歩み寄った。博文は後ずさる。

「もしや兄さん、東から来た人間ちゃうやろな？」

言葉が出た瞬間博文は全身から汗が噴き出た。額から一筋の汗が流れる。博文は首を横に振りながら後ろに下がった。

「そやろ？　そうなんやろ？　どうやって入った？　教えてみい」

博文はブルブルと頭を振った。

「違う。違いますよ」

しかし否定するわりには声が上ずっていた。男には通用せずしつこく迫ってきた。

「なあ教えてえな。俺も東に行ってみたいわ。東は今どんな感じなん？　変わったことある？」

「だ、だから、僕は何も……」

「嘘ついたってムダやで。俺にはお見通しや。誰にも言わんから教えてや。どうやったら東に行ける？」

男はヘラヘラしながら博文の肩に手を回してきた。博文はうっとうしそうに男の手を振りほどいた。

「だから違うって言ってるじゃないですか」

博文は思わず声を荒らげてしまったが、言ったあとでしまったと思った。男は何だその態度はというような目で博文を睨んでいる。博文はうつむいたまま、

「すみません」

と謝った。

男はつまらんというように舌打ちすると急に大声を上げだした。

「おい、みんな！　ここに東のスパイがおるで！」

パーキングで休憩を取る全員の視線が博文に向けられるが、みんな信じていないよ

うだった。

西に入りこむのは絶対に不可能だとみんなが知っている。男がふざけている程度にしか思っていないようだった。しかし博文は慌てふためいた。

「ホンマやで！　スパイやスパイ！　誰か警察呼んでこい！」

博文は警察という言葉に過剰反応した。博文は急いで車に戻り逃げるようにしてパーキングエリアをあとにした。

博文はしきりにバックミラーを確認する。警察が追ってきていないのが分かると胸を撫で下ろした。

まったく、あの男よけいなことをしてくれる。もしあの場に警察がいたら今ごろ捕まっていただろう。

しかしあの男のおかげで西日本の実態が少し摑めた。どうやら西日本は現在四つのエリアに分かれているらしく、中国地方が国の研究を行うための実験エリア。男の言い方だと九州地方が平民エリア。恐らく近畿・中部地方が全てを掌握する支配階級が住む華族エリア。だとすると残っている四国が奴隷エリアとなる。

博文はもしかしたら西日本兵士たちは奴隷エリアの人間だったのではないかと思う。あの扱いはきっとそうだ。黒い貨物列車は四国に行く列車だったのではないか……。

博文は西日本がとんでもない国に変貌したことを知った。階級制度といい、軍事実験といい、国民バッジといい、まるでアジアに位置するどこかの国を彷彿とさせる。

博文は鳥肌が立った。西は日本であって日本ではない。東が平和に思えるほどだ。何より人間をランク分けする階級制度が最悪である。博文は奴隷身分が存在することに恐怖すら覚えた。

いったい西の国民はどういった基準でランク分けされているのだろうか。東出身の人間が奴隷にされている可能性は十分に考えられる。そういえばパーキングエリアのあの男は自分を華族と言っていた。あまりそのようには見えなかったが……。

何より心配なのは、家族や恵実がどの位置にいるかである。判断基準が分からないから、華族、平民、奴隷、全ての可能性が考えられる。奴隷でないことを祈るが問題は家族や恵実をどう捜すかだ。ランクすら分からない博文には捜しようがなかった。どうすれば家族や恵実に会えるのか。よい方法はないか思案する博文はいつの間にか西の首都であろう大阪府に入っていた。

6

博文が大阪の中心街に到着したころにはすでに夜の一時を回っていたが、街は東京の新宿歌舞伎町を彷彿とさせるほどの賑わいを見せていた。いやそれ以上かもしれない。人々は酒に酔いしれ、大声で歌い、気分良さそうに街中を歩いている。階級制度があるなんて嘘のようである。

博文は運転しながら街を見渡す。街中のネオンが目に眩しい。時間を忘れさせるほどの明るさである。

驚いたのは街のど真ん中にカジノがいくつもあることだった。その周辺にはドバイの七つ星ホテルをマネたような超豪華なホテルが建ち並んでいる。レジャー施設も充実していた。

少し離れると今度は高層ビルが建ち並び、梅田駅付近には東京都庁を思わせる建物がそびえ立っている。新府庁かもしれなかった。

大阪の街はこの五年間で大きな変貌を遂げていた。〝西日本国の首都〟として整備されていた。

大阪の変貌ぶりに驚きを隠せない博文だが、彼は少し前からあることに気づいていた。大阪に入ってしばらく経つが街には高級国産車か外車しか走っていない。逆に博文が乗る軽自動車が目立っている。それに歩道をよく見ると、若者がほとんどいないことにも気づいた。中年層ばかりで、みんなしっかりとした服装を身にまとっている。博文のようなTシャツにジーンズ姿の人間など一人もいなかった。

みんな裕福そうな人間ばかりである。目には力があり表情は自信に満ち溢れていた。それもそのはずだった。近畿地方は華族エリアなのだ。

博文は行き交う人々を見て階級は年齢で分けられているのかもしれないと思ったが、パーキングエリアの男が脳裏を過った。あの男は明らかに二十代、いっても三十代前半だった。すると基準は何だろうか。

考えに没頭する博文は天満橋（てんまばし）を渡る。

ふと左側を向いたそのときである。博文は目を見張った。博文の視線の先にあるはずの大阪城が消え、国会議事堂にそっくりな建物が建っていたのだ。博文は思わず目をパチパチとさせた。だが確かに国会議事堂がそこにはあった。

天満橋を渡った博文は建物のほうへハンドルを切った。そして少し手前で車を停車させ、運転席を降りて建物に近づいた。

博文はしばらく開いた口が塞がらなかった。東京の永田町にテレポートしたのではないかと錯覚したほどだ。

まさか国会議事堂も造られているとは……。

博文はライトアップされている国会議事堂を見てハッとくるものがあった。

もし現在も父が政治家だったとしたら公務にやってくるのではないか。ここで待っていればいずれ父と会えるかもしれない。

何の手がかりもない博文はそれしか考えつかなかった。父がここにやってくることに賭けるしかないのだ。父に会えれば恵実の行方も分かるかもしれない。

博文はひとまず車に戻ろうと振り返った。

ところがそこで、博文は両腕を二人の男に強く摑まれた。博文は驚き左右を交互に見た。警察だった。軽自動車の周りにも三人の警官が立っている。両端の二人がこちらに銃を向けていた。

このとき、姫路のパーキングでの騒動がすでに伝えられているのだと理解した。同時に車から降りたことを後悔した。両腕を摑まれては逃げることは不可能だった。博文は抵抗せず観念した。

「岡田直弥(おかだなおや)だな?」

真ん中の警官が確認した。まったく別の名前を言われたので博文は混乱した。

　そのとき博文は、博多港に着いてバスに乗る際に警備兵が茶色い鉄のカードを機械で読み取ったのを思い出した。

　そうか、やはりあのカードには西国民の個人情報がインプットされていたのだ。だから警官らは脱走兵を岡田直弥だと思いこんでいる。しかし本物の岡田直弥は奥島で死んでいるのだ。

　博文が認めないでいると、

「岡田直弥だな？」

　ともう一度確認してきた。それでも黙っていると、銃を持つ警官が異変に気づき真ん中の警官に小声で言った。

「データの顔写真と違います」

「何だと？」

　真ん中の警官は目を細めて博文を見た。

「おい、貴様何者だ！」

　博文は答えられるわけがなかった。

「ＩＤカードを出せ」

　カードの提示を求められたが博文はそんな物を持っているはずがない。

「ありません」

「ないだと？」

警官は博文の胸に視線を下げた。当然バッジも付いていない。正体不明の脱走兵はカードもなければバッジも付けていない。今度は警官が混乱した。

「名前を言え！　さもないと撃ち殺すぞ！」

両端の警官が銃を握り直した。この男たちの目は本気である。博文は仕方なく名前を告げた。

「東条……博文……」

警官らは顔を見合わせた。

「もう一度訊く。貴様何者だ」

博文は答える勇気がなかった。すると真ん中の男は部下に命令した。

「まあいい。連れていけ」

博文はパトカーに乱暴に押しこめられた。パトカーはサイレンを鳴らさず静かに発進した。

博文は派手な景色を見ながら、何もかもが終わったと思った。

博文が脱走兵として逮捕され一夜が明けた。大阪梅田署に連行された博文は取調室に閉じこめられ、何人もの刑事から詰問を受けた。初めは黙秘していたが、いずれは全て分かることだと博文は自らの正体を明かした。

最初は、脱走兵が実は東の人間だったという事実を刑事たちは信じていなかったが、博文のからくりを知ったとたん取調室はにわかに慌ただしくなった。

その後、警察は博文の供述が事実なのかどうかデータを調べたに違いない。実際に博文のデータが存在しないことが分かると、博文は留置所に入れられた。あまりに事態が大きすぎて所轄では判断がつかないようだった。

博文は身体がクタクタに疲れていたが一睡もすることができなかった。これから自分に科せられる刑罰についてや恵実のことを考えて朝を迎えた。

早朝、留置所に朝食が運ばれたが博文はまったく手をつけなかった。とても飯を食べられる心境ではない。最悪処刑もありえるのだ。

博文は半分そのつもりで覚悟していた。西にしてみれば博文は工作員である。命が助かるわけがない。力なくコンクリートの壁に寄りかかる博文だが、廊下にいくつもの足音が響くと身体中に緊張が走った。恐らくこれからどこかに連れていかれるのだと思った。

廊下に人影がさし、その影が目の前に現れた瞬間、博文は目を見開いた。

そこに現れたのは父と母だったのだ。父は難しい表情で息子を見据え、母はすでに泣いていた。

「お父さん……お母さん……」

博文は信じられないというように二人を交互に見た。

警官によって扉が開かれると、母は泣きながら駆け寄り博文を強く抱きしめた。

「博文さん。本当に無事でよかった。お母さんどれだけ会いたかったか」

母は博文の頭を優しく撫でながら言った。

博文はあまりに突然すぎてしばらく呆然としていたが、二人が迎えにきてくれたのだと理解すると一気に力が抜けた。

博文は再会の喜びよりも安堵のほうが強かった。安心すると自分で自分を支えられなくなり母に身体を預けた。

「脱走兵が博文、お前だったとはな」

父は再会を喜ぶ様子もなく厳しい口調でそう言った。博文は顔を上げると、

「すみません」

と父に頭を下げた。

「なぜ危険を冒してまで西に入りこむようなことを……」

博文は答えられなかった。父の目を見ることもできなかった。

「まあいい。詳しいことは車で聞こう」

父はそう言うと背を向けて行ってしまった。うつむいたままでいると入れ替わるよ

うにしてスーツ姿の男が目の前に立った。男は地面に膝をついて博文に声をかけた。

「お久しぶりです、博文さん」

知っている声だった。男の顔を見た博文は意外そうな声で言った。

「小田原さん」

男は微笑んでもう一度頭を下げた。

「本当にお久しぶりです。お元気そうでよかった」

「まだ父の秘書を？」

男は四十代後半とは思えないさわやかな笑みを浮かべてうなずいた。

「ええ」

「そうだったんですか」

博文は懐かしい思いだった。

小田原は父が県議会議員のときから秘書を務めている男で、もう十年以上になるのではないか。だから博文もよく知っている。非常に頭のキレる男で、普段物腰は柔らかく紳士的だが、仕事になると精悍な顔つきになり冷静な判断で父のサポートをしてきた。父がもっとも信頼している秘書であろう。

小田原は博文に手を差し出した。

「博文さん、立てますか？」

博文は手を借りず自分の力で立った。

「大丈夫です」

「では行きましょう。表に車を用意してあります」

「分かりました」

博文は立ち上がると留置所を出て父についていく。母はずっと博文の背中に手を当てていた。

今ごろ気づいたのだが、父の周りには部下らしき人たちが五人もついていた。博文はこのとき、父の権力とその口添えで自分は助かったのだと知った。

梅田警察署を出た博文は黒い高級セダンの後部座席に乗せられた。父はその隣に座り母は助手席に座った。運転するのは専用運転手らしく三つの扉を閉めていった。

車はゆっくりと警察署を出た。その場にいた警官がいつまでも敬礼しているのに気づいた博文は、父はこの国ではそうとうな地位にいるのだと知った。となると考えたくはないが、父は西の独立に関わっていたのではないかという思いが頭を過る。否定しきれない自分がいた。

博文は改めて両親の姿を見た。

父はそれほど変わってはいなかった。厳しい顔つきは相変わらずで少しも丸くなってはいない。むしろ前よりも威厳が増したようだった。体型が変わった印象もない。血色はよく健康そうである。変わったといえば、多少髪が薄くなり白髪が増えた程度だ。オールバックに近い髪型はそのままだった。

九年の間に大きく変わったのは母のほうだった。博文のことはもちろん、政府要人の妻として、特にこの五年間は多くの心労があったはずだ。もともと華奢（きゃしゃ）な人だったが、さらに体重が落ちたようだった。腕も脚も転んだだけで折れそうなほどの細さだった。

髪にはしっかり櫛（くし）が通っているが白髪だらけで衰えたように細い。皺（しわ）もかなり増えた。かなり老けて見える。

顔の肉も落ちた。眼は落ちくぼみ、頬はそげ落ち、顎も尖ったようになっていた。博文と再会して今は元気そうであるが顔色はあまりよくない。もしかしたら大きな病気をしたのかもしれない。

母は息子との再会をもっと喜びたいといった様子だが、父がそれを許さなかった。父は前を向いたまま口を開いた。

「もう一度訊く。どうして西に入りこむようなマネをしたんだ」

父はどういう思いでそう訊いているのだろう。声色だけでははっきりとは分からないが迷惑そうにも聞こえた。約九年前、二人はわだかまりを残したまま別れている。

父は息子の裏切りをまだ根に持っているのかもしれない。

「どうなんだ？」

博文はやはり理由を答えられない。母はいいとして、答えたときの父の反応が怖かった。

父は一つ息を吐いて話題を変えた。

「まあいい。それより元気だったのか」

父がそう訊いてくるのは意外だった。

「はい」

「大阪の変貌ぶりには驚いただろう」

父の口調が少し柔らかくなった。

博文はうつむき加減で答えた。

「はい」

「日本が東西に分かれた直後、西は大阪府知事の横山総統が軍事独裁政権を発足させ、一部の華族が支配する国になった。現在西日本は三つの階級があり……」

「知っています」

博文は途中で言葉を挟んだ。

「華族、平民、奴隷の三階級ですね。実験エリアがあることも知っています。しかし、あの横山が総統だなんて……」

「近畿・中部地方が華族、九州・沖縄が平民、そして四国が奴隷エリアとなっている。そのすべてを束ねているのが総統だ。すべての権限を持つリーダーだ」

博文の予想は当たっていた。

「西の兵士たちは奴隷エリアの人間ですか？」

「そうだ」

父は平然と答えた。

「奴隷だなんてひどすぎる……」

父はそれには答えなかった。内心どう思っているのか。表情一つ変えないから博文にはまったく分からなかった。

「階級はどういった基準で決められたのですか？」

父は一言、「納税額だよ」と言った。

「納税額……」

「そう。納税額の多い者は華族エリアへ。少ない者は国の役に立っていないからと一方的に四国に送られた」

博文はそれを聞き信じられないというように首を振った。

まだ日本が東西に分かれる前は格差社会が問題視され、多くの政治家が格差をなくそうと努力してきたが、西は正反対であった。力のある者、裕福な者に味方をし、弱き者を救済せず地獄に突き落とした。

それを象徴したのがこの階級制度だった。

「ひどい話ですね」

博文はつぶやくようにして言った。小声だが怒りが込められていた。

「横山総統が決めたことだ。仕方がない」

と父は簡単に片付けた。

博文は恵実の階級が心配だった。判断基準が納税額ならば恵実は華族エリアにはいないだろう。平民エリアにいることを願うが奴隷の可能性だってあるのだ。

どうすればそれが分かるのか。博文には捜す術がない。やはり父に頼るしかなさそうだった。しかしどう彼女の話を切り出そうか博文が迷っていると、重苦しい空気を変えようと母が話題を変えた。

「博文さん、本当に元気そうでよかった。お母さんはずっとあなたを心配してたのよ。まさかこうして会えるなんて、本当に夢のようだわ」

「僕もずっと心配していました。お母さん、ずいぶん痩せたようですがお身体のほうは大丈夫ですか？　五年の間に病気はしませんでしたか？」

母は博文の顔を潤んだ目で見ながら答えた。

「大きな病気はしていないけれど、東西に分かれた直後に倒れてしばらく入院していたわ。長い間ショックから立ち直れなかった。でももう大丈夫よ。これからはいつでも博文さんに会えるんだから」

博文は言葉を返せなかった。母をここまで苦しめた国に怒りが湧いた。

母は明るい声の調子で訊いた。

「博文さん、大学を卒業したあとはどんな仕事を？」

「卒業してすぐ、横浜にある小学校の教師になりました。昨年からは担任も任されるようになったんです」

博文はあえて堂々と話した。母は父を気にしてかあまり嬉しそうな声は出さなかった。

「そう。やっぱり教師になったの」

父は言葉には出さないが明らかにこの話を聞くのが嫌そうだった。

「博文」

父が横顔のまま呼んだ。

「はい」

「私は広島県知事を経て今は奴隷エリアの責任者になっている」

博文はそれを聞いてショックだった。他のエリアならまだしも、よりによって奴隷エリアの責任者だなんて。

上の命令とはいえ、父はその職を拒否することはできなかったのか。奴隷エリアを管轄するのも出世のためか。

「博文、今回のことは私がなんとかした。総統に報告すると、『お前がそこまで言うなら国のために尽くせ』と、お前の身の安全を保障してくれたんだ」

今回のことはむろん、東から西に潜入したことである。

「今日からお前は華族の人間として西で暮らすことになる」

博文は一拍置いて返事をした。

「……はい」

「その代わり、お前には明日から四国へ行ってもらう。そこで国の仕事をするんだ。もう全ての準備は整っている。簡単な仕事だ。工場で奴隷を監視するだけだ」

博文は父の横顔を見た。父は博文の視線を無視して前を向いたままだった。

彼はすぐに拒否した。

「嫌です。僕にはそんな仕事できません」

博文は遠回しに父の職を非難した。

「許さん！　いいか博文、お前は自分の立場を分かっているのか？　本当ならお前は罪に問われているところなんだ。それが華族として暮らせるのだ。総統に忠誠心を見せるにはこれが一番なんだ。ありがたいと思え」

博文は言い返すことができなかった。

確かに父の言うとおり、本当なら命がなかったかもしれないのだ。命がなければ恵実に会うこともできないのだ。贅沢は言えない。しかし奴隷を監視する仕事だなんて……。

「博文、今度こそお前には私のサポートをしてもらいたい」

父は〝今度こそ〟を強調した。

「そして将来お前はその上を行くんだ。そのために今は四国で我慢するんだ」

直接的には言わないが、やはり父はまだ息子が政治の世界を拒み教師になったことを根に持っている。父はどうしても息子を自分の思いどおりの道に進ませたいようだった。

博文は奴隷を監視する仕事なんて嫌だし、父の言いなりにはなりたくなかったが、あくまで恵実と再会するためだと自分を納得させて従うことを決めた。いや、今の博文は従うしかないのだ。西にいられるだけでもありがたいと思わなければならなかった。

博文はしばらく黙っていたがやっと口を開いた。自分の中である決心がついた。

「お父さん、お母さん」

博文は改まった口調になった。

「ずっと黙ってきましたが、僕には結婚を約束した女性がいるのです」

父と母は博文に素早い視線を向けた。母は突然の告白に最初は驚いた様子だったが、その表情が綻(ほころ)んだ。心底嬉しそうであったが、父の顔色を気にして何も言うことはなかった。

父は難しい顔をして黙って聞いていた。

「西堀恵実さんといいます。僕と同い年で同じ広島出身です。彼女とは大学で知り合いました。彼女も小学校の教師を目指していました。優しくて、僕のことを第一に考えてくれる人です。僕は真剣に彼女との将来を考えていました。でも……」

博文の声が沈んだ。

「東西が分裂したとき彼女はちょうど広島の実家にいたのです。僕たちは国に幸せと将来を奪われたんですよ」

息子が最愛の彼女と生き別れたことを知った母は悲しそうに顔を伏せた。

「僕は彼女に会うために西に入りこんだんです」

博文が彼女と生き別れた事実を知った時点で、父と母は予測がついたらしく驚いた様子を見せなかった。

「そういうことだったのか」

父は溜め息混じりに言った。

「だがな博文、たった数年の付き合いでその彼女が今でもお前を思い続けているかどうか、それは分からないことだ。もしかしたらとっくに別の男性と結婚していることだってある。だってそうだろう。五年もの間声すら聞いていないんだからな。普通は相手のことを忘れる。それを頭に入れておいたほうがいい」

父は諭(さと)すようにして言ったが博文には反対しているようにしか聞こえなかった。しかし博文は最初から父が反対するのを知っていた。彼女も教師志望だからである。これが代議士の娘だったら反応は違っていただろう。

「僕は彼女を信じています。彼女は今でも同じ気持ちでいてくれているはずです」

博文が熱を込めて訴えると父は呆れたように溜め息をついた。

「お父さん、僕四国へ行きます。だからどうかお願いです。彼女が今どこでどう暮らしているのか調べてもらえませんか?」

父は黙っている。

「お願いします」

博文が懇願すると父は仕方ないというようにうなずいた。

「分かったよ。明日にでも秘書に調べさせよう」

博文は安堵したように息をついた。そして父に深く頭を下げた。

「ありがとうございます」

「気にするな」

父はそう言うと窓の景色に顔を向けた。博文はしばらく父の姿を見つめていた。するとどうしても五年前のことに触れたくなる。

「お父さん」

博文はまた改まった声の調子になった。父は景色を見ながら返した。

「何だ」

博文は迷ったが訊かずにはいられなかった。

「教えてください。お父さんは西の独立計画に関与していたのですか？」

車内の空気が凍り付いた。父は黙っている。博文は遠慮せずもう一度訊いた。

「どうなんですか。答えてください」

しかしそれでも父は口を開かなかった。腕を組み外を見たままだった。

母が慌てて話題を変えた。

「それより博文さん、今日はたくさんご馳走を作りますからね。食べたい物があったらどんどん言ってちょうだいね。ワインも届けてもらいましょうね」

博文は返事をしなかった。父の横顔をじっと見据えていた。父は博文の視線を感じているはずだがこちらを向くことすらしなかった。何かを考えているようだが博文には心の内が読めなかった。

結局父は最後まで何も語らなかった。博文たちの乗る車は高速を下りて高級住宅ばかり建ち並ぶ一角に入ると、『東条』と表札の出ているひときわ目立つ日本家屋の門をくぐった。

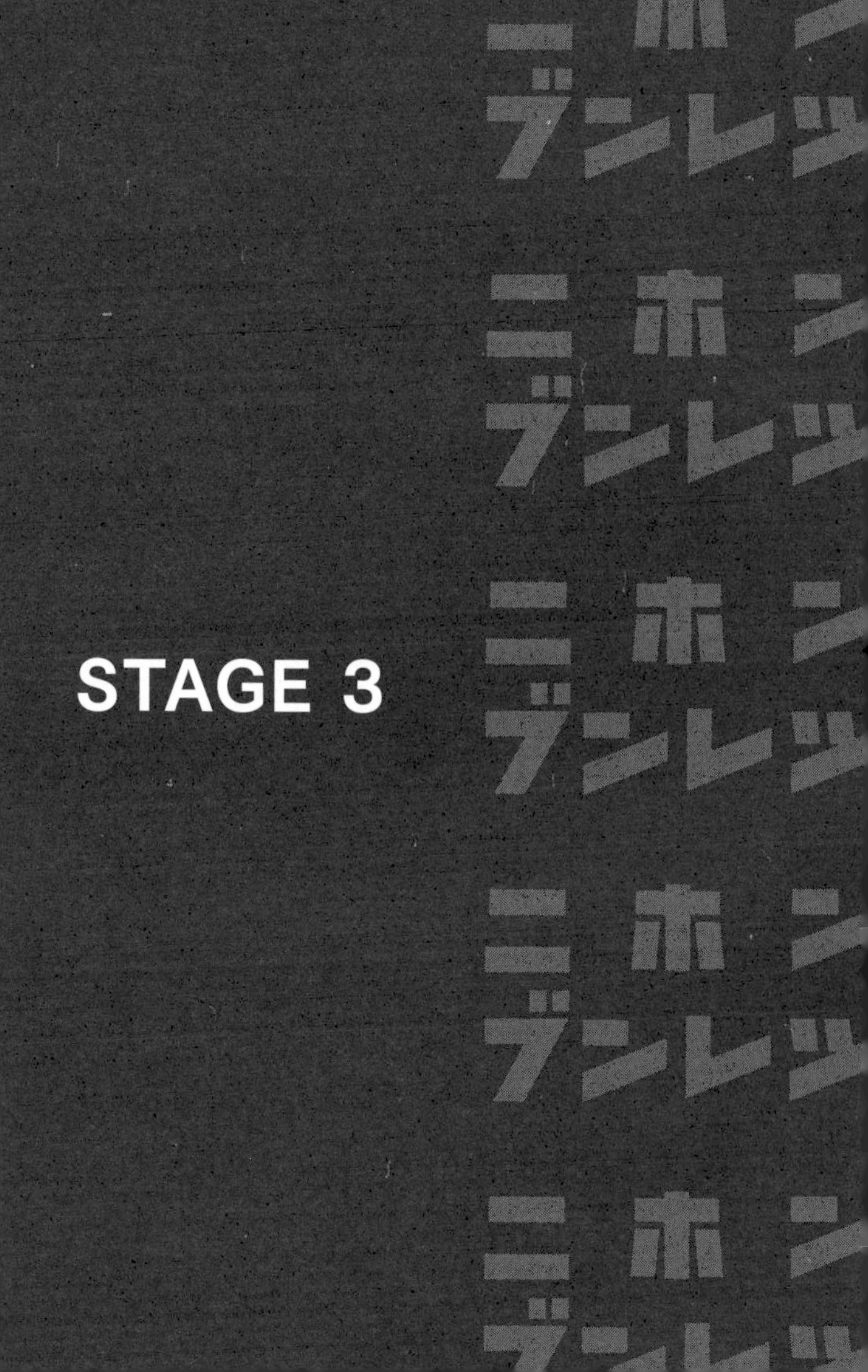
STAGE 3
ニホン
ブンレツ
ニホン
ブンレツ
ニホン
ブンレツ
ニホン
ブンレツ

7

二日後の朝、博文は父の命令を受けて愛媛県第一地区生産工場にやってきた。入口の手前に立つ博文の眼前には広大な敷地といくつもの生産工場が建ち並んでいる。

広さにしてどれくらいだろうか。東京ドーム五つ分はあるだろう。この広い敷地に六万人もの奴隷と位置づけられた人間たちが働かされている。まだ労働者の姿はないが敷地内は独特な雰囲気が漂っているように感じた。

博文は今日から監視員としてここで働く。胸には華族の証明である赤いバッジを付け、財布の中には自分のデータがインプットされたＩＤカードが入っている。博文は完全に西国民となった。全て父の力である。

博文は昨日の夕方、両親が暮らす屋敷を出て夜に愛媛県第一地区に到着した。もともとここは松山市であったが、西が独立して四国が奴隷エリアと指定されてから『第一地区』と変更されたそうだ。この生産工場もそれから建設されたらしい。だから建物はまだ新しかった。ここ以外にも数多くの工場が建てられ、第一地区は工業地区とも呼ばれているそうだ。愛媛は三地区に分かれているが、他の地区にも強制労働施設がいくつも建てられているのだろう。むろん愛媛だけではない。四国全体が強制労働地帯と化した。

博文は敷地内に入り監視所を探した。そこに地区長を務める伊藤武夫という人物がいるらしい。父は工場についたらまずその伊藤のもとへ行けと博文に言った。

監視所と書かれた建物を見つけ中に入ると、早速警備員のような格好をした男に出くわした。恐らく彼も監視員だろう。博文は声をかけて伊藤さんはどこにいますかと尋ねた。男は博文の胸の赤いバッジを確認すると急に丁寧な口調になり、伊藤地区長は地区長室にいます、三階ですと教えてくれた。

男の胸には白いバッジが付いていた。白は平民エリアの人間だと父から教えられて知った。どうやら監視員には平民の人間もいるらしい。博文はお礼を言って階段を登る。三階に着いた博文は地区長室を見つけノックした。中から高い声が返ってきた。

「失礼します」

博文が中に入ると伊藤はパターの練習をしていたが、慌ててパターをゴルフバッグにしまい博文に早足で歩み寄った。そして何度も腰を曲げてあいさつした。

「失礼いたしました。東条さん、お待ちしてました。初めまして。私、伊藤武夫と申します」

伊藤には京都のような訛(なまり)があった。

伊藤の歳(とし)は博文より二回りは上だろうが、博文を「東条さん」と呼び丁寧にあいさつした。博文は伊藤の対応に戸惑った。どちらが上司か分からなかった。

「さあさあ、どうぞこちらへ。ソファに座ってください」

伊藤は背が低いから腰を曲げるとよけい小さくなった。博文は遠慮がちにソファに座った。伊藤はその向かいに腰掛けた。

伊藤は背は低いがでっぷりと太っていた。座るとよけいに腹が出る。狸(たぬき)のような体型だった。よく見ると顔も狸顔だった。目はまん丸で頬にたっぷり肉がついている。脂性なのか顔がテカテカ光っている。髪も脂でベタついていた。

伊藤は目が合うと頭を掻きながら笑った。さっきからずっと緩みっぱなしである。

博文は本当にこの人がここの責任者なのかと疑問を抱いた。博文にずっとヘコヘコして頼りなさそうなのだ。

博文は彼の胸に注目した。そこには赤いバッジが付いている。同じ華族だ。だから博文に恐縮する必要はないのだ。

父の影が伊藤を萎縮(いしゅく)させているのだった。

「いつもお父様にはお世話になっております」

「こちらこそお世話になっております」

言葉ではそう返したが愛想はなかった。

「お父様はお元気ですか？」

どうやらこの男は、博文がここで働くことになった詳しい経緯を知らないようだった。

「ええ、まあ」

「くれぐれもお父様にはよろしくお伝えください」

「はあ……」

伊藤は声の調子を変えた。

「それで、愛媛には昨日着かれたんですか？」

「はい、そうです」

「それはそれは、ご苦労様です」

伊藤は膝に両手をついて深く頭を下げた。

「東条本部長の息子さんを奴隷エリアなんかで働かせるのは私としては非常にもったいないと思うんですがねえ。お父様にも考えがあってのことでしょう。いやあ、誠に恐縮です」

伊藤はかなり緊張しているらしく終始落ち着かなかった。

伊藤は続けて言った。

「今日からよろしくお願いいたします。東条さんにはここ第一工場というところを担当していただきます。これから第一の監視員を紹介いたしますので少々お待ちください」

そう言うと伊藤は立ち上がり内線をかけた。しばらくすると続々と監視員がやってきた。

博文の前に二十人ほどが整列する。バッジは白がほとんどだった。全員博文よりも年上に見えた。みんな表情が暗いのは気のせいだろうか。環境のせいかもしれない。

博文はソファから立ち上がり頭を下げる。

全員が揃ったのを確認すると伊藤はみんなに博文を紹介した。

「みなさん、今日から一緒に働くことになりました東条博文さんです」

博文はみんなにあいさつした。

「東条博文です。よろしくお願いします」

監視員たちは低い声であいさつした。少し遅れて、

「よろしくお願いします」

と大きな声であいさつした者がいた。博文と同世代の二十代後半、いっても三十代

前半の男だった。胸には赤いバッジが付いている。目が合うと男はにんまりと笑った。明らかにこの場では浮いていた。

帽子を被っているので髪型は分からないが、面長で頬が赤く動物にたとえると猿のような顔をしていた。

男は背は高いがガリガリに痩せていた。伊藤とはまったく正反対の体型である。髪は茶色に染めていて耳にはピアスをしている。もう一度視線が合うと男はチロリと舌を出した。華族ではあるが一目で調子のよさそうな男だと分かった。しかしどこか憎めない雰囲気がある。

伊藤はその男に指示した。

「本郷（ほんごう）くん、君が一番年が近いから、東条さんに仕事内容、それと建物内を案内してさしあげて」

本郷はわざとらしく背筋を伸ばし敬礼のポーズをとった。

「了解しました」

伊藤は博文に視線を戻した。

「東条さん、そういうことですので分からないことがあったら本郷くんに何でも訊いてください。今日は彼の補佐をして仕事を覚えてください」

伊藤はそう言うと今度は三つの鍵を博文に渡した。

「これがロッカールームの鍵でこっちが工場内で使う鍵です。最後にこれが奴隷たちが住む寮の鍵です」

奴隷たちが住む寮の鍵？　博文は疑問を抱いたがこの場では訊かなかった。

「ロッカールームは地下一階になります。制服を用意してありますので、まずはそれに着替えてください」

「分かりました」

「では本郷くん頼むよ。くれぐれも失礼のないようにね」

本郷はまた敬礼のポーズをとった。

「かしこまりました」

本郷は博文を見ると、

「ほな行きましょうか」

と言った。博文は返事して本郷についていく。

地区長室を出たとたん、本郷は誰も見ていないのを確認すると博文の肩に手を回し耳元で囁いた。

「なああんた、東条本部長の息子さんなんやってな？」

嫌みではなく心底感動したような声だった。

博文は愛想なく答えた。

「すごいなあ。東条本部長の息子さんがまさか奴隷エリアに派遣されてくるなんてなあ」

「ええ、まあ」

　父は奴隷エリアではよほどの地位なんだなと改めて思った。

「俺、本郷忠信。親父のコネでここで働いてんねん。親父の力で華族っておもろいやろ?」

　男は言って自分で笑った。博文は自分のことを言われているようで気分が良くなかった。

　本郷は階段を下りながら訊いた。

「あんたいくつ?」

「二十七です」

「なら俺のほうが一つ年上やな。伊藤さんは東条さんて呼んでるけど、俺はヒロちゃんでええ?」

「ヒ、ヒロちゃん?」

「博文だからヒロちゃん。そっちのほうが呼びやすいねん。ええやろ?」

「まあ、お好きにどうぞ」

　本郷は博文の反応に不満そうだった。

「なあなあ、どないしたんや？　全然元気ないやんか。嫌なことでもあったんか？」

「いえ、別にそういうわけでは」

「だったらもっと元気出してこうや。ほらこうやってな」

本郷は階段を下りながら変な踊りを始めた。博文をどうしても笑わせたいようだった。博文は本郷と目が合うとクスクスと笑った。博文が初めて笑うと本郷は満足そうにうなずいた。

「そうや、それでええねん。これから仲良くやってこうや」

本郷は握手を求めてきた。博文は遠慮がちに握手した。本郷は力強く握るとまたにんまりと笑った。

調子はいいが悪い人ではなさそうだなと博文は思った。


本郷と一緒にロッカールームに入った博文は私服から制服に着替える。全身紺色の制服だった。帽子を被り、最後に赤いバッジを胸に付けていると本郷が訊いてきた。

「なあなあ、そういえばヒロちゃんは前はどの機関で働いとったん？　大阪にいたんちゃうの？」

一瞬博文の動作が止まった。動揺は見せてはならないと自然を装う。しかしその答えの準備ができていなかった。そもそも政府要人関係者の仕事はどんなものがあるのか分からない。

「父の、手伝いを……」

そう濁すしかなかった。

「そうなんや。で、何で奴隷エリアに派遣されたん?」

博文は経緯を話せるわけがなかった。

「さあ、僕にはちょっと分かりません」

「ふうん」

自分について触れられたくないので博文のほうから話題を変えた。

「本郷さんのお父さんはどういったお仕事をされている方ですか?」

「京都の大学で軍に協力してる研究者やねん」

「そうですか」

「さっきも言ったように俺は完全にコネやねん。親父がおらんかったら俺なんて完璧奴隷側やで。そしてとっくに過労死してるかもな」

本郷は自分のジョークに笑ったが博文は笑えなかった。人は悪くないが時折無神経な発言をする男だった。

本郷はそれからタバコを吸い出したがハッと腕時計を見ると博文に言った。

「もう八時前やんか。そろそろ仕事場に行くで。奴隷さんたちがやってくるころや」

二人はロッカールームを出て一階に上がった。監視所を出た本郷は地面にタバコを捨ててスタスタと工場へと向かう。博文はその後ろをついていくが、これから奴隷と位置づけられた人間たちと対面するのだ。自然と顔が強張っていた。

8

博文が担当することになる第一工場はサッカーコートくらいの広さだった。工場内には様々な機械が設置されているが、博文には当然どんな仕事をする装置か分からないし、そもそもここで何を生産しているのかさえ教えてもらっていない。一番奥にベルトコンベヤーが置いてあるが、もちろんそれを見ただけでは分かるはずがない。

第一工場の監視員は各配置場所に立って、労働者を待っているようだった。本郷は他の監視員と違って落ち着かない。関節を鳴らしたり首を回したりと緊張感がなかった。

ここで何を生産しているのか博文は本郷に尋ねようとしたが、その前に本郷が、

「ほれ、来たで」

と入口を顎でしゃくった。博文は本郷の視線の先を見た。労働者が十人一組の列を作ってやってくる。全員番号のついた茶色い作業着を着せられ、胸には黒いバッジを付けている。バッジは気味の悪い光沢を放っていた。

第一工場は全員が男性で、年齢は様々であるがみんな希望の光を失った目をしており、無表情であった。当たり前である。勝手に奴隷にされ、幸せと自由を奪われて毎日きつい労働をさせられている。頭がおかしくなったって不思議ではない。

全員国に対する怒りや恨みも忘れて疲れ切った様子だった。朝から魂が抜けてしまうほどの溜め息をついてばかりだ。

労働者たちで埋め尽くされると工場内は異様な空気に包まれた。

班は二十に分かれており本郷は五班が担当だった。班長なのかどうか知らないが先頭の者が本郷に大声で伝えた。

「おはようございます！　五班、全員揃っております！」

本郷ははいはいというようにうなずくと、

「早速作業に取りかかって」

と偉そうに命令した。すると五班の労働者たちは各配置につき、機械のスイッチを入れると作業を始めた。他の班も一斉に作業を開始した。工場内は機械音で支配された。

本郷は少し離れ、パイプ椅子に深々と腰掛けて労働者たちの作業を監視し始めた。監視といっても目を光らせているわけではない。足でリズムを刻み鼻歌を歌いながら適当に作業を見ていた。

本郷は労働者たちを見つめる博文を呼んだ。

「ヒロちゃん、ヒロちゃん」

博文は振り返り本郷のもとへ向かう。

「立ってたって疲れるだけやで。ヒロちゃんも座りや」

博文は労働者たちが仕事しているのに座る気分にはなれなかった。本郷は博文の抱く罪悪感を感じ取ったようだった。

「ええねんええねん。俺たちはこういう仕事やねんから。気にすることはあらへん。座りや」

それでも博文は座らなかった。本郷に質問した。

「ところでこの工場では何を生産しているんですか？」

「俺も細かいことは知らんけど、自動車の部品を製造しているみたいやけどな」

何ともいい加減な答えだった。

「細かいことは知らないって、僕たちの仕事は本当にただ座って見ているだけですか」

本郷は当たり前だろというようにうなずいた。

「そや。サボっている者がいないか、脱走する者がいないか見張る役や。それ以外に何があんねん？　まあ脱走したってすぐ捕まるから脱走する者はおらへんし、サボろうにも目の前で監視されてるからサボる者もおらん。せやから毎日座ってるだけや。退屈で退屈で仕方あらへん。たまには問題起こしてもらったほうがおもろいねんけどなあ。まあ問題起こした瞬間に処刑やろけどな」

本郷の言うように労働者たちは誰一人サボっていないし、むしろ真剣に作業している。

疲れても苦しくても手を休める者はいなかった。どこかビクビクしているのは処刑を恐れているのか。休んだだけで処刑はないだろうが、脱走は当たり前のように処刑される気がする。

博文はこのとき西日本とアジアのとある国が重なった。改めてここは日本ではないと思った。支配する側される側の差が天と地ほどに離れている。奴隷側にとって華族は絶対であり、華族は奴隷を人間とも思っていない。この国ではそれが当たり前のようになっている。支配する側でありながら博文はこの現実に身震いした。

それから博文は一度も椅子に座ることなく労働者たちの作業を複雑な思いで見つめていた。見ていると胸が苦しくなったが目を逸らしてはいけないと思った。これが現実なのである。

　そんな博文に本郷はうるさく世間話をしてくる。本郷だけではない。他の監視員も適当に監視しているといった態度だった。暑いのに水も休憩も与えられず、苦しそうに労働する奴隷たちを見ながらも平然としていた。

　何も思わないのかよ……。

　博文は頭の中で叫んだ。


　作業は重労働だが、結局午後一時のお昼休憩まで労働者たちには少しの休憩も与えられなかった。工場内にベルが鳴ると労働者たちはまた列になって工場を出ていく。それを見届けると本郷が明るい声で言った。

「さあヒロちゃん、お昼行こうや。腹減ってかなわんわ」

　博文はそんな気にはなれなかった。出入口の一点を見つめていた。

「どないしたんやヒロちゃん。深刻な顔して」

　博文は無意識のうちに訊いていた。

「彼らはちゃんと食事が与えられるんですか？」

　ここは奴隷エリアだ。もしかしたら何も食べさせないのではないかと心配した。

　本郷は呆れたように笑った。

「当ったり前やろ。食べさせな死んでまうやんか。心配しすぎやねんヒロちゃんは」

「それならいいですが。それもありうるかなと思いまして」

「ヒロちゃんが気にすることちゃうよ。さあさあお昼行こ」

本郷は博文の手を取ると引っ張るようにして監視員用の食堂に連れていった。そこには全職員が集まり食事をしていた。正確には分からないが五、六百人はいるだろう。当たり前だが、この百倍は労働者がいるということである。ここだけでそれほどの奴隷がいるということは、四国全体でいったい何人の奴隷がいるのであろうか。想像するだけで恐ろしかった。

本郷はあまり元気のない博文の分まで食事を持ってきてくれた。博文はメニューを見て、あれ？　と思った。博文たちはデミグラスソースのかかったハンバーグとコーンスープだが、隣に座る平民の職員はハンバーグではなく豚のショウガ焼きとみそ汁だった。

博文が怪訝な表情を浮かべていると、本郷は意味を察して隣に平民の人間がいるというのに、

「ええねんええねん。俺たちは華族やねんから」

と遠慮なく言った。博文はこのとき、労働者はいったいどんな食事を与えられているのだろうと思った。そういえば労働者たちはみんな痩せ細った身体をしていた。栄

養を十分に取っていない肌だった。かなり粗末なメニューに違いない。

本郷はそんなことを考えるはずもなく美味しそうにハンバーグを頬張る。博文は申し訳ないような気がしてあまり手をつけることができなかった。

労働者たちは一時四十分には全員各配置についていた。そして五分後の四十五分に作業開始のベルが鳴ると、一斉に作業が再開された。

労働者たちは満足な食事と休憩を与えられていない。にもかかわらず重労働を課せられている。さらにこの暑さである。九月の工場内は蒸し風呂のような暑さだった。なのに水すら与えられず長時間作業を続けるのだ。作業着が濡れるほどの汗を流し、苦しそうに息を吐きながら仕事をする。しかし手を休めたり弱音を吐いたりする者はいなかった。みんな監視の目に怯えながら仕事している。

こんな日々が続いたら身体の弱い者は死んだっておかしくないと博文は思った。

午後の作業が開始されて三時間が経ったころだった。博文の悪い予感は現実のものとなった。隣の四班の労働者が突然倒れたのである。近くにいた労働者が倒れた労働者に駆け寄ったそのときだった。四班を担当している監視員が座ったまま怒声を放った。

「手を休めるな！　持ち場に戻れ！」

すると助けに駆け寄った労働者たちは反抗の態度すら見せず、言われたとおりに自分の持ち場に戻り作業を再開した。逆らったら何をされるかと怯える労働者たちは、倒れた労働者に一瞥もくれなかった。

四班の監視員は舌打ちすると倒れた労働者に叫んだ。

「おい四五五番！　何してる！　早く立て！」

しかし『1－455』と書かれた作業着を着た労働者は起き上がらない。意識を失っているらしくピクリとも動かなかった。だが監視員には関係なかった。

「早く立て！」

聞こえているはずがないのに監視員は叫び続けた。博文は見ていられず倒れた労働者に駆け寄ろうとしたが、本郷が腕を摑んで首を振った。

「ヒロちゃんが行く必要あらへん。あの監視員に任せといたらええねん」

博文は本郷を睨み付けて腕を振りほどくと倒れた労働者のもとに駆け寄った。労働者が息をしているのを確認した博文はひとまず安堵した。

「東条さん、勝手に立ちますから大丈夫ですよ」

四班の監視員は博文にヘコヘコしながら言った。彼は白いバッジだった。

「このままでは本当に死にますよ」

博文が厳しい口調で言うと監視員は深く頭を下げた。

「すみません」

博文は近くにいた労働者を二人呼んだ。

「医務室はありますか？」

博文が訊くと油で顔が真っ黒の労働者が答えた。

「はい。近くにあります」

「行きましょう」

博文とその二人は倒れた労働者を持ち上げた。そのとき博文の目の端に四班の監視員が映った。博文の行動を驚いた目で見ている。博文は心の中で狂ってると言って労働者を医務室に運んだ。

医務室は第一工場から少し離れた所にあった。入口をくぐり扉を開いた博文は思わず足が止まった。

医務室は博文が勤めていた幸南小学校の体育館くらいの広さで、そこに五十人を超える労働者たちが簡易ベッドに寝かされていた。そのほとんどが女性で、あちこちから呻き声が聞こえてくる。

患者の数に対して医者はたった三人だった。しかも三人とも明らかに六十を過ぎている。現役引退後に奴隷エリアに派遣されたのだろうか。

一人の医者がこちらに気づき駆け足でやってきた。監視員が患者を運んできたので医者は心底驚いた様子だった。しかもその監視員は華族である。医者は丁寧な対応をした。

「ご苦労様です。あとは我々がやりますので」

しかし博文は工場には帰らなかった。

「いつもこんな調子なんですか?」

医者は医務室を振り返って言った。

「ええ、まあ。特に今の時期は」

「ちゃんとした病院には連れていかないんですか?」

博文が厳しい顔つきで訊くと医者は困ったように頭を掻いた。

「ええ。そういうことになっております」

博文はしっかりとした治療を受けられない患者の行く末が心配だった。息絶える患者だって少なくないだろう。

博文は憤りを覚えたがこの医者に熱くなってもムダである。

「そうですか」

そう力なく言って博文は医務室をあとにした。

うつむきながら工場に戻る博文は、もうこんな所にはいたくないと小さく首を振った。

9

作業終了のベルが鳴ったのは午後七時だった。午後の仕事が始まってから一度も休憩を与えられなかった労働者たちは、クタクタになりながらもしっかりと整列をし監視員にあいさつをして工場を出ていく。

本郷は何もしていないにもかかわらず、疲れた疲れたと言って立ち上がると博文を手招きした。

「ヒロちゃん、ちょっとおいで」

本郷は工場を出ると労働者たちのあとをついていく。博文は本郷の意図が分からないが黙ってついていった。

第一工場の労働者たちは敷地内にある三階建てのボロい建物に入っていった。全員が入ると最後尾にいた監視員が建物の鍵を閉めた。

今、労働者たちは中に閉じこめられたのである。仕事外でも拘束されるというのか。どこまでひどい扱いをすれば気がすむのだろうか。

「奴隷たちはあの中で食事をして同じ班の奴らと一緒に大部屋で寝るんや」

本郷は続けた。

「寮の扉の開け閉めは交代制でな。明日は俺の当番やから朝ついてきたらええ。まあ言うてもカードで解錠するだけやけどな」

「彼らを閉じこめていったい何の意味があるんですか」

博文は思わず責めるような口調になってしまった。

「一応脱走しないようにってことらしいが脱走する奴なんておらんよなあ。脱走したところで四国全体が奴緑エリアなんやから意味ないし、他のエリアに行こうとしたって行けるわけがない。第一見つかったら処刑や。死にたい奴は別かもしれんけどな。俺が知る限り脱走に成功した奴はおらん」

博文が言葉を返す前に本郷は話題を変えた。

「なあ、それよりヒロちゃん、これから飲みに行かへん?」

飲みに行く?　いったいどういう神経しているんだろうと思った。本郷は博文の浮かない表情を見て説得した。

「なあヒロちゃん、四国には昨日来たんやろ?　だからまだ街には行ってへんやろ?」

「ええ、まあ」

「ならオモロイもの見せたるわ」

おもしろいもの？　本郷の笑みがやけに気味悪かった。

「いや、でも……」

「ええからええから。ついてきたらええねん」

二人はロッカールームに行き私服に着替えた。監視所を出ると本郷は博文の手を摑み強引に街に連れていった。


工場を出ると第一地区はどこも閑散としていた。道路には車が一台も走っていない。車を所有しているのは華族と一部の平民だけだと本郷が教えてくれた。

人家はどこも明かりがなくあたりは真っ暗闇だった。以前住んでいた住民は全て追い出されたのだ。それ以来四国は地獄と化した。労働者たちは生き地獄のような日々を送っている。それを目の当たりにした博文は暗鬱（あんうつ）な気分だった。いったいいつまでこの地区にいなければならないのか。しかし博文が西で生活するには仕方のないことだった。

どこも明かりはなく真っ暗な道が続いたが前方に明かりが見えてきた。どうやら商店街らしくそこだけ派手にネオンが光っている。意外そうな顔をする博文に本郷は言った。

「華族、平民の憩いの場や」

「憩いの場？」

本郷は答えずニヤリと笑うと博文の肩に手を回し歩調を速めた。

入口には看板が掲げられてアーケードが続いている。どうやらここは以前からあった商店街らしい。数人の男女が歩いているがみんな平民だった。

「この商店街に一通りの物は売ってるから生活に困ったらここに来たらええ。てゆうか近くにはここしかないんやけどな」

博文は先のほうまで見た。

コンビニ、スーパー、本屋、ドラッグストアなど、確かに生活には困らなそうである。

本郷は博文の肩を軽く叩いて居酒屋に入った。

自動ドアが開いた瞬間慌てた動作で女子店員がやってきた。

「いらっしゃいませ」

まだ二十代前半と思われる女の子だが声が緊張している。怯えているようにも見えた。女の子の胸には黒いバッジが付いていた。博文はどういうことだというように本郷を見た。本郷はフフッと笑うだけだった。

「お二人様でございますね？」

本郷は偉そうな態度でああとうなずいた。

「かしこまりました。どうぞこちらへ」

二人は黒いバッジを付けた店員に案内される。店内には二組客が入っていたがどちらも白いバッジだった。

大衆酒場だというのに二人が案内されたのは個室だった。恐らく華族だからであろう。二人が席につくと店員はすぐにメニューを持ってきた。

「お決まりになりましたらボタンでお呼びください。失礼します」

店員は深々と頭を下げて個室を出ていった。博文はドアが閉まるのを確認して本郷に言った。

「彼女も黒いバッジを付けていましたが……」

本郷はへへへッと笑った。

「驚いたやろ？　実はこの商店街で働いている者は全員黒バッジや。で、店を管理しているのが華族、または平民や」

「そういうことですか」

「ヒロちゃん。工場で働かされてる奴隷よりも商店街で働かされてる奴隷のほうが楽やんって思わんか？」

本郷の言うとおり博文はそう思った。

「奴隷の中にも簡単に言うとピラミッドがあってな。工場で働かされている奴隷が最下層。つまり納税額が下の下だったいう奴らなんや」

　なるほどそういうことかと博文は納得した。

「まあでも、商店街の奴らだってほとんど寝ずに働いてるし、仕事が終われば寮に閉じこめられる。工場の奴らとほとんど変わらへん」

　博文が考えこむような顔になると本郷はメニューを差し出した。

「ヒロちゃん、何飲む？」

　博文は考える間もなく答えた。

「僕はウーロン茶で」

　本郷は不満そうに口を曲げた。

「何言うてんの？　今日はヒロちゃんの歓迎会やで？　たった二人ってのが寂しいけどな。今日は俺がおごったるからパーッと飲みや」

　博文は元気のない声で言った。

「ありがとうございます。でもお酒を飲む気分じゃないので」

　本郷は理由を訊かなくても博文の心の内が分かるようだった。

「四国の現状によほどショックを受けたようやなあ。せやけどいちいちショック受けてたら身がもたんで？　仕方ないやん？　これが現実やねんから。ヒロちゃんは何も悪くないって」

「そうですが……」

　本郷は呆れたように溜め息をついた。

「いつまでそんな暗い顔してんねや。飲むで飲むで！」

　本郷は店員を呼ぶと生ビールを二杯注文した。ついでにおつまみも何品か頼んだ。

　ビールはすぐに運ばれてきた。黒いバッジを付けた店員はいちいち深々と頭を下げる。

　博文は華族と見られるのが嫌で嫌で仕方なかった。

　本郷は博文に無理やりジョッキを持たせると、一人で乾杯をして一気に半分くらいまで飲んだ。飲まないと本郷がうるさそうなので博文は一口だけ飲んだ。

「それにしても本当にひどいですよね」

　博文は無意識のうちに声に出していた。

「人間を人間とも思っていない」

　本郷はまたかというように首を垂れた。

「ヒロちゃん、そんなことばかり考えてたら鬱病になってまうで」

「本当にそうなりそうですよ」

　博文にとっては冗談ではなかった。本郷は博文の様子を見てやっと真剣な顔つきになった。

「まあ確かにヒロちゃんの気持ちも分かる。でもな、いくら悩んだって仕方ないんやで？　嫌だからって仕事を放棄するんか？　そうしたらお父さんの顔丸潰(まるつぶ)れとちゃうん？」

博文は言葉を返さなかった。

「しかしホンマ不公平な世の中になったもんやで。俺らは父親が政府や軍の関係者ってだけで華族になり、ただ工場で監視しているだけで将来、国の幹部になる可能性だってある。でも奴隷の奴らはいくら働いたって一生奴隷や。外に出られんどころか給料すら貰われへん」

博文は間を置かずに訊いた。

「彼らには給料もないんですか」

「当ったり前やん。奴らは税金をろくに納めてこなかった奴らやで。給料は全額税金として消えるよ。まあ貰ったところで外に出られへんのやから使う機会もないんやけどな」

「でも納税額が低いからって一生拘束(こうそく)するなんて、釣り合っていませんよ」

本郷は右手をユラユラと振った。

「知らん知らん。俺にそんなこと言われてもな」

「そうですが……」

「俺らは運が良かったんや。華族になれただけでもありがたいと思わんと」

博文はそうは思えなかった。身分なんていらないからみんな平等な暮らしをしたいと思う。

「ところでヒロちゃん」

博文は顔を上げた。

「東条本部長は広島出身って聞いたことあるけどヒロちゃんも広島ちゃうの？」

「ええ、僕も広島出身ですが」

「何で標準語なん？」

博文はドキリとしたが冷静に返した。

「昔東京にいたことがあるので」

「昔っていつなん？」

当然大学時代とは答えられなかった。博文の歳で大学時代に東京にいたら、今ごろ東にいるはずである。恵実の例もあるので絶対ではないが博文はいろいろ訊かれるのが厄介(やっかい)だったので嘘をついた。

「中学・高校時代です」

「ふうん。そうなんや」

本郷はビールを飲み干すと次の質問をしてきた。

「で、ヒロちゃんには彼女とかおらへんの？」

世間話が好きな本郷のことである。いつか訊かれるとは思っていた。

博文は堂々と『いる』と答えたい。でもそう答えたら本郷のことだ。あれこれと訊いてくるに違いない。恵実が今どこで何をやっているのか分からない博文は不自然な答えになりそうだった。

「そんなの、いませんよ」

博文は自分で答えて自分が嫌になった。

早く恵実の居場所が知りたい。父は秘書に調べさせると言っていたが未だ連絡がない。

父は彼女に会ったこともないのに彼女を快く思っていない。

本当に調べてくれているのであろうかと博文は父に疑念を抱いている。こちらから電話したほうがよさそうだと思った。

それから一時間して博文は本郷に帰ろうと言ったが、本郷は飲み足りずに結局店を出たのは夜中の十二時過ぎだった。

博文に与えられたマンションは職場から徒歩で十分ほど離れたところにあった。

住宅街の一角に建てられた高級マンションだ。周りが小さい民家ばかりなのでそこだけ異様だった。華族の住居用にわざわざ建てたらしい。

三階建てと小さいが二つの自動ドアをくぐると中は豪華に造られていた。ホテルのようなエントランスに最新式のエレベーター。エレベーターを降りると内廊下が続く。セキュリティも万全だった。

先ほど知ったことだが本郷もこのマンションに住んでいる。博文が３０１で本郷はその下だった。

部屋は３ＬＤＫで百平米近くある。一人では広すぎる部屋だった。

全室洋室で家具家電は全て揃っている。

リビングには外国製ソファに六十インチ近くあるテレビ。絨毯も天然羊毛の高級品のようだ。

八畳の寝室にはデスクとパソコンが置かれていて、その横にはダブルのウォーターベッド。間接照明も外国製の物でお洒落に配置されている。

キッチンも広く全ての家電が最新式でワインセラーまである。

スマホも新しい物を渡され、チャージされた電子マネーの残高は五十万円もある。

最近はあまり使われなくなったが通貨も変わっていた。円に変わりはないが、札も硬貨も西の名所や西出身の歴史上の人物が描かれたものだ。

それだけではない。博文は乗るつもりはないが外車も用意されている。最上級クラスのセダンだ。

労働者とは天と地の差だった。まさに貴族のような扱いだった。博文は特別すぎる扱いにむしろ辟易(へきえき)した。労働者に恨まれても仕方のない暮らしである。これら全て父がしたことなので仕方のないことかもしれないが博文は素直に受け入れられない。労働者たちの暮らしを考えると申し訳ないのだ。

現実は違えど、自分は何年経ってもみな平等という意識を持ち続ける。他の監視員のようには絶対にならないと博文は誓った。

豪華な部屋にたたずむ博文は先ほどの本郷との会話を思い出し父に電話をかけることにした。

コール音が響く間緊張で鼓動が速くなる。

しばらくすると電話口から父の声が聞こえてきた。

「この間頼んでいた西堀恵実さんのことは分かりましたか?」

父は一拍置いて、

「ああ、そのことか」

と答えた。

「彼女が今どこにいるか分かったんですね?」

博文はもう一度確認した。父はまた少々間を空けて答えた。

「ああ、実は今日、秘書から連絡があった。電話しようと思ってたんだよ」

博文はこのとき父の微妙な間に胸騒ぎを覚えた。

「彼女は今どこにいるんですか？」

恐る恐る訊くと父は事務的に言った。

「彼女は現在、福岡県久留米市に住んでいることが分かった」

博文はそれを聞いて一気に息を吐き出し安堵した。恵実は奴隷エリアではなく平民エリアにいる。普通の生活を送っている。

博文は思わず気持ちが高ぶった。恵実の住んでいる場所が分かったのだ。恵実と再会できる。

「彼女は今どんな仕事を？　教師をしていますか？」

博文は興奮気味に訊いた。すると父は変わらず低い声で言った。

「去年まで小学校の教師をしていた」

博文の眉がピクッと動いた。

「去年まで？　では今は何をしているのですか？」

父は声色を変えずに遠慮なく言った。

「彼女は今年に入ってすぐに結婚したそうだ」

博文はその瞬間思考が停止した。

しばらく硬直していたがかろうじて声が出た。

「結婚……したんですか」

信じられず訊き返した。

「そうだ」

博文は頭の中が真っ白になった。次に全身が震えた。スマホが落ちそうになり、握り直すが力が入らなかった。

「それは、本当ですか？」

博文は諦められずもう一度確かめた。

「残念ながら事実だ。同じ職場の人間と結婚したそうだ」

博文は立っていられず、貧血を起こしたみたいにその場に屈みこんだ。

恵実が、結婚……。

この瞬間、博文が描いていた恵実との将来のビジョンが壊れた。と同時に恵実の笑顔が遠のいていく。

恵実とは会えない。

話すこともできない。

博文は頭がおかしくなりそうだった。

「博文。大丈夫か？」

父は冷静だった。博文は深呼吸して二、三回うなずいたあと父に返事した。

「はい」

「仕方あるまい。もう五年近くの月日が流れている。新しい人ができたって不思議ではない。彼女を責めることはできんよ」

父の言うとおり、声も聞けない状態で五年も過ぎれば新しい恋人ができていたっておかしくない。もちろん責めるつもりもない。しかし、はいそうですねと納得することもできなかった。博文は待ち続け、そしてやっと会えるチャンスを掴んだのだ。絶対に越えられない東西の壁を乗り越えたというのに……。

博文は未練が残る。恵実とは一生一緒だと約束したのだ。

父は息子の考えていることを察知したようだった。

「博文、相手の家庭を壊すことだけはしてはいけない」

博文はそんなつもりはない。しかし最後に一度だけ会って話がしたかった。

父は息子の胸の内が手に取るように分かるようだった。

「お前はそのつもりはなくても、会いに行けばどうなるか想像がつくだろう」

父の言うことは正論だった。一度でも会いにいけば彼女の心を揺さぶることになる。

しかしそれでも諦めきれない。恵実にどうしても会いたい……。

「そもそもお前と彼女は釣り合っていないんだ。お前は華族で相手は平民なのだから」

少しでも博文の気持ちを楽にさせようとそのように言うが、父は安心しているのだった。

華族の息子と平民の彼女を一緒にさせるわけにはいかないのだ。

「お前にはもっといい相手がいる。その子のことは忘れるんだ」

博文が黙っていると父は付け足した。

「安心しろ。彼女は幸せな毎日を送っているそうだ。だからそっとしておいてやれ。いいな？」

幸せに暮らしている。その言葉がトドメだった。博文は諦めざるをえなかった。

「分かりました」

そう返事すると、父はじゃあなと言って電話を切った。

父との通話を終えた博文はスマホを静かに床に置くと魂が抜けてしまうほどの溜め息をついた。

恵実が、結婚……。

信じていただけにショックは大きかった。

これは東西の壁よりも高い壁だった。

信じたくはないが現実を受け入れるしかなかった。恵実は別の人と幸せな家庭を築いたのである。仕方のないことであった。五年もの空白があれば別の人を好きになるのも無理はない。彼女を責めることはできなかった。

悪いのは恵実ではない。国を二つに分けた政治家たちだ。それは分かっている。しかし裏切られたという思いがまったくないといえば嘘になる。

待っていてほしかった。

恵実は東西の壁が崩壊するのを待っていてくれたと信じたい。でもいくら待っていても明るい未来はやってこないと悟り博文を無理やり忘れたのだ。

いや、ずっと思いを抱いていたのは自分だけだったのだろうか。博文は違うというように首を振った。彼女とは結婚を約束したのだ。そんなはずはない。恵実は待っていてくれた。

博文は恵実と過ごした思い出を振り返る。

博文の瞳からとめどなく涙が溢れた。

「……どうして」

もう少し早ければ恵実と一緒になれたのではないか。恵実がその男性と出会わなければ自分が彼女と結婚していたのに。考えれば考えるほど後悔の念が強くなる。

もう会えないと思うとよけい恵実への思いが強くなり胸が苦しくなった。博文は床に倒れると激しくもがいた。やだやだやだとまるで子どものように叫んだ。半狂乱に近かった。

博文は声を上げて泣いた。涙が枯れるまで泣き続けた。

少し落ち着くと博文は呆然と一点を見つめる。立ち上がる気力もなかった。

自分はこれから何のために生きていけばいいのだろうと思った。生き甲斐であったクラスの子どもたちと恵実の両方を失ったのだ。

これから待っているのは労働者を監視する最低な日々。希望も明るい未来もない。

何もかも失った博文は狂いそうだった。

恵実に会いたい。

でも会いにいってはいけない。相手の家庭を壊してはいけない。

彼女が幸せに暮らしていることを知ることができたんだ。それだけでもよかったじゃないか。

博文は自分を強引に納得させようとするが簡単に心の整理がつくはずがなかった。

諦めきれない。

博文は恵実との思い出を振り返ると、また涙がこぼれた。

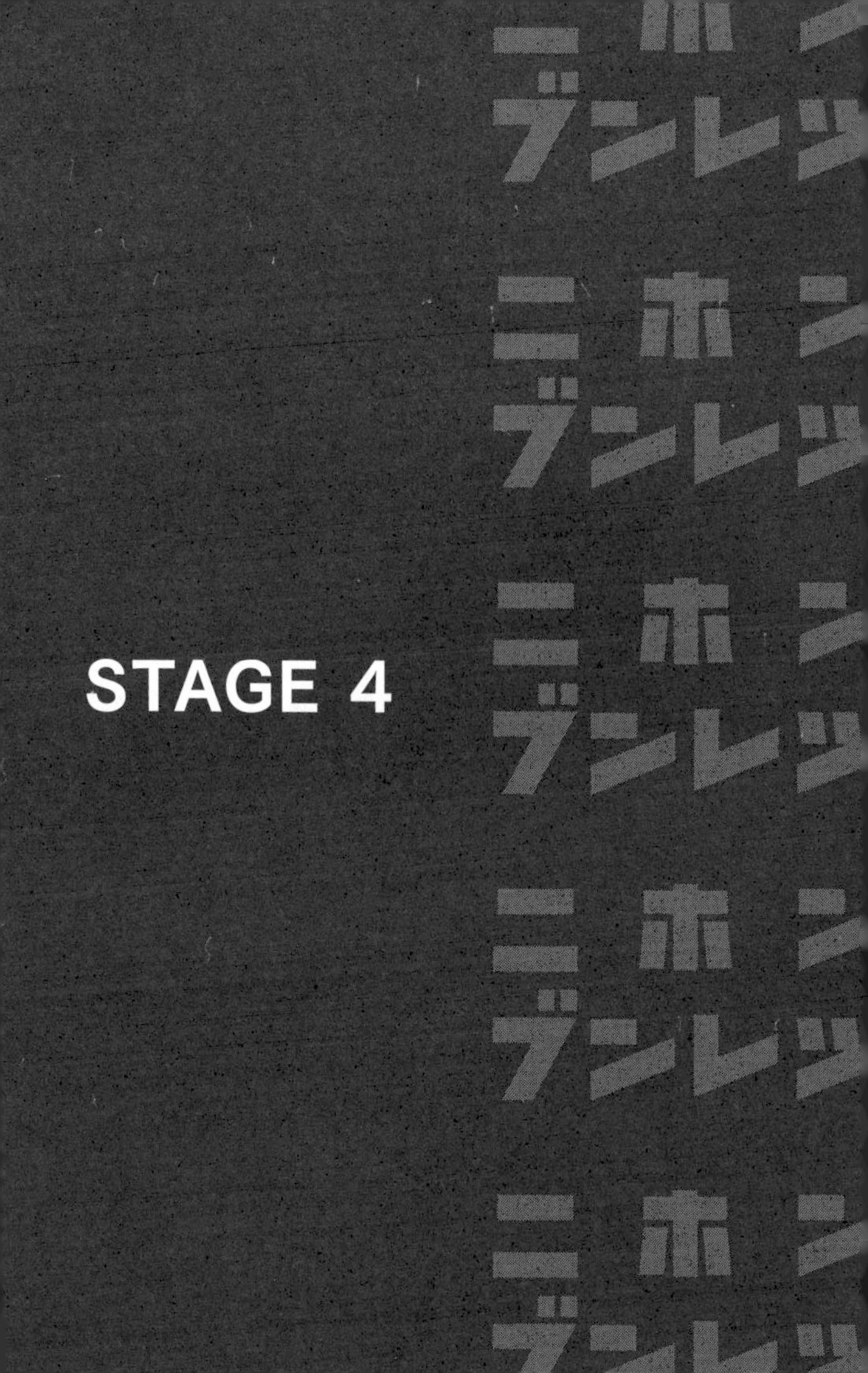
STAGE 4
ニホン
ブンレツ

10

　博文は一睡もせずに朝を迎えた。昨晩からソファに座ったまま動かなかった。太陽の光が顔に射したがかすかに反応しただけだった。また放心状態となり恵実のことを考えた。まだ現実を受け入れられない。受け入れたくない。無理やり忘れようとしてもどうしても忘れられないのだ。

　時間が解決してくれるとも思えなかった。一生悲しみと後悔の念を抱いて生きていくんだろうと思った。真っ暗な人生だ。

　博文は心に深い傷を負いとても仕事なんてできる状態ではなかったが、無理してでも仕事には出ることにした。今は気を紛らわすことが必要だった。このまま家にいたら自分が何をしでかすか分からなかった。

　マンションを出た博文は工場まで力なく歩く。普通は十分で着く距離だが三十分近くの時間を要した。

ロッカールームで着替えていると扉が開いた。

「ヒロちゃん、おはようさん！」

本郷の陽気な声だった。博文は振り返る。一つひとつが緩慢(かんまん)な動作だった。

「おはようございます」

博文はダラリと首を垂れた。本郷は博文の異常な様子に驚いていた。

「おいおい、どないしたんやヒロちゃん。めっちゃ顔色悪いで。具合でも悪いんか？」

本郷が冗談を言えないくらい博文の状態は悪かった。

「それとも何かあったんか？」

博文はごまかす余裕がなかった。

「ええ」

「どないしたん？　俺でよかったら相談にのるで」

本郷は冷やかしではなく本心から博文を心配しているようだった。

「ありがとうございます。でも大丈夫ですから」

普段の本郷だったらしつこく訊いてくるだろうが、博文があまりにひどいので本郷はそれ以上何も訊いてこなかった。制服に着替えると、

「ほな行こか」

と優しく声をかけロッカールームを出た。

本郷は労働者たちが閉じこめられている寮に足を進めていく。そういえば今日は本郷が寮の扉を開けにいく当番だったと博文は思い出した。

本郷はめんどくさそうにカードを取り出し寮の入口を解錠した。

「これだけのためにホンマ朝から怠（だる）いで。なあヒロちゃん」

本郷が振り返ったとき、博文の目の端に一列になって工場へ向かう労働者たちの姿が映った。見ると全員女性で先頭の作業着には『2－11』とある。どうやら第二工場の労働者たちらしい。

「彼女らも大変やなあ」

本郷は他人事（ひとごと）のように言うと、

「行くでヒロちゃん」

と博文の肩に手を置いた。

「はい」

弱々しく返事して工場に向かおうとした、そのときだった。博文は引きつけられるように列のちょうど真ん中の女性に目を止めた。その瞬間、博文の全身に電気が走り無気力状態から急に目が覚めたようになった。

労働者の列が博文と本郷の横を通り過ぎる。しかしまだ博文は石のように固まっていた。

嘘だろと博文は混乱した。

列の真ん中に、恵実がいた。

帽子のせいで多少陰になっていたが、それは紛れもない恵実だった。五年前と比べると頬はそげ落ちて身体もガリガリにやせ細っており、他の労働者と同様死んだような目をしていて表情は別人だったが、恵実本人に間違いなかった。

博文は振り返るとここがどこかも忘れて叫んだ。

「恵実！」

すると列の真ん中の女性は肩を弾ませ振り返った。目が合った瞬間彼女はハッとした表情になり『ヒロくん』と口を動かした。

やはり恵実だと確信した博文は気持ちが高ぶり身体中が火を持ったように熱くなった。しかし現実に引き戻されたようにすぐに冷静になった。なぜ恵実が奴隷エリアにいるのだ……。

恵実が一瞬立ち止まったせいで列が乱れ、恵実は後ろの労働者に押されるとふたたび歩き出した。が、彼女は信じられないというように工場に入るまで何度も振り返った。博文はそばに行こうとしたが寸前で思い留まった。冷静になれと自分に言い聞かせた。

彼女は奴隷として働かされている労働者。自分はその労働者を監視する監視員だ。博文には階級など関係ないが大勢の目がある。博文は第二工場に行きたい気持ちをグッと堪えた。

「ヒロちゃん？　どないした？　あの女誰やねん？　知り合いみたいやったけど」

本郷に声をかけられるが博文には聞こえなかった。博文は第二工場に身体を向けたまましばらく動かなかった。

あれほど願っていた恵実との再会を果たしたにもかかわらず、あまりのショックで喜びの感情は消えていた。

なぜ恵実が奴隷エリアにいるんだ！　博文は心の中で強く叫んだ。

その後博文と本郷は第一工場へ行きそれぞれの配置についた。博文は本郷の隣の六班が担当となった。労働者たちは今日もきつい作業をこなしている。みんな疲れても監視の目に怯えて一時（ひととき）も手を休めない。しかし監視を恨むような目で見る者は誰一人いなかった。

本郷は仕事中にもかかわらずあれは誰だとしつこかった。博文は知人かと思いましたが別人でしたとうまくごまかした。本郷はやっと諦めて今は適当に労働者を監視している。

博文も労働者たちに視線を向けているが労働者たちを見てはいなかった。

思わぬ場所での突然の再会だった。博文はやっと恵実に会えたが複雑な思いだった。きつい労働と地獄のような生活のせいで恵実は変わり果てた姿になっていた。昔のような明るさはなく希望を失った暗い表情だった。

そもそもなぜ恵実が奴隷エリアにいるのだ。恵実は九州にいるのではなかったのか。去年まで小学校の教師をしていたのではなかったのか。そして結婚して幸せな日々を送っているのではなかったのか――。

博文は脳裏に父の顔が浮かんだ。

あれは父の策略だったんだと博文は確信した。父は彼女のことを快く思っていない。まさか自分の息子を派遣した第一地区の工場に彼女がいるなんて思ってもいなかったのだろう。恵実のことを調べた父は動揺したに違いない。しかし調べると息子に約束した以上報告しなければ変に思われる。だが父は息子と彼女を会わせるわけにはいかなかった。

だから博文を諦めさせるための嘘をついたのだ。結婚したと言えば会いにいくことはないと考えたのだ。

博文は父が許せないが、最優先に考えなければならないのは恵実にどう接触するかである。

博文は賭けではあったが一つの案を思い描いた。

午後七時になったと同時に作業終了のベルが鳴り響いた。労働者たちは作業を止めて整列すると監視員にあいさつをして工場を出ていく。

博文は平静を装っているがいてもたってもいられなかった。今日ほど時間が長く感じたことはない。ただ監視しているだけだからなおさらだった。

早く恵実に会いにいきたい。早くこの手で抱きしめたい。身体は恵実のもとへ行きたくて行きたくてウズウズしているが、もう少しの辛抱であった。

第一工場の全労働者が工場を出ると本郷がその後ろを面倒くさそうについていった。寮の鍵をかけに行くのだ。

博文はその隙に監視所に戻り一階のトイレに隠れた。本郷に会うと一緒に帰る流れになるし、飯も誘ってくるだろう。そうなれば断る理由がないのだ。

今ごろ本郷は博文を捜しているかもしれない。なんや先に帰ってしもたんかと言っている本郷が目に浮かんだ。

三十分後、博文はトイレを出て外を見た。監視員も労働者もいない。敷地内は閑散としていた。博文は監視所を出ると第二工場の労働者たちが暮らす寮に足を進める。心臓はすでに張り裂けそうなくらい激しく暴れていた。

第二工場の寮についた博文は周りを確認すると、カードを取り出し認証機器に差しこんだ。ここは第二工場の寮だ。もし開かなければ別の方法を考えなければならない。博文は息を呑んで待った。

ピーッと電子音が鳴り解錠する。博文はひとりでに拳を握っていた。この中に恵実がいる。

扉を開けるとき錆び付いた音がした。中は薄暗く埃っぽかった。

博文は玄関で靴を脱ぐと靴下のまま廊下を歩いていく。中は静かで妙にひんやりとしていて、天井の蛍光灯が切れかかっているせいもあり気味が悪い。

恵実は『2－15』と書かれた作業着を着ていた。つまり第二の一班ということである。

少し歩くと部屋の扉が見えてきた。木の扉には『1』と書かれており、どうやら一班の部屋らしかった。

博文は中を覗いた。畳の大部屋だが誰もいない。その先にも部屋があり、そこには『2』とあるがやはり誰もいない。さらにその先の大部屋も同様だった。

博文は、もしかしたら夕飯の時間なのではないかと思った。食事する場所は分からないが博文は適当に二階に上がってみた。すると明かりが灯っている場所を見つけた。

博文はあそこだと、明かりがついている部屋に向かう。近づくとかすかに声が聞こえてきた。しかしどの声も暗い。笑い声はなかった。

扉の前に立った博文は緊張で身体が震えた。しかし他の労働者たちに悟られてはならない。あくまで監視員として恵実を呼び出すのだ。

博文は一つ息を吐くと厳しい顔つきに変わった。

扉を開けた瞬間、部屋がシンと静まり返った。部屋には百人近くの女性労働者がおり、博文が思ったとおり夕飯を食べている最中だった。しかし夕飯といえるものではなかった。袋に入ったパンに小さな缶詰とパックの牛乳だけである。博文は気の毒で心が痛むが表情には出さなかった。変に思われぬよう感情は出さず冷ややかな目で恵実を捜す。労働者たちは監視員に怯えてみんな目を合わさなかった。

恵実は意外にも近くにいた。一班の輪の中におり食事をしていた。恵実は博文だと気づいているようであえて下を向いていた。博文は厳しい声で呼びつけた。

「十五番、来い！」

全員の視線が恵実に集まる。博文は胸が痛んだ。番号でなんて呼びたくはなかったが仕方なかった。命令すると恵実は立ち上がり小さな声で「はい」と返事した。

博文は部屋を出ると廊下を歩いていく。後ろから足音がついてくるが博文は外に出るまで振り返らなかった。

博文は外に出てもまだ後ろを向くことはしなかった。寮の裏に回り誰も見ていないことを確認すると振り返り、

「恵実！」

と叫んで恵実の身体を強く抱きしめた。恵実の肌と温もりを感じ博文は涙がにじんだ。この日をどれだけ夢見てきたか。この五年間どれだけ苦しかったか。こうして恵実を抱きしめているのが本当に夢のようであった。博文は五年分の思いを腕の力に込めた。

しかし恵実は博文の身体に手を回すことはせずただ棒のように立っているだけだった。言葉を発することもなかった。博文は自分と恵実との間に大きな温度差を感じた。彼女の自分に対する感情はもう消えてしまったのだろうかと不安になり身体を離すと、やっと恵実が口を開いた。

「どうして、ヒロくんがここに？」

再会の喜びよりも恵実は混乱していた。まだ彼女は信じられないというような目をしている。恵実が不思議に思うのは当然だった。博文が西にいるはずがないのだ。

博文は恵実の目を真っ直ぐに見て言った。

「恵実に会いにきたんだ」

「でも、どうやって……」

恵実はつぶやくように訊いたあとハッとなった。

「もしかして東西の壁はなくなったの？」

博文はこのとき、恵実は一切外の情報を与えられていないことを知った。敷地内に閉じこめられて外の情報もまったく与えられず、毎日きつい労働をさせられている恵実が不憫で仕方なかった。

博文は残念そうに言った。

「いや、壁はまだある」

「じゃあどうして」

博文はまず、奥島攻略のため東日本軍に突撃兵として召集されたところから、戦場で西日本兵になりすまし護送船に潜入したところまでを話した。恵実は信じられないというように首を振った。

「それから博多港に送られ、そこで黒い貨物列車に乗せられそうになって、悪い予感がしたから脱走したんだ。後にあの貨物列車が四国行きだということを知ったよ」

「なのにどうしてここの監視員に？」

「結局捕まってしまったんだけど……」

博文は恵実にはその先が言いづらかった。

「どうしたの？」

博文はうつむいたまま答えた。

「父親が四国の奴隷エリアの総責任者だったんだ。だから俺は助かって昨日この第一地区に監視員として派遣された」

「そうだったの」

恵実はそうすぐに返したが複雑な気持ちを抱いているに違いなかった。恋人の父親は敵になるのだから。

「本当に驚いたよ。恵実がここにいるなんて。俺は恵実が教師をしていると思いこんでいたから」

そう言うと恵実は暗い表情になり悲しそうにつぶやいた。

「私だって小学校の先生になりたかった。ヒロくんと同じ夢を追いかけたかった……」

博文は言葉が見つからなかった。恵実は下を向いたまま話した。

「日本が東と西に分かれて私は広島の大学に編入したんだけど、すぐに階級制度が作られて十八歳を超えている学生は強制的に四国に送られた。学生でも、その家庭の状況で身分が決められてしまったの。着いたらすぐに作業着を着せられ、黒いバッジを付けられて、テレビもベッドも何もない寮に閉じこめられた。それから約四年間、私たちは国のために毎日強制労働させられてる。ヒロくんも、私たちの生活が分かったでしょう?」

博文は改めて恵実の痩せ細った身体を見た。顔の肉はそげ落ち、皮膚はたるみ、眼は落ち窪(くぼ)み、手はひどく荒れていて、脚は棒のように細い。彼はかわいそうで見ていられなかった。この五年間、地獄のような生活を送っていたと思うと涙が溢れ出た。想像よりもはるかに苦しい日々を送ってきたに違いない。それが表情と身体に出ている。

「私たちは何も悪いことはしていないのに、どうしてこんな目に……」

怒りの言葉も弱々しかった。

「でも生きていくには仕方のないことなの」

博文は抱きしめてやることしかできなかった。

「これから俺が恵実を守るから」

しかし恵実は首を振った。博文はまた不安になり身体を離した。恵実は残念そうに言った。

「やっと会えたのに、ヒロくんと会えるのも今日が最後」

博文はもう会いにこないでほしいという意味にとらえた。

「どうしてだよ」

「明日から私、高知に移されることになったの」

「高知？」

博文は思わず声が大きくなった。恵実はうなずいた。

「今朝、監視の人に突然そう言われたの」

博文は動揺した。

「なぜ急に」

恵実は頭を振った。

「私にも分からない。急に決まったことだって言われた」

博文は真っ先に父の顔が目に浮かんだ。恵実が高知に移されるのは父の命令に違いなかった。父は博文が彼女の存在にはまだ気づいていないと思っているに違いない。知らないうちに恵実を高知に移そうというのだ。

父は何としても二人を引き離そうとしている。博文の中でフツフツと怒りが湧いた。

「そんなこと絶対に俺がさせない。取り消すよう父親に言うよ」

「ありがとうヒロくん」

しかし彼女はそう言ったあとまた首を振った。

「でもいいの。ヒロくんに迷惑はかけられない」

博文は恵実の言葉が寂しかった。

「迷惑？　何言ってんだよ。迷惑なわけないだろう。俺たちこうしてやっと会えたんだよ。高知なんかに行かせてたまるか」

恵実は黙ったままだった。

博文は恵実を真っ直ぐに見て言った。

「恵実、俺は五年前とまったく気持ちは変わらないから。今でも恵実と結婚したいと思ってる。だからこうして西に来たんだよ」

恵実の変わり果てた姿を見ても博文は自信を持って言えた。むしろ思いは強くなる一方だった。だが告白しても恵実は笑顔を見せてはくれなかった。

「ありがとう。本当に嬉しい。でも無理なのよ」

「何が無理なんだよ」

博文は思わず語気を荒らげた。

「ヒロくんは華族で私は奴隷なんだから。華族と奴隷が一緒になるなんて許されないのよ」

恵実は父と同じようなことを言った。

博文は呆れるように溜め息をついた。

「そんなこと気にしてるのかよ。そんなの関係ないよ。大事なのは二人の気持ちじゃないの？」

恵実は答えてはくれなかった。博文は恐る恐る聞いた。

「恵実は、俺のことどう思ってるんだよ？」

恵実は長い間を空け顔を伏せたまま言った。

「東西の壁が造られて、ヒロくんにはもう二度と会えないって分かっても私はヒロくんと一緒になりたかったよ」

博文はそれを聞いて安心した。

「でも……」

博文の表情がすぐに曇った。

「でも？」

「もう無理なのよ。現実はそんなに甘くない。華族のあなたと奴隷の私が一緒になることはできない」

「だからそんなの――」

恵実は遮った。

「ヒロくんは他の人と一緒になるべきなのよ。私といたら幸せにはなれない」

博文は心臓を貫かれた思いだった。あまりのショックで言葉を返せなかった。

恵実は微笑んで言った。

「私は高知に行っても大丈夫。もう慣れたから」

恵実は博文に心配かけまいと気丈に振る舞っているのだ。

「強がらなくていいんだよ。俺が絶対に――」

恵実はその先を言わせなかった。

「ヒロくん」

博文は一拍置いて返事した。

「なに？」

「最後にお願いがあるの」

恵実は今、最後と言った。彼女は本気で博文と別れようとしている。

「ヒロくんさっきお父さんが責任者って言ってたよね？　だったら母のこと調べられるかな。母も四国に送られたのは確かなんだけどどこにいるのか分からない。調べたところで会えないのは分かっているんだけど、身体が弱い人だったから心配なの」

博文はうなずいた。

「分かった。お母さんのこと調べてもらう。それと恵実の高知行きを取り消させる」

博文は再度高知のことに触れたが、恵実はそれについてはあえて何も言わなかった。

「私が高知に行くまでに分かったら手紙で教えて。手紙は……第二工場の女子トイレの清掃道具入れの中にでも隠しておいて。朝取りにいくから」

恵実は直接聞こうとはしなかった。あくまで博文と距離を取ろうとしている。

「じゃあねヒロくん。最後に少しでも会えて本当に嬉しかったよ。元気でね」

恵実は一方的に別れを切り出した。博文は寮に戻ろうとする恵実を呼び止めた。

「待ってくれ恵実！」

恵実は足を止めたが振り返りはしなかった。

「俺は絶対に諦めないから」

恵実は何も言わずに走り去っていった。曲がるときに恵実の顔が一瞬見えたが、彼女は泣いていた。

11

恵実は博文に迷惑をかけたくないから別れの言葉を口にしたのは分かっている。分かってはいるが、博文はやはりショックだった。

階級の差がなんだ。他の人と一緒になったほうがいいなんて言ってほしくなかった……。

恵実は本心ではないが本気である。自分のことより博文の将来を大事に考えている。彼女はそういう女性だ。

博文はどうしてもっと彼女を安心させてやれなかったんだと自分を責める。自分の無力さに腹が立った。

力のない足取りでマンションに着いた博文だが、着いたとたんに怒りが再燃した。

博文は父の嘘と工作が許せなかった。スマホを取ると父に連絡した。スマホを持つその手はかすかに震えていた。

なかなか出ないが博文はコールし続けた。

父は一分近くしてやっと電話に出た。

「博文か。どうした？」

父は普段の声だった。博文はスマホを握りしめて父に言った。

「どうして嘘をついたんですか」

低い声が怒りに満ちていた。その言葉だけで父は全てを察知したようだった。

「そうか、少し遅かったか」

父は平然と言った。

「どうして僕と彼女を引き離そうとするのですか。どうして彼女をそこまで嫌うのですか」

「お前のためだよ、博文」

父は真剣な声になった。

「言ったろう。お前にはもっとふさわしい相手がいる。奴隷階級の人間と一緒になることは許されないんだよ」

博文は否定した。

「それはお父さんが決めることではないでしょう。僕たち二人が——」

「そういうわけにはいかないんだ」

父は遮った。

「奴隷階級の者は一生階級が上がることはないし、一生寮から出ることはできん。つまり結婚も許されないんだ。彼らには一切の自由はない。人権がないんだよ」

博文は一瞬言葉に詰まったが、

「それでも僕たちは一緒になります」

と言い切った。

父が溜め息をついたのが分かった。

「お父さん。彼女を高知に移すのを取り消してください」

「何を言ってる。もう決まったことだ」

博文は覚悟を決めて言った。

「もし彼女を高知に移すなら僕は死にます」

父は最初冗談としてとらえた。

「何言ってるんだ」

「お父さん、嘘じゃありませんよ。彼女がいなくなったら生きている意味がないんだ。死ぬのと同じですからね。僕は今すぐにでも死ねますよ」

博文の声色とその態度に父もさすがに真剣な声になった。

「博文……」

「僕は本気ですよ。死ぬ覚悟はできてます」

博文は半分脅しだが半分本気であった。その思いが父に一層危機感を募らせたようだった。

父はしばらく黙りこんでいたが、

「分かった。高知の件は取り消す」

と不承不承要求を呑んだ。

「だがな博文、西堀恵実との付き合いは絶つんだ。私が許すとか許さないの問題ではない。彼女とは一緒になることはできない。絶対にだ。いいか？　付き合いを続けていたら彼女を傷つけることにもなるんだぞ」

瞬間、博文の動作が止まった。

彼女を傷つける……。

博文は心の中で否定した。そんなことはない。自分は彼女を幸せにしてみせる。

博文はそれには答えず、

「お父さん、もう一つお願いがあります」

と言った。父は返事をしなかった。

「彼女の母親が今どこにいるか調べてもらえませんか」

父はすぐにそれについて答えた。

「彼女を調べた際に一緒に調べたよ。彼女の母親は労働力にならないということで徳島の収容所に送られていたが、二年前に死んだよ」

博文は大きな衝撃を受けた。

「死んだ……」

「ああ」

「死因は何ですか」

「奴隷階級の人間だ。そこまでいちいち記録は取らんよ」

博文はしばらく言葉を失った。

彼女の母親は二年前に死んでいた……。

死因は不明だが十分な療養ができず死んだのは明白である。

恵実は今だって普通の状態ではないのに、母親の死を知ったらどうなってしまうのか。

恵実には父親も兄弟姉妹もいない。母親しか家族がいないのだ。夢や希望や将来を奪われたうえにたった一人の肉親が死んだなんて、博文はかわいそうでとても言えそうにはなかった。

愛媛県第一地区第一工場の監視員として派遣されてから三日目の朝を迎えた。

昨日、あれほど夢見ていた恵実との再会を果たした博文だが、想像していた再会とはほど遠く、五年ぶりに恵実に会ったというのに博文は心が重かった。恵実が階級の差を理由に自分と別れようとしているのもそうだが、彼女の母親が死んだことを告げるか否か博文は昨晩からずっと悩んでいる。今の恵実が真実を知ったらおかしくなってしまうのではないか。今以上に精神状態が悪くなったら自ら命を絶つのではないか。本気でそう思えてくる。

ロッカールームで着替えていると本郷がやってきた。

「ヒロちゃん、おはようさん」

博文は振り返り、

「おはようございます」

と元気のないあいさつをした。本郷はそれでも昨日よりは状態がいいと判断したのであろう、明るく博文の肩を叩いた。

「今日もどないしたんや。全然元気あらへんやん」

「ええ、ちょっと」

「訳は聞かへんけどな、暗いときはほれこうやって」

本郷はまた変な踊りを始めた。博文はそれを見てクスリと笑った。本郷は博文の笑顔を見て満足そうだった。

「そや、笑えば少しは元気出るやろ？　暗いときこそ笑わな。何でもプラスに考えなあかんで」

「はい」

博文は少し明るい声になった。このとき、本郷と知り合えて本当に良かったなと思った。少々うっとうしいときもあるが、彼としゃべっていると不思議と心が楽になるのである。

ロッカールームを出た二人は工場に向かう。ちょうど、第二工場の労働者たちも工場に向かう途中であった。

博文は思わず足が止まった。一班の列の中に恵実がいるのを確認し彼はひとまず安堵した。

しかし恵実は博文と目を合わせなかった。顔を伏せたまま第二工場に向かっていった。母親の安否はあくまで手紙で知ろうという態度だった。

「どないしたんヒロちゃん、ボーッとして」

博文はハッとなった。

「いえ、何でも」

「昨日も彼女らのこと見とったけどタイプの女でもおるん？」

博文が答える前に本郷は自分で結論を出した。

「そんなわけないいか。奴隷の中にイイ女なんておるわけないもんな」

博文はいちいち腹を立てることはしなかった。今はそんな余裕もなかった。

「さあ行こか、ヒロちゃん」

本郷は博文の肩をポンと叩いて工場に足を進める。博文は手紙の内容について悩んだ。恵実がトイレに行くのは恐らく昼休憩の前後だ。その前に手紙を書いて隠しておかなければならない。

博文は昼休憩に入るとすぐ第二工場の女子トイレに行き、掃除用具入れの扉を開けてペーパーの置いてある棚に手紙を隠した。

三日目の勤務が終了して博文は本郷と一緒に自宅に帰ったが、二時間後にまた外へ出た。

彼は第二工場の労働者たちが閉じこめられている寮の裏にいた。昨日恵実と話した場所である。

博文はしきりにスマホを見た。時刻は午後十時となっている。昼間は残暑が厳しいが九月の夜は少し肌寒い。博文は露出した腕をさすりながら恵実が来るのを待った。

手紙には彼女の母親のことはあえて書かなかった。

『皆が寝たころ昨日会った場所に来てほしい。何時間でも待ってる』

と書いたのである。

第二の寮の扉は開けてある。十時を過ぎても来ないということは手紙を見ていないのであろうか。いや、彼女は必ず手紙を見ている。外に出るタイミングをうかがっているのだ。それともやはり会わないつもりだろうか。もしそうだとしても博文は朝まで待つ覚悟だった。

足音が聞こえてきたのはそれから三十分後のことだった。暗闇の中からジャージ姿の恵実が現れた。博文はホッと胸を撫で下ろし、

「恵実」

と呼んだ。しかし彼女は顔を上げなかった。会うことに罪悪感を抱いているようなそんな表情だった。

「来てくれたんだね。ありがとう」

博文は優しく声をかけた。だが恵実は黙ったままだ。

「疲れているのにごめん。でもどうしても直接話がしたいと思ったんだ」

博文は心を込めて言った。

恵実はやっとうなずくと早速本題に入った。

「お母さんのこと分かった？」

彼女はうつむきながら申し訳なさそうに訊いた。

「ああ」

博文は明るい声で返事した。

「安心して。お母さんは今徳島にいるらしい。仕事の内容は教えてもらえなかったけど心配ないみたいだ」

博文は心が痛んだがやはり事実を告げることはできなかった。恵実は真実を知ることはない。ならば嘘をついたほうが恵実のためだと結論を出したのだ。

恵実は深く息を吐いた。

「よかった。ありがとう」

博文はその声を聞いてホッとした。

「なあ恵実」

呼ぶと彼女は少し顔を上げた。

「お腹空いてないか？　一緒に晩ご飯食べようと思ってお弁当買ってきたんだ」

博文は弁当の入ったビニール袋を掲げた。そして袋から弁当を取り出し、恵実に差し出した。中は海苔(のり)の載った飯に鮭と唐揚げと卵焼きだ。恵実は弁当をジッと見据えそっと手に取った。

「ちょっと冷えちゃったかな。でも二人で食べればおいしいよ」

恵実は博文の声が届いていないようだった。ゴクリと唾を飲み込んでそばにある岩に腰掛けると、何かにとりつかれたかのように弁当を食べ始めた。コンビニ弁当を無我夢中で食べる彼女のその姿を見て博文は不憫で涙がにじんだ。

博文も隣の岩に腰掛け、

「いただきます」

と言って弁当を食べた。しかし飯が喉を通らない。冷えた弁当に博文の涙がこぼれた。二人で食べてはいるが会話はなく博文は幸せとは思えなかった。むしろ心が苦しかった。幸せだったころに戻りたいと心底思った。そして恵実をこんな姿に変えた国を呪(のろ)った。

恵実は弁当をあっという間に平らげた。食べたあとホッとしたように息を吐いた。

博文は袋からお茶を取り出してそれを恵実に渡した。恵実はそれを受け取ると正面を向いたままポツリと言った。

「どうしてお父さんに私のことを言ったの。私は高知に行ったほうがよかったのよ」

博文は恵実の横顔を見た。

「どうして分かってくれないの？　もう私のことは忘れて。あなたに迷惑がかかる。ヒロくんが不幸になるだけよ」

博文は途中から首を振っていた。

「そんなことは絶対にない。俺は一生恵実といたいんだ。そう約束したじゃないか」

熱く訴えても恵実はうなずいてはくれなかった。

「後悔する」

博文は反論するように言った。

「いや、絶対に後悔しない」

恵実は呆れたように首を振った。

「お願いだから現実を見て。私たちはもう一緒にはなれないの。五年前とは違うのよ。ヒロくんだって分かってるはずよ」

博文は少しも迷いはなかった。

「いや、なれるよ。階級の差なんて関係ない。気持ちが通じ合っていればずっと一緒にいられる。俺が恵実を守ってみせるよ」

恵実はどうしたら分かってくれるのというように深い溜め息をついた。博文は説得するように言った。

「何のために命をかけて西に潜入したと思ってるんだよ。恵実にどうしても会いたかったからだよ。五年間ずっと恵実を思い続けてきた。一日も忘れたことはない。一度も諦めたことはない。諦めなかったからこうして会えたんだと思ってる。だから恵実もこんなことで諦めないでほしいんだ。諦めなければ夢は叶うって、恵実いつも言っていたじゃないか」

一緒に教師を目指していたころ恵実は自分を励ますようにそう言っていた。

恵実は考えこむような顔をしていたが、その言葉で思い出したようにハッとなった。

「そうよヒロくん。東では教師をしていたんじゃないの？　教師になれたんでしょう？」

いつかその話が出ることは分かっていた。博文は少し間を置いてうなずいた。

「ああ。小学校の教師をしていたよ。昨年から担任も任されてた」

恵実は溜め息をつきながら首を垂れた。

「どうして……あれほど小学校の先生になりたいって言ってたじゃない。やっと夢を叶えたんでしょう？　せっかく摑んだ夢なのにどうして夢を捨てるようなことを」

「それくらい恵実に会いたかったんだよ。全てを犠牲にしてでも恵実に会いたかった。恵実は誰よりも大切な人だから。どんなことがあったってこの思いは一生変わらない」

博文は急に熱いものが胸に込み上げ涙声になった。

「俺、離れるなんて無理だよ。頼むから別れるようなことは言わないでほしい。恵実は階級の差を気にしてるようだけど、俺は後悔しないよ。だから諦めないでほしい。俺が守るから」

恵実は葛藤に苦しんでいるようだった。

「でも……」

彼女はつぶやいた。恵実は現実を忘れて素直な気持ちを見せる勇気がどうしても出ないようだった。

博文はそのとき今朝本郷に言われた言葉を思い出した。

「暗いときこそ笑おう。何でもプラスに考えよう。そしたらきっといい結果が生まれるよ」

恵実はふと顔を上げた。博文は心配事など一切ないような満面の笑みを見せた。

「今度は俺が恵実を助ける番だよ」

恵実にはその意味が分からないようだった。

「東京にいるとき恵実は俺の勉強がはかどるようにって、料理を作ってくれたり家事をしてくれたりしたじゃないか。恵実のおかげで俺、教員試験受かったんだよ」

「私は、何も……」

「本当だよ。今でも感謝してる」

それから二人は少し沈黙した。どうするべきか迷う恵実に博文はもう一度言った。

「俺が必ず守るから」

恵実は遠慮がちに博文の顔を見た。

「階級の差なんて関係ない。あのころのように二人でがんばっていこうよ」

恵実は繰り返した。

「あのころの、ように……」

「そうだよ。あのころのように」

恵実の脳裏を二人で過ごした幸せな思い出が過ったに違いない。

あれほど気丈に振る舞っていた恵実だがとうとう我慢できず静かに涙を流した。

12

翌日、恵実は昨夜とほぼ同じ時間に寮を抜け出して博文のもとにやってきた。博文は笑顔になり、昨日腰掛けていた岩から立ち上がり軽く手を挙げた。恵実はうなずくだけだった。まだ博文に対し申し訳ないという気持ちがあるようだった。博文はそれを寂しく思うが来てくれるだけで嬉しかった。

「来てくれると信じてた」

昨夜、彼女は最後までいい返事を聞かせてはくれなかったが、博文は帰り際に明日も同じ時間に待ってると彼女の背中に言った。恵実に反応はなかったが博文は必ず来てくれると信じていた。恵実はこの日一日中考えここにやってきた。もし本当に別れる気なら今日ここへは来ていない。恵実も別れたくないと思ってくれているのだ。

「気づかれなかったかい？」

恵実はうつむき加減のまま答えた。

「みんな疲れてるから」

「悪い。恵実も疲れてるよな」

「ううん。私は大丈夫」

博文はまたコンビニで弁当を買ってきていた。それを嬉しそうに見せた。

「一緒に食べよう。俺もうお腹ペコペコだよ」

博文はお腹をさすりながら言った。恵実はそれを見てクスッと笑った。博文はその笑顔が何より嬉しかった。

「やっと笑ってくれた」

「だって子どもみたいなんだもん」

博文は照れながら頭を掻いた。

「参ったな。二十七にもなってそう言われるとは思わなかったよ」

恵実はまた小さく笑った。

博文は恵実に弁当とお茶を差し出した。

「また冷えちゃったけどね」

恵実は遠慮がちに受け取った。

「ありがとう」

「じゃあ食べようか」

博文は手を合わせた。

「いただきます」

そう言ってフタを開けた。しかし恵実はなかなか食べようとしない。

「どうしたの？　食べないの？」

恵実は弁当を見つめながら言った。

「なんか、他のみんなに申し訳なくて」

昨日は無我夢中で食べてしまったが、優しい彼女はふと冷静になり自分一人いい思いをしていることに罪悪感を抱いていた。

博文の脳裏にも大勢の労働者の姿が過る。恵実だけ特別扱いするのはみんなに申し訳ないが、博文は今はそう考えるのはよそうと思った。

「申し訳ないって気持ちがあればそれでいいと思う。自分を責めたりするのはよそうよ」

恵実はうなずくが箸を持とうとしない。

「ほら、食べよう」

博文は恵実に箸を持たせて弁当のフタを開けてやった。博文が一口食べると恵実もやっと飯を口に運んだ。

恵実は一口食べると、昨日と同様食事の進みが速く一口一口をありがたそうに食べた。やはりお腹が空いているらしく空腹には抗えないようだった。

「こうして二人でお弁当を食べてると昔を思い出すね。毎日のように大学のベンチでお弁当食べたよな」

恵実は懐かしそうにうなずいた。

「そうだね」

「あのころはよく嫌いな物食べさせられたっけ。ブロッコリーとかグリーンピースとか。わざと弁当に入れるんだもんな」

「独り暮らしは栄養が偏るの。だからちゃんと野菜を取ってほしかったからよ」

恵実は母親みたいなことを言った。だんだん本来の彼女が出てきて博文はあのころに戻ったようだった。

恵実は急にハッとなって博文の腕を取った。

「そういえばヒロくん、肌大丈夫?」

恵実は話の流れで博文の肌が弱いことを思い出したようだった。腕を見ると今度は首のあたりを調べた。

「大丈夫だよ。恵実に言われてから毎日保湿クリーム塗ってるんだ。そのおかげでずいぶん調子いいよ。西に来た直後はそんな余裕なかったけどね」

「だからってコンビニ弁当ばかりじゃダメよ。こういうのはあまり肌によくないんだから」

恵実はそう付け足した。

「カップラーメンなんてもっとダメだからね」

博文は苦笑した。

「はいはい。分かってますよ」

恵実は博文を横目で見た。

「何がおかしいの？」

「いや、元気が出てよかったなって思って」

「暗いときこそ笑え、でしょ？」

「そうだったね」

博文は弁当を平らげたら恵実の手料理が恋しくなってきた。

「また恵実の手料理食べたいな」

「家に行けたら作ってあげる」

「嬉しいけど」

博文は急に元気のない声になった。

「家には来ないほうがいいかも。父親が用意したとはいえさ……」

恵実はその先は言わなくていいというように、

「気にしないよ」

と言ってくれた。

「ありがとう」

「ねえ、それよりヒロくん」

恵実は急に真剣な声の調子に変わった。

「何？」

「東西に分かれてから東は何か変わった？」

西がこれほど大きく変わったのだ。東の現状が気になるのは当然だった。

「西ほど大きくは変わっていないけど、分裂してすぐに東京都知事だった金平が首相になった。

それ以来様々な法律が改正された。例えば健康保険料や国民年金の負担が増えたり消費税も二十パーセントに引き上げられた。

国民は苦しくても西に脅えているから結局その政策に何も言えない。もっとも反対する者もいないけどね。

それと金平は西の脅威に備えて徴兵制を導入した。十八歳以上の男子は一年間の軍事訓練を受けるんだ。もちろん俺も強制的に軍に入れられた。

あと大きく変わったといえば子どもたちへの教育かな。西もそうなんだろうけど、東の教師は、西の嘘の歴史や、西は東の敵だ、悪魔だと徹底的に教えこむよう国から命令されている。教えていて子どもたちが大人になったら東と西はどうなってしまうんだろうと不安になるよ」

恵実は相づちを打ちながら、

「そうね……」

とつぶやいた。

「東はこれくらいかな」

「じゃあ西みたいに階級制にはなってないのね」

「ああ。西に比べたら東は平和なほうだよ」

それを知ると恵実は自分の運命を呪うように言った。

「そう。私もあのとき東にいればこんな苦しい思いをしなくてすんだのね」

博文はかけてやるべき言葉が見つからなかった。恵実はハッとなり暗い空気を変えようと生き生きとした声で訊いた。

「ねえねえヒロくん。学校の先生はやっぱり楽しい？」

博文もすぐに表情を明るく切り替えた。

「もちろん。担任になったら児童たちが自分の子どものように思えてきて本当に毎日楽しかった。一年生だからみんな生意気だったけどね。でも本当に自分の子どものようにかわいかった」

恵実はまたハッとなり暗い声になった。

「ごめん。私のせいで」

「そんなことないよ。自分で決断したんだ。また教師になれる日が来るかもしれないし。もちろん恵実だっていつか教師になれるよ」

恵実は顔を上げた。

「私も？」

「ああ。東西が統一するか階級制度が廃止されればきっとなれる。そうなるのを信じよう」

それこそ夢のまた夢だと恵実は内心ではそう思っているかもしれないが、

「そうだね」

と明るく答えた。

会話が途切れると博文はスマホで時間をチェックした。もうじき十一時になろうとしている。博文はもっと長い時間恵実といたいしもっと話したいが、彼女は過酷な労働で疲れている。明日も朝早いのだ。体調には特に気を遣う必要があった。睡眠時間を削って倒れてしまったらこうして会うこともできなくなる。

博文は会うとしても一時間だけと自分で決めていた。

「そろそろ行こうか」

博文が立ち上がると恵実も腰を上げた。二人は表に回り博文は寮の入口で足を止めた。

「おやすみ」

「おやすみなさい」

博文は恵実と見つめ合うと、彼女の細い身体を抱きしめて唇にキスをした。

翌日も博文と恵実はみんなが寝静まった時間に寮の裏でこっそりと会った。博文はこの日もビニール袋を手に下げていたが、中身はコンビニ弁当ではなく博文の手作り弁当だった。

いつも冷えたコンビニ弁当ではかわいそうだと思い博文なりに一生懸命作った。味は美味しくなくても恵実は手作りのほうが喜んでくれるだろう。博文は早く彼女の喜ぶ顔が見たくて会う前から心が弾んだ。

今日は会う時間に合わせて作ったので弁当はまだ温かかった。

「今日は俺が作ったんだ」

博文は少し照れながら言った。そして恵実に弁当を渡した。あたりはかなり暗かったのでスマホの光を弁当に当てた。

「本当にヒロくんが作ったの？」

恵実は目を輝かせて訊いた。

「まあね」

博文は得意げに答えた。

恵実は感動した声を上げると早速弁当箱のフタを開いた。中はピラフとハンバーグとスパゲティだった。隅にはトマトとマッシュポテトを添えた。別の容器にはスイカとパイナップルを入れてあげた。一昨日、昨日と和がメインだったので、今日は洋食にしたのだ。

「これ本当にヒロくんが作ったの？」

恵実は信じられないみたいでもう一度訊いた。

「当たり前だろう。他に誰が作るんだよ」

「だって前は料理なんて何もできなかったじゃない」

「そりゃ独り暮らしが長くなれば自然と上達するさ」

恵実は感心したようにうなずいた。

「さあさあ温かいうちに食べて」

恵実は博文に、

「いただきます」

と言ってまずはピラフを口に運んだ。

「どう？」

恵実は口に入れた瞬間からうなずいていた。

「美味しいよ。ヒロくんが作ったなんて信じられない」

恵実は興奮混じりに言った。

「どんどん食べて」

恵実はうんうんとうなずいて次はハンバーグを口に運んだ。

「どう？」

博文はいちいち味を訊いた。恵実は口を動かしながら親指を立てた。続いてスパゲティも合格を貰った。博文はやっと安心して自分の弁当を食べ始めた。

「そうだ恵実、食べ終わったらお菓子もあるよ。買ってきたんだ」

恵実は袋の中を見てまた感動した声を上げた。博文はチョコとクッキーとスナック菓子を用意しておいた。

「お菓子なんて何年ぶりだろう」

「と思って買ってきたんだ」

恵実は袋を自分のそばに置いて言った。

「でもお菓子は肌に悪いからヒロくんは食べちゃダメよ」

博文は不満そうな声を出した。

「ちょっとだけいいだろう?」

博文は手を合わせてお願いした。

「じゃあちょっとだけよ」

恵実はまた母親みたいに言った。目が合った二人はクスクスと笑った。

彼女と寄り添って晩ご飯を食べる博文は、真夜中の寮の裏ではなく、そして人目を気にすることなくデートできたらもっと幸せなのになと思った。

「なあ恵実。もし東西が統一したらどこへ行きたい」

「そうだな」

恵実は考える仕草を見せた。

「またディズニーランドに行きたいな」

博文は懐かしかった。納得するようにうなずいた。

「最初のデートで行ったんだよな」

「そうそう。まだ東京に出てきたばかりで、二人ともデートと言ったらディズニーランドしか思いつかなかったんだよね」

「本当、田舎者丸出しだよな」

「着くまでに苦労してさ。着いたら着いたで混んでて何に乗ったらいいか分からなくなっちゃってね」

博文の脳裏に初デートの記憶が次々と蘇る。あのころのように平和な時代に戻れたらどれだけ幸せだろうと思った。

「ところでヒロくんは行きたい所あるの？」

今度は恵実が訊く番だった。博文は迷わずに答えた。

「俺は恵実といられればどこでもいい。人目を気にせずのんびりデートできたらそれでいいよ」

ささやかな願いだが現実にそうなったらどれだけ幸せだろうと博文は思った。

恵実は優しく微笑んだ。

「そっか」

二人の間に少しの沈黙が流れた。少々しんみりとしてしまい恵実が明るい声で空気を変えた。

「そうだ、前に水族館に行こうって二人で話したときがあったじゃない。だから水族館にも行ってみたいな」

博文はそのときのことを鮮明に憶えている。二人で雑誌を見ていると水族館の特集ページが出ていて、いつか二人で行きたいねと話したのだ。

「夏祭りに行って、花火を見たり屋台の間を一緒に歩いたりしてみたいな」

博文は自信を持って言った。

「行けるよ。近い将来きっと行ける。だからもう少しの辛抱だよ」

東西統一、もしくは階級制度が廃止になるような根拠はないが博文はそう励ました。恵実は博文の目を見ると力強くうなずいた。

それからも博文と恵実は、華族と奴隷というあってはならない関係であったが密会を重ねた。

どこにデートに行けるわけでもない。待ち合わせ場所は相変わらず草の生い茂った寮の裏で、岩に腰掛けて食事したり語ったりするだけの縛られたデートだが、夜の十時から十一時までの一時間は毎日の楽しみであり幸せな時間だった。

恵実もたったこの一時間のために毎日重労働に耐えてくれている。恵実と再会したとき彼女は身も心もボロボロであったが、今は精神も安定し、まともな食事は夜だけだが少しずつ体重を取り戻し血色もだいぶよくなってきた。博文は何よりそのことに安心している。一時はどうなってしまうのか気が気ではなかったが今は本心から笑ってくれる。博文は恵実が笑ってくれると現実を忘れて幸せな気持ちになれる。

恵実と再会して一ヶ月ほどが経った夜、博文は自分の住むマンションに彼女を連れていった。華族と奴隷の差があまりに大きすぎて住んでいる所を見せたくはなかったが、恵実が博文の健康を気遣い料理を作りに行くと言ってきかなかったからだ。

正面玄関には監視カメラがあるので、博文は裏の扉を開けて非常階段で三階まで上った。

恵実は博文が引け目に感じているのを知っているから、マンションの外観を見ても普通の反応だったし、部屋に入ってもその豪華さに驚くどころかそうした話題に少しも触れることはなかった。

「意外と綺麗にしてるじゃない」

恵実は広いリビングを見渡して言った。

「リビングは全然使ってないから。こんな広い部屋はいらないよ。使うのは寝室だけだよ」

博文なりに気を遣ったつもりだった。恵実はふうんとうなずくと、

「テレビ点けてもいい？」

と訊いてきた。

「ああ、いいけど」

恵実はリモコンでテレビのスイッチを入れた。民放ではドラマやバラエティ番組が流れている。そのあたりは東と何ら変わりなかった。

「テレビも何年ぶりだろう。知らない芸能人ばかりだ」

恵実は少し寂しげに言って国営放送にチャンネルを変えた。すると西日本のトップである横山清が壇上に立ち演説をしている映像が流れた。画面には『今日午後二時』とある。

『東との混迷は深みを増しているが、我々西日本政府は常に積極的な対応で事態を解決したいと考えている。実は先ごろ独立以来続けてきた実験に一定の目途が立ち、実戦配備目前まで来たことを発表する。これはいわゆる最終兵器でありもう東の不当な圧力に屈することはない。西日本の諸君、どうか安心してくれ――』

横山の映像からスタジオに切り替わるとアナウンサーは、

『横山総統の先手を打った対応により国民の安全が確保されそうです』

と横山を褒め称えて次のニュースを読み上げた。

博文と恵実は無意識のうちに画面を睨むようにして見ていた。この男がいなければ日本が分裂することもなかったし恵実がこんなにも苦しむことはなかった。そして今ごろ恵実と幸せな家庭を築いていたはずなのだ。博文は横山が殺したいほど憎かった。

博文の殺気は恵実にも伝わったようだった。恵実はソファから立ち上がって気分を変えた。

「さあさあ、晩ご飯作ろう。言っておいた食材買ってきてくれたよね？」

「もちろん」

博文は返事して冷蔵庫から頼まれた食材を出した。恵実は食材を見て納得するようにうなずくと博文をキッチンから追い出した。

「ヒロくんはソファに座ってて」

「でも、疲れてるだろう？」

「いいのいいの。気にしないで座ってて」

博文は心配だが言われたとおりにした。テレビを観ていても落ち着かないから、リモコンで電源を消して料理をする恵実の後ろ姿を眺めた。

その姿を見ていると昔に戻ったような気分になった。同棲を始める前は毎日のようにアパートに来てくれて今みたいに料理を作ってくれた。和洋中どれも美味しくて一口食べるたびに彼女を褒めた。機嫌を取るためではなく本当にそれくらい美味しかったのだ。

特に博文が好きだったのは肉ジャガときんぴらごぼうと揚げ出し豆腐だった。週に一度は作ってもらっていた気がする。

料理を作り始めて三十分が経つとリビングにいい香りがしてきた。博文は落ち着かなくなってキッチンに行き恵実の後ろに立った。しかし恵実は後ろに立たれると気が散るらしく、

「はいはい、もう少しでできるからあっち行ってて」

と言いながら博文の背中を押してソファに座らせた。博文はまた懐かしい気分になった。大学時代も今みたいに邪魔扱いされていたっけ……。博文は微笑してまた恵実の後ろ姿を眺めた。

それから十五分後、テーブルに料理が並べられた。肉ジャガにきんぴらごぼうに揚げ出し豆腐だ。恵実は博文の大好物を今でも憶えていたのだ。博文はそれが嬉しくて熱いものがこみ上げてきて箸をつけられなかった。

「さあさあ早く食べよう。冷めちゃうからね」

博文はうなずいて、

「いただきます」

と恵実に言って肉ジャガから箸をつけた。

「どう？　煮込む時間が少ないから味が染みてないでしょ」

恵実はあまり自信がないようだが博文は大満足だった。ジャガイモ、ニンジンにしっかり味が染みているし、恵実がいつも入れていた糸コンニャクも懐かしかった。

「美味しいよ」

そう言うと恵実は安心してやっと自分も食べ始めた。

きんぴらもピリ辛で博文は昔を思い出す。肉ジャガだけではなくきんぴらにも糸コンニャクが入っていた。

「コンニャク大活躍だね」

「そうよ。コンニャクにはデトックス作用があるんだから」

恵実がそう言うのを知っていて博文はあえて言ったのだ。

揚げ出し豆腐も変わらず美味しかった。片栗粉を多めに使ったトロトロのあんが博文は大好きだった。

五年前と何一つ変わらない。何もかもが昔の続きのようだった。

博文は無意識のうちに言っていた。

「結婚したら毎日美味しい料理作ってね」

恵実は一瞬箸を止めたが、優しく微笑んでうなずいた。

「もちろん」

「もし学校の先生にまたなることができたらサポートしてね」

「ええ」

博文は現実を忘れてついつい夢が広がる。

「子どもが生まれたらもっと幸せだろうな」

恵実は博文に合わせた。

「そうね」

「賑やかな家庭になるだろうな」

「うん」

「俺たちの子なら優しい子に育つよね」

「ええ」

博文は食事を終えたあとも恵実と一緒に夢を語らったが、またあっという間に時間がやってきた。時計の針はもう十一時半を過ぎている。いつもよりも三十分以上オーバーだった。博文の表情から笑顔が消えた。もっと一緒にいたいが恵実の身体を最優先に考えなければいけない。

「もうこんな時間だ。行かなきゃね」

恵実は寂しげにうなずいた。

「ええ」

「片付けはやっておくから行こう」

博文と恵実は部屋を出ると気づかれぬようマンションの裏から出た。

帰り道、二人は言葉少なだった。お互い将来のことを考えている。恵実がどういうふうに考えているか分からないが、博文は先ほどのように明るい気分にはなれなかった。寮まで送る博文は魔法が解けたみたいに現実に引き戻されていた。

この日は特に気持ちの落差が大きかった。いつもは寮の裏で語らっていたが、今日は部屋で食事をしながら結婚、そしてその後について話したのだ。恵実と再会してから結婚のことを話すのは二度目だった。

あのとき自分たちは幸せな生活を摑んだのだと錯覚(さっかく)した。しかし寮に向かって歩いていると華族と奴隷という現実を感じざるをえない。博文は今日みたいに部屋で食事したりさらには早く一緒に生活したいという思いがさらに強くなった。

気がつけば第二工場の寮の前にいた。博文は笑顔を作った。

「じゃあ、また明日。この裏で待ってる」

「うん。ありがとう」

「何か食べたい物ある？　何でも言って」

恵実は首を振った。

「大丈夫。ヒロくんに任せるよ」

「そっか。じゃあ、おやすみ」

「おやすみなさい」

恵実は軽く手を振って寮の中に入り暗い廊下に消えていった。同時に博文の顔から笑顔が消えた。鍵をかけると溜め息をついた。

なぜ自分たちはこんな日々を繰り返さなければならないんだと今日改めて思った。

お金なんていらない。贅沢も言わない。

恵実とただ普通の生活がしたいだけなのだ。

今は恵実と一時間だけでも会えていることが幸せなのだと思いこんでいたが、博文は真の幸せが欲しかった。

しかし、博文は二人の階級なんて関係ないと思っていても、現実を見たときやはり階級の差という大きな壁が立ちはだかる。階級制度が廃止されなければ結婚はできないのだ。付き合いは続けられるが一生こんな日々だ。

恵実と夢を語らい、そして希望を与えてはいるが、階級制度が廃止になる根拠なんてないし自分ではどうにもできない。

短期間ならいいが階級制度がなくなる兆（きざ）しなんてない。十年二十年も待ち続けるなんて無理だった。

早く恵実と真の幸せの日々を送りたい。

一緒になるには恵実が奴隷階級から華族、もしくは平民階級になるしかなさそうだった。

だが奴隷階級は一生奴隷のままだ。それでも一緒になると父に大口を叩いたが現実は厳しかった。

博文は立ち止まりスマホを手に取っていた。夜中ではあるが父に電話をかけた。この日も長くコール音が続いたが博文は切らずに待った。一分ほどして父は電話に出た。

「博文か。どうしたこんな時間に」

こちらからかけたにもかかわらず博文は無言だった。父は彼女との交際を猛反対している。なかなか恵実のことを言い出せなかった。

「博文」

父は焦れてもう一度呼んだ。

博文は長い間を置いてやっと口を開いた。

「お父さん、西堀恵実さんのことなんですが」

名前を聞いただけで父は不機嫌そうな声になった。

「まだ言ってるのか。高知行きを取り消すかわりに彼女のことは忘れる約束だっただろう」

そんな約束をしたつもりはないが口には出さなかった。無意味なケンカに発展するだけだ。

「お父さん、僕はどうしても彼女と一緒になりたいんです。彼女と普通の暮らしがしたいだけなんです。ただそれだけなんです。だから――」

「ダメだ」

父は最後まで聞かず切り捨てるように言った。

「彼女のことは諦めるんだ。お前も現実を知ったろう。奴隷階級の人間とは一緒にはなれないんだよ。将来必ず彼女を傷つけることになる。そしてお前も傷つくことになる」

確かにこんな日々が続いたらいつか彼女を傷つけることになりそうだった。

「だからお父さんお願いです。彼女を奴隷階級から平民に引き上げてもらえませんか。そして僕も――」

「いい加減にしろ！」

父は博文の言葉を遮った。

「そんなことが私の一存でできるわけがないだろう。お前のことをもみ消すだけでも苦労したんだ。今生きていられるだけでもありがたいと思え」

「無理は承知でお願いしています。どうか、どうかお願いですから彼女を助けてあげてください。そして僕と一緒になることを許してください」

「無理だ」

父は興奮を抑えて冷静に言った。

「博文、いい加減目を覚ませ。彼女とは一生一緒にはなれないんだよ。俺でもそんなことはできないし、もし強引にやれば俺だって総統からどんな咎めを受けるか分からない。おそらく極刑は免れないだろう。彼女だってそうだ。彼女のためにも彼女のことは忘れるんだ。いいな？」

父は博文の返事も聞かず一方的に通話を切った。唯一の希望を失い博文はしばらくその場から動けなかった。


翌日、博文は恵実のために舞茸の炊きこみご飯と鳥の唐揚げと焼き魚、そしてみそ汁を作って寮の裏に持っていった。恵実は一品一品に感動してくれて、一口食べるたびに笑顔を見せ褒めてくれた。博文は笑顔で返して一緒に晩ご飯を食べるがあまり箸が進まなかった。明るく振る舞っているが博文の心の中は暗かった。

昨夜の父の言葉が博文を悩ませ、そして苦しめる。恵実を平民階級に引き上げる唯一の手段であったが父はそれを断った。恵実との交際を反対しているからではなく父の力をもってしてもそれは不可能なのだろう。

昔から、父が政治の世界で出世していく姿は見たくないと思っていたのに、父が今よりも高い地位に昇ればそれも可能だろうかと博文は思う。とにかく恵実を華族、もしくは平民にすることができればそれでいい。

しかし一生奴隷階級のままとなると彼女と幸せに暮らすためにはどうすればよいのか。やっと東西の壁を越え恵実に再会できたのにまた新たな障害が二人の前に立ちはだかる。

どうして自分たちばかりと博文は思わず溜め息をついてしまった。恵実はそれを見逃さなかった。みそ汁を飲む手が止まった。

「どうしたの？　何かあった？」

博文は心配ないというように首を振った。

「いや、何でもないよ」

「ちょっと疲れてるんじゃない？」

「まさか。恵実に比べたら全然」

「本当？」

「ああ。大丈夫だよ」

博文は言って恵実の左手を握った。最近は血色もよく少しずつ体重も取り戻してきたが、依然手はガサガサに荒れたままだ。特に右手はひどく指先は血がにじんでいる。

のだ。恵実は第二工場で衣料品を生産しており染料が手につくのでどうしても荒れてしまうのだ。

博文はかわいそうにというように手を撫でると、ポケットからハンドクリームを取り出しそれを塗ってやった。彼女と再会して三日目にハンドクリームを購入してそれ以来毎日塗っているが、期待したほどの効果はない。

早く奴隷エリアから救ってやりたい。でも自分の力ではそれはできない。

いっそ二人で逃亡してしまおうか。

博文はすぐに首を振った。逃亡すれば一時は自由な生活を手に入れることができるかもしれないが、もし捕まれば恵実は最悪の場合処刑される。西は躊躇いなく実行するだろう。

「ごめん……」

博文は諦めてはいないがついそんな言葉が口から出た。

「何がごめんなの？」

博文はクリームを塗りながら言った。

「だって、恵実にこんな苦しい思いをさせてるから」

「何言ってるの。ヒロくんは何も悪くないでしょう？」

「そうかもしれないけど」

責任を感じる博文を見て恵実は明るくさせようと話題を変えた。

「ねえねえヒロくん、明日はお好み焼き作ってきてよ。急に食べたくなっちゃった。もちろん広島風ね」

博文は微笑した。

「了解。美味しく作れるようがんばるよ」

「キャベツいっぱい入れるのよ」

「はいはい」

二人は顔を見合わすとクスリと笑った。

だがすぐに博文の顔から笑顔が消えた。一時間は本当にあっという間で別れの時間が迫っている。

博文は弁当箱とみそ汁の入った魔法瓶を袋にしまうと、

「そろそろ、行こうか」

と言って立ち上がった。恵実も寂しげな声で返事した。

「うん」

二人は、寮の入口まで五十メートルもないが手を繋いで歩いた。足下を照らすのはいつもと同じくスマホの明かりだった。

博文と恵実は寮の入口手前で足を止めた。

「じゃあまた明日。寮の裏で待ってる」

博文は言った。

「うん」

恵実は博文の目を見つめて返事をした。博文は恵実の肩に手を置きキスをしようとした。が、博文の動作が止まった。そして素早く振り返った。

今、第二工場のほうから砂利を踏む音がしたのだ。

恵実はまぶたを開けて後ろを向いている博文に声をかけた。

「どうしたの？」

博文は後ろを向いたまま、

「今、音がしなかったか？」

と確かめた。しかし恵実には聞こえていないようだった。

「聞こえなかったけど」

博文はまだ第二工場のほうに視線を向けているが人の気配はなかった。

野良猫かと安堵した博文は、もう一度恵実の肩に手を置いてキスをした。そして恵実と別れた博文は寮をあとにした。

13

翌晩、博文は恵実のリクエストに応えてお好み焼きを焼いて恵実のもとへ持っていった。だがとても広島風とは呼べないものとなってしまった。広島風は生地が薄いのでフライパンではうまくいかないのだ。生地を厚くしないと形が整わないので結局関西風みたいになってしまった。味にも自信がないので、持っていくのをやめようかと考えたが、恵実の性格上失敗作でも食べたがる。とりあえず持っていってみるかと博文は少し大きめの容器にお好み焼きを入れたのだった。

十時を少し過ぎたころ恵実はいつもの場所にやってきた。博文はスマホで明かりを灯し右手を軽く挙げた。恵実は隣に腰掛けるとビニール袋に視線を落とした。

「もしかして本当にお好み焼き作ってきてくれたの？」

かすかにソースの香りがしたらしい。博文は自信なさそうに返事した。

「まあ、ね」

恵実は歓喜してビニール袋から容器を取り出しフタを開けた。香りは美味しそうだった。

博文は食べる前から言い訳をした。

「家で広島風は難しくてさ、結局関西風になっちゃったんだ」

恵実は無視するように、

「箸貸して」

と言った。博文は割り箸を手渡した。

「味も自信がないけど」

彼女は聞かずすでに食べていた。

「どう？　美味しい？　まずい？」

博文は忙しく聞いた。恵実は感動はしなかったが一応うなずいてはくれた。

「まあ、美味しいかな」

「何だよその微妙な判定は」

恵実はクスクスと笑った。

「嘘嘘、美味しいよ」

そう言って恵実は二口目を食べた。博文も少し遅れて口に運んだ。生地は固くてパサパサだが何とかソースがごまかしてくれている。博文は腹が減っているので全部食べた。恵実も内心どう思っているのかは分からないが全部食べてくれた。

「ごちそうさまでした」

恵実は博文に言って空になった容器をビニール袋にしまった。

博文は話しかけようとスマホの明かりを点けてかすかな光を恵実に当てた。

そのとき博文は恵実の右頬に小さな青痣ができていることに気づいた。恵実は博文の視線に気づきとっさに顔を伏せた。

「おい、その痣どうしたんだよ」

恵実は顔を伏せたまま返事した。

「痣って？」

「とぼけるなよ」

「別に、何でもないよ」

「もしかして、監視員に殴られたのか？」

第一地区の監視員として働き始めてから、少しでも手を緩めた労働者に対して殴ったり蹴ったりする監視員を何人か見ている。だから博文はそう思ったのだ。

しかし恵実は否定した。

「そうじゃないよ」

「じゃあ同じ班の誰かにやられたのか？」

「違う」

「だったら何で痣ができるんだよ」

博文は思わず語気を荒らげてしまった。

「ごめん」

恵実は首を振ると立ち上がった。今日はまだ三十分も経っていない。

「今日は疲れたからもう行くね。お好み焼き美味しかったよ。ありがとね」

恵実は博文に追及の間を与えず逃げるように行ってしまった。何度も呼び止めたが恵実は立ち止まってはくれず暗闇の中に消えていった。

博文は容器の入ったビニール袋を地面に叩きつけた。

痣の場所といい恵実の反応といい、殴られたのは間違いない。監視員か同じ班の人間かどちらかだが後者ではない気がする。博文は実際、監視員が労働者を殴ったり蹴ったりする場面を何度も見てきている。断定はできないがあれは監視員に殴られた痣だろう。博文は顔の見えない人間に怒りが沸き立った。

翌日、博文はいつもより少し前にマンションを出た。この日は博文が第一の寮の鍵を開ける当番だからだ。ロッカールームで制服に着替えて部屋を出る際姿見をチラッと見たが、目の下にはクマができており顔色もよくなかった。

博文は昨晩、恵実を殴った相手に対する怒りと、恵実が暴力を受けた悲しみとでなかなか寝付くことができなかった。

何の罪もない、抵抗もできない女性を痣ができるほどの力で殴るなんて許せなかった。もしそのとき現場にいたら博文は我を失って相手を殴り倒していただろう。相手が気を失っても殴り続けるかもしれない。恵実を殴った人間の姿を想像しただけでも身体が炎のように熱くなった。

監視所を出た博文は第一の寮に歩を進める。寮の入口についた博文は解錠して重い足取りで第一工場に向かった。

寮から第一工場まで五十メートルほどだが、工場に入る直前に後ろから男の怒声が聞こえてきた。

「オラ！　さっさと歩かんかいボケ！」

博文はただならぬ声に驚いて振り返った。

博文の目に第二工場の労働者の列から一人はみ出て倒れている労働者の姿が映った。博文はその女性労働者を見てハッとなり思わず叫んだ。

「何してるんだ！」

帽子を被っているが倒れているのは間違いなく恵実だった。

恵実を殴ったか蹴ったか知らないが、転ばせた監視員はこちらを見てかすかに笑ったようだった。この瞬間博文は昨日恵実を殴ったのはあの監視員だと悟った。

その監視員は博文を見ながらなおも恵実を何度も蹴りつけた。明らかに博文に見せつけていた。

博文は全身がカッと熱くなり頭の中が真っ赤に染まった。博文の憎悪に満ちた目には恵実を痛めつける監視員しか映っていなかった。

「オラオラ！　さっさと立たんかいボケ！」

博文は拳を握り、ここがどこかも忘れて第二工場の監視員に向かっていった。その瞬間、恵実は博文の注意を引くかのように悲鳴を上げると、来たらダメというように激しく首を振った。博文は我を取り戻し足を止めた。気づけばこちらへ歩いてくる監視員、そして他の労働者たちの注目を浴びていた。

恵実は急いで立ち上がると、もう一度博文にダメだというように首を振り監視員に謝って列に戻った。男は鼻を鳴らすと第二工場に歩みを進める。

博文は男とすれ違う際、怒りに満ちた目で相手を睨み付けた。男は博文を見て冷笑を浮かべた。男の胸には赤いバッジが付いていた。

博文は恵実を心配そうに見つめるが、恵実は博文に一瞥もくれず第二工場に入っていった。

彼女は最後まで他人同士を貫き通した。

恵実は自分たちの関係を周りの者に知られてはならないと博文を近づけさせなかっ

たのだ。もし二人が親密な関係だと知られたら博文に迷惑がかかるし、今度こそ二人は引き裂かれることになると恵実は危惧（きぐ）している。

事実、もしあのとき博文が男を殴っていたら、二人の関係がバレて今度こそ自分たちは離れ離れになっていたかもしれない。

それだけは決してあってはならないがあの男は許せなかった。博文は今でも男を殴り倒したい衝動にかられるが拳を握ってぐっと堪えた。

博文はこのとき、あの男は昨日恵実が作業中に手を抜いたとかそういう理由で殴ったのではないことを知った。男は華族の博文と奴隷の恵実が親密な関係だということを知っている。博文はいつ関係がバレたのか思い当たる節があった。

時計の針が八時になると作業開始のベルが工場内に鳴り響いた。第一工場の労働者たちは一斉に作業を開始した。

博文は労働者たちに視線を向けているが実際は彼らを見ていなかった。

脳裏に焼きついている男の姿を目の前に浮かべて睨み付けるような目で見た。

背は博文よりも低く身体も華奢で女性みたいに小柄な男だが、目は切れ長でつり上がっており、唇は薄く頬骨が張っていた。いかにも冷酷そうな顔つきをしていた。

帽子を被っていたので髪型は分からないが、もみあげと襟足（えりあし）は茶色に染まっていた。

眉には切れこみを入れて鼻と耳にはピアスをしていた。恐らく博文と同い年くらいだが、奴も赤バッジを付けていた。

あの男が博文と恵実の関係を知っているのは明白だ。

恐らく一昨日の夜、奴は工場の陰に隠れていたのだ。恵実と別れる際、博文はかすかな足音を耳にしているが、人の気配は感じられなかった。しかしあれはやはり人の足音だったのだ。

恵実が暴力を受け始めたのはその翌日からだ。あの男が陰でこちらを見ていたのは間違いないだろう。だがなぜ気づかれたのか。当たり前だが、博文と恵実はみんなの前でしゃべったことはないし、すれ違ったとしても目も合わさない。第二の一班の誰かが恵実の夜の行動に気づき密告したか。それとも夜に出歩く博文を偶然発見してつけてきたか。それは不明だが、いずれにせよあの男には自分たちの関係が発覚してしまった。

他の監視員に二人の関係がバレるのは時間の問題である。あの男が自分たちの運命を握っているのだ。だが奴はまだ人に話したりせずあえて隠しておくような気がする。バラしたところであの男には何の得もないのだ。だからといって何かの取引を迫ってくる感じでもない。

あの男は恵実を執拗（しつよう）に痛めつけ、それを博文に見せつけて楽しんでいた。華族である博文が奴隷の彼女を助けにこられないのを知っているのだ。

博文はあの男のことなどまったく知らないし恨まれることをした覚えもない。実際、男も博文と恵実には何の恨みも抱いてはいないはずだ。だが奴は恵実に対するイジメをまだ続けるだろう。奴にとっては単なる遊びなのだ。恵実と博文が苦しんでいる姿を見る男の表情は満足そうであり快楽を感じているようだった。こんな楽しい遊びをすぐに捨てたらもったいないという男の声が聞こえてきそうである。

男は華族だ。目的は金でもなければ物でもない。心の欲求、快楽だ。二人が苦しむ姿に満足する最低の人間である。

博文は男が憎いが、行動を起こしてしまったら全監視員に関係が発覚して自分はここにいられなくなるだろう。

ならばどうやって恵実を助ければいいのか。ただじっと耐えるしかないというのか。男がやめてくれるのを待つしかないのか。

博文は葛藤に苦しむ。何とか良策がないか思案するが耐える以外方法はないのだ。

しかし一日二日ならまだしも、これが長く続くようなら博文はいつか男を殺してしまいそうである。男が早く飽きてくれることを願うしかなかった。

工場内にベルが鳴り響くと博文は我に返ったようになった。気づけば午前の作業終了時刻になっている。

突然後ろから肩を叩かれた博文はまた驚いた。振り向くと笑みを浮かべた本郷が立っていた。

「どないしたんやヒロちゃん。さっきから怖い顔して」

博文は顔を伏せた。

「いや、別に」

「また嫌なことでもあったんか?」

今日は本郷が無神経に思えて博文は腹が立ってきた。

「ヒロちゃん、お昼行こうや」

博文は断った。

「いえ、いいです」

「おいおいどないしたんやヒロちゃん。ほら、暗いときこそ笑えやろ?」

そう言って本郷はいつもの踊りを始めたが博文は明るい気分にはなれなかった。

踊りを見ても笑わないのは初めてだったので本郷もさすがに真顔になった。

「ヒロちゃん?　ホンマどないしたん?」

博文はうつむいたまま弱々しい声で、

「すみません。独りにさせてください」

と言って第一工場を出た。

その日の夜、四国は台風の影響で大雨となった。愛媛に来て大雨は初めてだった。まるで今の二人の心の中を表しているようだった。

博文は寒い中で恵実が来るのをじっと待つ。雨に濡れぬよう、屋根の下でポツリと膝を抱えて座っていた。

十時十五分を過ぎたころ恵実が傘を差してやってきた。傘は博文が用意したもので寮の入口に立てかけておいたのだ。

博文は無言で恵実を迎えた。どう声をかけてやったらよいか分からなかったのだ。恵実は気まずそうに下を向いて博文に歩み寄る。そして無言のまま博文の隣に膝を抱えて座った。

二人はずっと無言のままだった。両方ともなかなか言葉が出ない。視線も合わせなかった。

沈黙を破ったのは博文だった。

「身体……大丈夫かい？」

優しい声で聞いた。

顔の痣は少し薄くなっているが、目に見えていない部分に新たな痣がいくつもできているだろう。あの男はそれほど強く蹴ったり踏んづけたりしたのだ。

恵実はかすかに笑って答えた。

「こんなの平気よ」

「平気じゃないよ」

「ううん。大丈夫」

恵実は横顔のまま言った。博文は気丈な彼女を見ていたらかわいそうで涙がにじんできた。同時にあの男に怒りが沸き立った。

「あいつ、許せない」

博文とは逆に本人は冷静だった。

「前から事あるごとに労働者に暴力を振るう人で、でも私は一度も殴られたことはなかったんだけど、昨日作業中に手を抜いただろうっていきなり殴られて……」

博文は深く息を吐いた。

「いつもと同じように作業していたのに急に目をつけられて、それから何度も暴行を受けて……」

博文はそれ以上聞くのが辛かった。

「どうして昨日言ってくれなかったんだよ?」

「だって、心配かけたくなかったから」

恵実の性格上そう答えるのは分かっていた。

「あの監視員、俺たちの関係を知ってる」

恵実はうなずいた。

「ええ。今日それが分かった」

「一昨日の夜、隠れて見てたんだ」

博文は手に持っているビニール袋を握りしめた。中には手作りのチャーハンが入っている。

こういうときこそ手作りがいいんじゃないかと作ってきたが、とても食べる気にはなれなかった。

「卑怯な野郎だ。俺が手を出せないのを知ってて君に暴力を」

恵実は博文の手を握って彼を宥めた。

「ヒロくん。お願いだから今日みたいなことがあっても知らないフリをして。私たちの関係が周りに知られたら……」

「でも黙って見ていられないよ」

恵実は正面を向いて急に冷たい口調になった。

「だったら見ないで。無視してくれていいから」

恵実は突き放すように言った。

「そんなことできるわけ――」

「私は！」

恵実は博文を遮って言った。

「私はどんなことでも耐えられる。ヒロくんがそばにいてくれるだけでがんばれるから」

恵実はそう言うが博文は首を振った。

「でも……」

「私はヒロくんがいなくなるほうが辛いの。ヒロくんがいなくなったら私どうすればいいの？」

恵実は涙目で訴えた。博文はその涙を見て怒りと悔しさで拳が震えた。

あの監視員が憎い。殴り倒して恵実と同じ痛みを味わわせたい。

でもそれをやってしまったら恵実はまた独りぼっちになってしまう。そうしたら誰が恵実を守るというのだ。心の拠り所を失うだけではない。博文がいなくなったら夢も希望も失うのだ。そしてまた将来のない暗い奴隷生活を送ることになる。そうなったら今度こそ彼女はおかしくなってしまう。

分かってはいるがどうしてもあの男が許せない。でも彼女を守るためには悔しいが耐えるしかないのだ。

「ごめん。君を守るとか言って俺は全然守ってやれない」

恵実は首を振った。

「そんなことない。ヒロくんは私を守ってくれてるよ」

博文は感情を抑えきれず何度も拳を地面に叩きつけた。恵実は自分を痛めつける博文を優しく抱きしめた。

「大丈夫。私、あんな奴には負けないから」

博文はこのときなぜ恵実ばかりこんな辛い思いをしなければならないのかと思った。

博文は彼女が不憫で涙を堪えられなかった。なぜ自分はこんなにも無力なのだろう。

博文は自分が情けなくなって最後は弱々しく地面を叩いた。

14

博文の悪い予感どおり、その後も恵実に対する執拗なイジメは続いた。男は飽きるどころか日に日にエスカレートしていき、五日目を過ぎたころ、恵実は全身痣だらけになっていた。目や頬は腫れ、肘と膝にはひどい擦り傷もできている。作業中に適当な因縁をつけて殴る蹴るを繰り返すというのだ。

博文はじっと耐えてきたがもう我慢の限界にきていた。しかし恵実はそれでも耐えろと言う。私は大丈夫だからと博文を強く説得する。博文はそのたびに、復讐したら彼女を裏切ることになるんだぞと怒りを鎮めてきた。結局博文は、彼女の傷や痣を冷やしてやることしかできない。本当は湿布や絆創膏を貼らなければならないが、貼れば周囲に治療したのが分かってしまう。コールドスプレーで冷やすだけの簡単な治療しかしてやれなかった。治療が終わるといつも恵実は笑顔を見せてお礼を言う。博文もこういうときこそ明るく接しなければならないと分かってはいるのだが、どうしても奴に対する怒りが先にくる。殺してやりたいほど奴が憎かった。

あの日以来、博文は一度も恵実に笑顔を見せていない。

翌日も博文は仕事どころではなかった。仕事といってもただ労働者を見ているだけだがそれすらも集中できない。第二工場の様子が気になって落ち着かなかった。

今こうしている間も恵実は暴行を受けているのではないか。気を失うほどの虐待が行われているかもしれない。

悪い想像が頭の中を飛び交う。男の狂った笑い声と恵実の悲鳴が脳に響く。もう頭がおかしくなりそうだった。

博文はいよいよ追いつめられていてもたってもいられなくなるが、まだ作業中である。博文の苛立ちはピークに達していた。

そのとき遠くのほうから監視員の怒声が聞こえてきた。

「オラ！　立て！　何寝てんねんコラ！」

怒鳴り声に神経過敏になっている博文は素早く視線を向けた。すると一班の労働者が倒れており監視員が背中を何度も蹴飛ばしている。この光景がよけい博文を焦らせた。目に映る労働者と恵実の姿が重なった。

労働者は謝りながら立ち上がるとふたたび作業に戻った。

ちょうどそのとき午前の作業終了のベルが鳴り響いた。

「ヒロちゃん」

本郷に声をかけられるが博文は振り向かなかった。

「なあヒロちゃんって。どないしたんや固まって。最近変やで」

博文は本郷の声など聞こえていなかった。

恵実は大丈夫なのか……。

博文は走り出した。そして第一工場を飛び出した。本郷は何事かと博文の名を呼びながらあとを追った。

博文は第二工場に走る。第一工場から距離があるが、博文はすぐに足を止めた。第二の一班が列になってこちらにやってくる。寮に昼食を食べにいくのだ。

恵実は博文の存在に気づいているようだが一瞥もくれなかった。見る限りでは新たな痣はできていない。博文はひとまず安心した。

しかし安堵したのも束の間、第二工場から奴が現れた。博文はすでに拳を握っていた。男は恵実を見て目を光らせた。

ついで博文が近くにいることを確認すると、上唇を浮かし恵実に向かっていっていきなり背中を蹴飛ばした。博文は思わず声を洩らした。恵実は地面に突っ伏し起き上がろうとする。しかし男がそれを許さなかった。

恵実の背中を踏んづけて言った。

「おいゴミ女！　さっきの勤務態度は何だ？　ええ？」

どんな言い掛かりでも恵実は逆らうことはせず、

「すみません」

と謝った。

「最近お前、仕事がいい加減じゃないか？」

恵実は苦しそうな声で言った。

「そんなこと、ありません」

「他のこと考えてるんじゃないか？」

男は言いながら博文を見た。博文は男を睨み付ける。本郷はその二人を交互に見た。

「ヒロちゃん？」

男は恵実の背中から足を外すと今度は右手を踏んづけた。

「おいおい、あいつやりすぎちゃうんか」

さすがの本郷も不快そうに言った。いつしか周りには大勢の監視員が集まっていた。労働者も足を止めて見ている。

男は恵実を見下ろして命令した。

「許してほしいんなら俺の靴を舐めな」

男はケラケラ笑ったあと博文を見た。来いよと挑発しているようだった。

博文は身体の震えが抑えられなくなっていた。恵実を痛めつけ、そして侮辱する男に殺意を抱いた。恵実は博文の殺気を感じ、来ちゃダメというように首を振る。そして恵実は舌を出して男の靴に顔を近づけていく。

博文はもう我慢できず走り出した。その瞬間後ろから声が聞こえてきた。

「どないしたんや？　向井くん」

博文は足を止めて振り返った。そこには地区長である伊藤武夫が立っていた。伊藤は何事かと男に歩み寄る。このとき初めて男の名前が向井だと知った。

伊藤は向井の行為に困った表情を浮かべて言った。

「向井くん、相手は女の子や。それくらいで堪忍したり」

向井は不満そうな顔をして第二工場に戻っていった。恵実は砂を払いながら立ち上がると、急いで列に戻り寮に歩いていく。この間も博文とは目を合わせなかった。

恵実の後ろ姿を目で追っていると本郷が後ろから肩を叩いた。

「なあヒロちゃん。もしかしてあんた」

本郷は、恵実のアイコンタクトにも気づいているだろう。どうやら二人の関係を察知したようだった。博文は何も答えずその場から走り去った。


その夜、博文は恵実が来ても立ち上がらず下を向いたままだった。手にはビニール袋を下げているがこの日はコンビニ弁当だった。最近はずっと手作りだったが今日は作る気になれなかった。

この日は向井に対する怒りよりも、いったいいつまでこんな日々が続くのだろうという思いのほうが強く、博文は気力が湧かなかった。

恵実のほうが百倍辛くて苦しいのは知っている。だから自分が元気を出さなければならないことも分かっている。しかし今日は特にショックが大きかった。暴行もそうだが、毎日のようにあんな屈辱を受けているのかと思うと悔しくて、そしてやるせなかった。

向井が憎い。しかし出るのは溜め息ばかりだった。

「どうしたの？　元気ないじゃない」

恵実は何事もなかったように明るい声で言った。博文が言葉を返さないでいると恵実はお腹を押さえながら博文の横に腰掛けた。

「ああ、お腹空いた」

恵実はそう言いながらビニール袋の中を探った。コンビニ弁当を取ると恵実は呆れたように溜め息をついた。

「ヒロくん、コンビニ弁当はあまり身体によくないって言ったでしょ？　肌にもよくないんだから」

博文はうつむいたまま言葉を返さなかった。しかし恵実は一人で話を続けた。

「まあ、たまにはいっか。ヒロくんも毎日手作りじゃ疲れちゃうもんね」

恵実は袋から箸を取ると弁当のフタを開け、

「いただきます」

と言ってご飯を一口食べた。

「もう冷えちゃってるよ」

恵実は独り言のように言って、今度はおかずを口にした。

「やっぱりヒロくんの手作りのほうが何倍も美味しいな」

恵実は博文の顔を覗いて微笑んで言った。

しかし博文は沈んだ表情のままだった。

「ねえねえ、どうしたのよ」

頬を突っつかれても博文は反応を返さなかった。

彼は恵実のこの明るさが逆に辛かった。

もう無理しなくていいと心の中で言った。

「ヒロくんも早く食べな。お腹空いてるでしょ？」

恵実は言って一人で弁当を食べる。

それから彼女は急に無言になった。

鼻をすする音がして博文はやっと顔を上げた。気丈に振る舞っていた恵実だが堪えきれなかったのだろう。箸を止めて泣いていた。彼女は博文を見て笑顔を作った。

「ごめんね、つい。でも大丈夫だから。気にしないで」

博文は彼女を見ていられなかった。彼は悔しくて拳を握った。

どうして恵実ばかりこんな苦しい思いをしなければならないのか。彼女が何か罪を犯したとでもいうのか。

博文は自分たちにはいつ平和な日々がやってくるんだろうと思った。

贅沢な暮らしなんていらない。人目を気にせず普通に静かに暮らせればそれでいい。

今はこうして会えているだけでもありがたいと思うべきなのかもしれないが、博文はもうこんな日々はうんざりだった。

ここにいる限り幸せにはなれない。

博文は遠い先をぼんやりと見ながら言った。

「ここから、逃げ出そうか」

前にも一度思ったことだが博文は無意識のうちに言葉に出していた。

本気に聞こえたのだろう。恵実はすぐに止めた。

「ダメよ。もし捕まったら私たちそれこそどうなるか」

博文は分かっている。分かってはいるが……。

恵実は博文の手を握りしめて言った。

「私なら大丈夫。言ったでしょ？　ヒロくんがいればどんなことだって耐えられる。あいつだって私のことなんてもうそろそろ飽きてくるわよ」

博文はそうは思えなかった。今日はたまたま伊藤に救われたが向井はしつこい男だ。屈辱を味わわせるという目的が中途半端に終わりよけい火がついたかもしれない。

博文の前で恵実をイジメる向井の表情は心底満足そうであった。あの様子だとまだまだやめない気がする。

これが一ヶ月も続いたら、恵実は心身ともにおかしくなってしまうだろう。

一瞬博文の表情が狂気に染まった。

奴がいなくなれば恵実は苦しまずにすむ。

奴を、殺せば……。

博文はすぐに冷静になって首を振った。それこそ恵実を裏切ることになる。

恵実は元気のない博文に力強く言った。

「ねえヒロくん。どんなことがあっても二人でがんばっていくんでしょ？　東西の壁がなくなるまで力を合わせてやっていくって決めたじゃない。そして東西が統一したら私たち結婚するんでしょ？　幸せにしてくれるんでしょ？」

恵実の言うとおり、自分たちは階級制度が廃止されるか東西が統一するまで待つしかない。

日々がどんなに苦しくてもだ。

「私なら本当に大丈夫。だからヒロくん、お願いだからそんな顔しないで」

博文が顔を上げると恵実は何の不安もないというような笑みを浮かべた。博文は彼女を心配させぬよう微笑む。

「分かったよ。二人でがんばろう」

恵実は嬉しそうにうなずいた。博文は彼女の身体を抱き寄せた。

「ごめん。俺がしっかりしなきゃいけないのに」

恵実は博文の胸の中で首を振った。

「俺たち、いつか絶対幸せになれるよな」

博文がそう言った直後であった。

十一時近くだというのにスマホが鳴った。画面には登録されていない番号が表示されている。博文は誰だろうと恵実と顔を見合わせた。

博文の脳裏に一瞬向井の顔が浮かんだ。もしかしたら奴が嫌がらせのため、もしくは何か要求のために直接電話してきたのではないか。

一度そう思うと本当にそんな気がして博文は怖くて電話が取れなかった。しかし一分ほど経っても鳴りやまない。

博文は決意して通話ボタンを押し恐る恐る電話に出た。

「もしもし」

すると慌てた声が返ってきた。

『小田原です』

意外な人物に博文は戸惑った。

「小田原さん……」

なぜこんな時間に父の秘書から電話があるのだろうか。

もしや父が病気か事故にでも遭ったのか。いや、だとしたら母が連絡してくるはずである。しかし気の弱い母だ。混乱してそれどころではなく小田原が電話してきたのかもしれない。

「どうかされましたか？」

博文は緊張の面持ちで訊いた。

小田原は慌てながらも静かな声で言った。

『大変なことになりました』

「大変なことと？」

その瞬間恵実がハッと顔を上げた。

『博文さん、今どこにおられますか？』

博文は恵実の顔を見た。工場にいるとは言えず嘘をついた。

「家に、いますが」

『だったら今すぐ車で逃げてください』

いきなりそう言われたので博文は混乱した。しかし小田原の言葉といい慌てぶりといい、自分に危険が迫っているということは理解できた。

「ちょっと待ってください。どういうことですか？」

小田原は冷静を心がけるよう一拍間を置いて博文に言った。

『先ほどお父様とお母様がスパイ容疑で逮捕されました』

その瞬間博文は凍りついてしまった。

「スパイ、容疑……？」

激しく動揺するが辛うじて声が出た。

小田原は無念そうに返事した。

『はい』

突然の事態だった。

どういう経緯で父と母がスパイ容疑で逮捕されたのかは分からないが、自分が関係しているのは間違いなさそうだった。

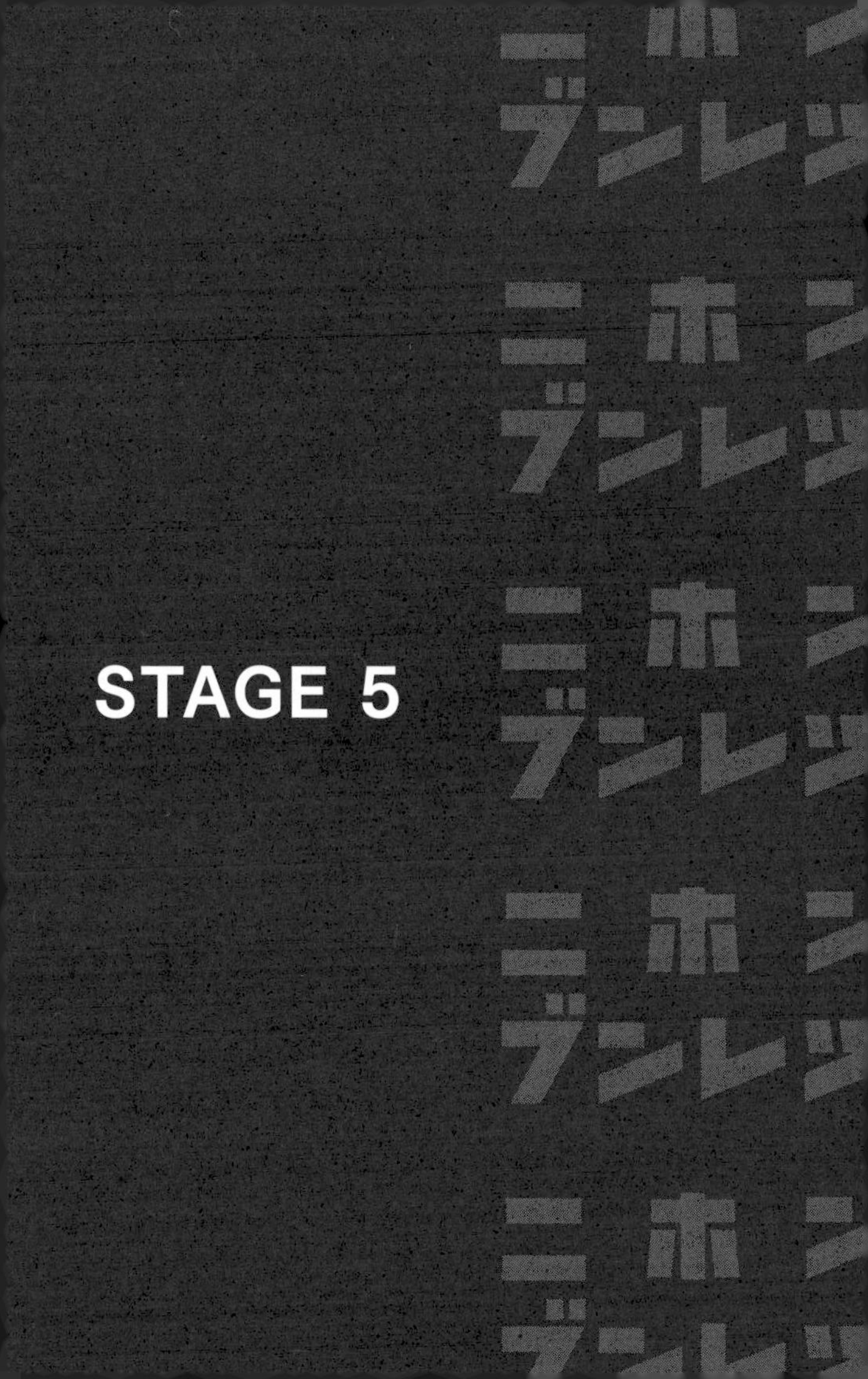
STAGE 5
ニホン
ブンレツ

15

両親の逮捕を知らされた博文が呆然としていると通話口の向こうで小田原が叫んだ。

「博文さん！　聞こえてますか！」

博文はハッとしてスマホを握り直した。

「は、はい」

「とにかくそこから逃げてください！　秘密警察があなたのマンションに向かっています」

小田原の言葉は理解できるが混乱する博文は一歩も動けなかった。

「いったい……」

博文は喉が詰まった。

「いったい、どういうことですか」

小田原は急いで説明した。

「今日の夕方、突然東日本政府から西日本政府に通告がありました。工作員として西に送りこんだ東条博文からの通信が突然途絶えた。もしそちらの政府に名乗り出ていないのだとしたら、東西両政府の極秘資料を第三国に持ち出す可能性がある。我々は彼をそのように訓練しているので侮らないほうがいい、と言ってきたんです」

博文はそれを聞きますます混乱した。

「工作員?」

博文は小田原に否定した。

「嘘です！　デタラメだ」

「分かっています。恐らく東は奥島での戦闘後の調査であなたが国を裏切り西に潜入したことを知り、東の情報が少しでも敵国に漏れるのを恐れて西にあなたがスパイだったと工作してきたのです。普通にひき渡しを要求してもムダなのは明白です。西も東に情報が漏れるのを恐れていますからね。だから東は、西を使ってあなたを消させようと計画したのです」

博文は首を振りながら小田原の話を聞いていた。そんなバカなと頭の中で叫んだ。東では一教師だった人間が工作員のわけがない。それをちゃんと説明すれば誤解は解けるはずだ。

小田原は博文の考えを察知して先に言った。

「お父様は横山総統に、それは東の工作であると訴えたのですが、横山総統は聞く耳を持たずお父様とお母様もスパイだったと判断したのです」

「そんな……」

東条家に容疑がかけられたきっかけは東の調査によるものだと小田原は言うが、どのような調査で自分が西に潜入したことを知ったのか。

考えられるのは西の軍服を着たあのときだ。無数の死体が転がっていたがあの中に東の生存者がおり博文の行動を見ていた……。

その者の証言をもとに小清水隊の兵士を調べ、東は裏切り者が東条博文だと特定した。そうとしか考えられなかった。

この俺が、スパイ容疑……。

博文は足下が震えた。まさかこんなことになるなんて予測すらしていなかった。向井とか恵実との階級の差とかもうそんな次元ではない。東では裏切り者とされ西ではスパイ容疑をかけられ博文は居場所がなくなった。

誤解が解けなければ確実に処刑だろう。

「小田原さん。父と母はどうなりますか？」

博文は自分のことより両親のほうが心配だった。小田原は低い声で言った。

「それはまだ分かりません」

小田原は博文を急がせた。

「とにかく今は逃げてください。その間、無実を証明する方法がないか考えます。いいですね？」

博文は小田原に任せるしかなかった。

「分かりました。お願いします」

返事をすると小田原は失礼しますと言って通話を切った。

博文はスマホを持つ手をダラリと下げた。早く逃げなければならないが博文は放心したようにその場に立ちつくした。

「ヒロくん、どうしたの？」

気づけば恵実はすぐ横にいた。放心する博文の意識を向けるよう袖を引っ張った。

「ヒロくん！」

博文は恵実を見てつぶやいた。

「大変なことになった……」

「お父さんとお母さんに何かあったの？」

博文は首を振った。緊迫した状況とは裏腹に緩慢な動作だった。博文は地面を見ながら言った。

「それだけじゃない。俺もスパイ容疑で指名手配された」

恵実もまさかそんな言葉を聞かされるとは思ってもいなかったのだろう。衝撃よりも先に戸惑いの表情を見せた。

「スパイ容疑で指名手配？　どうしてヒロくんが」

博文は小田原から聞いた話を簡単に説明した。

最後は怒りの口調になっていた。

恵実は恋人が犯罪者にされた事実に強いショックを受けた。

「そんな……」

恵実はつぶやいたあとハッとなり博文の腕を強く掴んだ。

「じゃあ、ヒロくんはどうなるの？」

博文は間を置いて答えた。

「容疑が晴れなければ殺される」

恵実は目眩を起こしその場に崩れ落ちた。

博文は恵実の身体を抱きかかえた。

「助かる方法はないの？」

恵実の声は震えていた。博文は頭を振った。

「分からない。西は完全に東の情報を信じ切っている。無実が証明されるまで今は逃げるしかない」

恵実は迷うことなくきっぱりと言いきった。

「じゃあ、私も一緒に逃げる」

博文は思わず怒鳴った。

「バカ言うな！　俺と一緒に逃げたら恵実も共犯者になるんだぞ」

「それでも離れ離れになるよりはマシよ！　こんなところに一生独りでいるより、たとえ数日しか生きられないとしても私はヒロくんと一緒にいることを選ぶ」

恵実は博文をジッと見据えた。いくら止めてもこの決意は変わりそうになかった。博文だって恵実と一緒にいたい。しかし捕まったら恵実は共犯者とみなされ彼女も処刑されるだろう。

恵実だってそれくらい分かっているはずだ。それでももう一度博文に訴えた。

「お願いだから私を独りにしないで。私はもう覚悟はできてるから。どんなことがあったって私たち一緒なんでしょ？」

二人は見つめ合うが博文は躊躇うように視線を下げた。

「でも……」

判断に迷っているとまたスマホが鳴った。小田原からだと思いこんでいたが意外にも本郷からであった。

知った。

「もしもし、東条です」

博文は暗い声で電話に出た。

「ヒロちゃん、いったいこれはどういうことや」

本郷はひどく慌てていた。博文はこのときニュースで自分のことが流れているのを知った。

「何でヒロちゃんにスパイ容疑がかけられんねん」

本郷はこの事態に混乱していて説明を求めるが博文は黙っていた。

「何で黙ってるん？　これは何かの間違いやろ？」

「当たり前です。僕がスパイだと思いますか？」

最後はバカバカしくて博文は呆れるように笑った。

「それやったら何でヒロちゃんにスパイ容疑がかけられんねん？」

博文にはそれを説明する時間がなかった。本郷は焦れたような声を洩らした。

「まあええ。話はあとや。ヒロちゃん部屋におらへんようやけど今どこにおる」

博文は恵実を見た。

「今は……」

本郷は場所は分からないが誰といるかは知っているようだった。

「あの彼女とおるんやろ？」

博文は返事ができなかった。

「とにかく、マンションに帰ってきたらあかんで！　今外に秘密警察がおる！」

博文はそれを聞き絶望した。これで車は使えなくなった。無実が証明されるまで逃げ続けるのは無理だ。捕まるのは時間の問題である。

「ヒロちゃん、今どこにおる？」

博文は本郷にならすべて知られてもいいかという思いで場所を告げた。

「工場にいます」

「分かった。絶対にそこ動くなよ。すぐ行くからな」

本郷はそう言って通話を切った。スマホを持つ右手を下ろした博文は恵実を見て、

「もう無理だ。逃げられない」

と言った。

十分後、正門のほうから車の停まる音が聞こえた。まだ寮の裏にいた博文と恵実は、二人一緒に正門に向かった。

車から降りてきた本郷は二人を見て、

「やっぱりそういうことやったんやな」

と言った。

博文は下を向きながら小さく頭を下げた。

「すみません」

本郷はフフッと笑った。

「別に俺に謝ることあらへん。でも水くさいやんかヒロちゃん。俺には本当のこと言ってほしかったわ。いろいろ協力したったのに」

本郷はそう言うと、今はそれどころではないというように動作が慌ただしくなった。

「話してる場合ちゃうわ。さあ二人ともはよ乗って」

本郷は手招きした。恵実は本当に自分も乗っていいのかと戸惑う。本郷は彼女と目が合うと切迫した表情を和らげて言った。

「あんたも一緒に行くんやろ？　離れることなんてできひんやろ」

本郷は彼女の気持ちが分かるようだった。恵実は真剣な目つきでうなずき後部座席に乗った。しかし肝心の博文が車に乗ろうとしなかった。

「何してんねんヒロちゃん。グズグズしてる暇はないで。はよ乗って」

「でも、本郷さんまで巻きこむわけには……」

博文の言葉を聞いて本郷は呆れたように笑った。

「何を言うとるんや。俺はただ二人を安全な場所まで連れていくだけや。この車は改造車なんや。監視カメラの電波を妨害する機械を積んである。大丈夫や。匿（かくま）うわけちゃうで。いらん心配せんとはよ乗り」

そう聞いても博文は安心できなかった。

「それでもやっぱり」

「それとも捕まりたいんか？」

本郷は遠い先を顎でしゃくった。パトランプが近づいてきている。

それを確認した恵実が後部座席から外に降りた。

「ヒロくん早く！」

恵実はグズグズしている博文の手を引っ張り強引に乗りこませた。そして博文の視線を無視して本郷に言った。

「お願いします」

本郷は、

「よっしゃ！」

と威勢よく返事して運転席に座り、バックミラーを確認しながら車を走らせた。

三人が乗る車は路地へと姿を消した。

16

博文は車中スマホでニュース動画を見た。どのチャンネルも自分関連のニュースで博文の顔を映し出している。

『愛媛県第一地区で奴隷監視員をしている東条博文・二十七歳が、東から送られたスパイであることが判明しました。警察は現在、東条の身柄を追って非常線を張っており――』

博文は溜め息をついてスマホを消した。

本郷が運転する車は国道317号線を走る。奴隷エリアはほとんど車が走っていないので本郷の外車はかなり目立つ。警察車両は追ってきていないようだがこんな閑散とした道路で出くわしたらアウトだ。この先すでに検問が敷かれている可能性は高い。博文はやはり本郷が心配であった。

「本郷さん」

「なんや？」

博文とは対照的に本郷はいつもの声の調子だった。

「やっぱり本郷さんは戻ったほうがいいです」

「そやから言うてるやろ？　安全な場所まで行くだけやって」

「安全な場所なんてどこにもありませんよ。僕は国から追われてるんです」

「だからって放っておくことなんてできひんやろ」

「その気持ちはありがたいですが……」

本郷は博文の話はもういいというようにバックミラーで恵実をチラッと見て、

「それよりお姉ちゃん、名前なんて言うん？」

と訊いた。

「西堀恵実です。助けていただいてありがとうございます」

「お礼なんてええよ。俺は本郷忠信。歳はあえて言わんし訊かん。そやから全然タメ口でええからな」

そう言われるが恵実は丁重に頭を下げた。

「よろしくお願いします」

「よろしく」

本郷は恵実にあいさつしたあと独り言のように言った。

「しかしまさかヒロちゃんに恋人がおったとはな」

後部座席の二人は何も言葉を返さなかった。

「まさか、工場で出会ったわけちゃうよな？　俺の予想ではかなり長いと見たが……どうや？」

博文が答えないので代わりに恵実が答えた。

「ええ」

「そやろ。そうやろな」

前方の信号が赤に変わりゆっくりと停車すると本郷は深刻な表情で言った。

「まあそれはええわ。それよりヒロちゃん、これはいったいどういうことやねん？　何でヒロちゃんとご両親がスパイ容疑なんや。意味分からへんわ。あんた、いったい何しよったんや？」

「僕はスパイなんかではありません。勝手にそうされたんです」

声の力は弱いがはっきりと否定した。

「勝手にって、疑われるような理由があるんやろ？　じゃなきゃいきなりスパイ容疑で追われるかい」

本郷はそう言って付け足した。

「理由があるんやろ？」

博文はうなずいた。

「そうですね」

「何しよったんや？」

博文は本郷にならら全て話してもいいかと思った。

「信じてもらえるかどうか分かりませんが、実は僕は東からやってきた人間なんです」

　本郷は自分が運転しているのも忘れて大声を上げて博文を振り返った。その際ハンドルも一緒に右に切ってしまったので車は大きく右にそれ本郷は急ブレーキをかけた。その衝撃で本郷は腕をハンドルにぶつけるが痛みなんてどうでもいいというようにもう一度振り返り、

「ホンマかい」

と訊き返した。博文は本郷を真っ直ぐに見て返事した。

「本当です」

「そやけど、どうやって西に入ったんや？　それも父親の力でか？」

「違います」

「じゃあどうやって？　あんな厳戒警備が敷かれた壁を越えられるはずないやろ」

「東と西が現在、奥島を奪い合っているのは知ってますよね？」

「もちろん知ってる」

「僕は奥島攻略のために東軍に召集されたんです」

「それとどういう関係があんねん」

本郷は待ちきれないというように口を挟んだ。

「僕はそのとき、戦死した西の兵士の軍服を着て西の兵士になりすましたんです」

博文の発想と命知らずの行動に本郷は度肝を抜かれたようだった。彼は口をポカンと開けて呆気（あっけ）にとられていた。

「それ、ホンマか？」

やっと声が出た。

「こんなときに嘘なんてつきませんよ」

本郷は感心とも呆れともつかないような声で言った。

「あんたメチャクチャしよるな」

博文は恵実を横目でチラリと見た。

「全て彼女に会うためです」

本郷はまた驚いた。

「それだけのためかい！」

「僕にとってはそれくらい大事な人だったんです」

「まあそれはいいとして、よう上手く両親に会えたもんやな。親父さんがおらへんかったら今ここにはヒロちゃんはおらんで」

本郷の言うとおりだと思った。父がいなければ自分は今生きてはいないだろう。捕まった両親は大丈夫だろうか……。

「西に潜入してすぐに捕まってしまったんですが、父の力で助けてもらい、そして愛媛へ」

「そういうことやったんか。で、偶然彼女に再会したと？」

「そういうことです」

「まさに運命の再会やな。ドラマみたいやん！」

本郷は自分たちの立場を忘れて一人勝手に盛り上がった。

「それから毎日夜に密会してたってわけやな？」

「ええ」

「そうかそうか。ホンマ、ドラマチックやなあ」

本郷に悪気はないだろうが博文はその言葉が無神経に思えた。

本郷は他人事だからそう言うが本人たちにとっては深刻な問題が山積みなのだ。

「何がドラマチックですか。せっかく再会できたのに僕たちは一緒になることを許されず、彼女は毎日奴隷扱いされて数日前からあの向井という男にはイジメられ……」

博文はその先の言葉が出なかった。

「そやったな。悪い」

「いえ、いいです」

「しかしあの向井って奴、ホンマ最悪な奴やで。あいつの親父も官僚で親父の力で華族になったみたいや。前から労働者に対するイジメがひどくて有名やったけどまさかあそこまでとはな。よう我慢したな」

最後は恵実への言葉だった。

「まああいつのことはもう忘れよう。なあ？」

本郷の言うとおり嫌な過去ばかり思い出していても仕方ない。肝心なのは今である。しかし博文に無実を証明する力などない。ただ逃げるしかない。

本郷は話を戻した。

「それで、何でヒロちゃんにスパイ容疑がかけられるんや」

「恐らくですが、東政府は奥島での戦闘後の調査で西に寝返った者がいるということを知って、西に僕を消させるよう工作してきたんです。東条をスパイとして西に送りこんだが連絡が途絶えた。東条の真の目的は第三国への情報漏洩（ろうえい）にあるから両国にとって危険な存在だと」

本郷はその説明では納得がいかないようだった。

「でもヒロちゃんは東では普通のサラリーマンやったんちゃうの？」

「小学校の教師をしてました」

　そう言うとまた話が脱線した。

「ホンマかい。教師とはすごいな。ヒロちゃん、確かに教師似合っとるわ」

「まあ、それはいいじゃないですか」

「そやったな。で、何で普通の教師をそんな工作までして消そうとするん？　やっぱりあんた、何か大きな犯罪を犯したんちゃうの？」

「まさか。東は自国の情報が少しでも西に漏れることを恐れているんですよ。もしかしたら父が重要なポストについていることを知っていて、ことさら警戒しているのかもしれません。僕は国の重要な情報なんて全然知らないのに。あとは裏切り者に対する見せしめの意味もあるでしょうね」

「そうか。そういうことやねんな」

　一通り説明を終えた博文は本郷に別れを告げた。

「ここまで聞けば納得したでしょう。本郷さん、短い間でしたけど今までありがとうございました。本郷さんはもう戻ってください。あとは自分たちで何とかしますから」

　しかし本郷は前を向くとふたたび車を走らせた。

「本郷さん！」

「まだ帰るわけにはいかへん」

本郷は急に真剣な声になった。

「どうしてですか。捕まれば本郷さんだってどうなるか分かりませんよ」

「もう少し東の話を聞きたいんや」

本郷は重ねて言った。

「俺の妹はな、今東におるんや。ヒロちゃんたちみたいに東西の壁のせいで生き別れたんや」

本郷の突然の告白だった。いつも明るく振る舞っているが彼にも暗い過去があることを知った。

本郷は生き別れた妹のことを語り始めた。

「話すと暗くなるから今まで黙っとったけどな。俺には五つ下の妹がおってな。妹が旅行で東京に出てるときに壁ができてな。当たり前やけどそれから声すらも聞いてない」

「そうでしたか」

「兄貴の俺が言うのもなんやけど優しい妹でな。こんな兄貴でも友達には自慢の兄貴って言ってくれてたみたいでな」

本郷は嬉しそうに話すがまたすぐに声が沈んだ。

「子どもやないから独りでも大丈夫やろうけど、それでも心配でな」

「そりゃそうですよ。大切な家族ですから」

「俺もヒロちゃんみたいに何とか東に行く方法はないかと考えたけど、どうしたって無理でな」

博文は本郷の苦しみが痛いほど分かる。

「さっきは彼女のためだけに命を張って西に来たヒロちゃんに驚いたけど、もしかしたら俺もヒロちゃんと同じ状況になったら同じことしてたかもしれんな」

本郷はそう言ったあとバックミラーで二人を見た。

「二人がホンマうらやましいわ。好きな人と再会できたんやからな。でも一番すごいんは、五年以上経ってるのに二人がまだ同じ想いやったたってことや。ホンマにお互いのことが好きやねんな」

博文と恵実は頬を赤らめた。

本郷は声の調子を変えて訊いた。

「なあヒロちゃん」

「はい」

「東は今どうなってるん？　前と何か変わったことあるか？」

博文は本郷に東日本のことを一から細かく話した。本郷は心配そうに話を聞く。こんな真剣な本郷を見るのは初めてだった。

「軍の増強で税は厳しくなりましたけど、東日本には階級制度はないし女性は徴兵制もありませんから、きっと妹さんは元気に暮らしてると思いますよ」

それを聞くと本郷は心底安心したようだった。

「そうか。元気に暮らしてるか。良かった……」

本郷は続けて言った。

「しかし東の話を聞くとよけいに西がひどい国ってのが分かるな」

本郷は他人事のように言ったあとしまったというように恵実を見た。

「ごめん恵実ちゃん。あんたもその被害者やもんな。五年間ようがんばったな」

恵実は首を振った。

「恵実ちゃんの家族は今どこにおるんやろな？」

恵実の家族の話が出たとたん、博文は恵実についている重大な嘘を思い出し内心落ち着かなかった。

「私には母親しかいないんですが、どうやら徳島にいるらしいです」

それを知った本郷は溜め息混じりにつぶやいた。

「母親も四国かい……」

「できることなら一目だけでも会いたいのですが」

恵実の思いを聞いて本郷はしばらく考えると、分かったというようにうなずいた。

「よし、ほなお母ちゃんに会いにいこか」

恵実は思ってもみなかった言葉にハッと顔を上げ目を輝かせた。

「本当ですか？」

「ああ、本当や。なあヒロちゃん、ええやろ？」

しかし博文は首を振った。

「何でやねん。少しだけならええやろ。唯一の家族やで」

博文は真実を話すときが来たんだと思い恵実に正直に話すことにした。

「ごめん恵実。俺ずっと嘘をついてたんだ」

恵実は首をかしげた。

「嘘？」

「本当はお母さん、二年前に徳島で亡くなったんだ」

恵実は突然の告知に表情が固まった。

「嘘……でしょ？」

博文はきつくまぶたを閉じた。

「ごめん」

「おいヒロちゃん、それどういうことやねん」

本郷は責めるように言った。博文は必死に事情を説明した。

「恵実の悲しむ姿を想像したらどうしても本当のことが言えなくて……」

恵実は放心状態となり、しばらく一点を見つめていたがようやく現実を受け止め、

「そう、だったの」

と弱々しい声で返事した。

「理由は分からないけど、たぶん過労が原因だと思う」

恵実は必死に反応を返そうとする。博文の言葉にコクコクとうなずいた。博文は深く頭を下げた。

「本当にすまない。許してほしい」

恵実は首を振った。

「お母さん身体が弱かったから、ヒロくんに訊く前はどこかで覚悟してたから……」

恵実は気丈に振る舞おうとするがとうとう堪えきれず涙を流した。

「恵実」

慰めようとする博文を本郷が止めた。

「ヒロちゃん」

本郷は今はそっとしておいてやれというようにバックミラー越しに博文を見た。そして本郷は深く息を吐くと、博文に真剣な声で言った。

「四国を出て人目のないとこに行こう」

　博文はすぐにある場所を思いついた。

「本郷さん、僕たちを広島まで連れていってください」

　広島という言葉に本郷はビクッと反応した。

「広島って、実験エリアやないか。もっと危険ちゃうのか」

「僕が行ったときは実験などまったく行われておらず、誰一人としていませんでした。今も実験が行われていないのを祈りましょう。身を潜めることができて、なおかつ時間が稼げるのは実験エリアしかないです」

　本郷は納得するようにうなずいた。

「よっしゃ、分かった。行ってみよう」

「お願いします」


　本郷はふたたび車を走らせた。閑散とした国道をしばらく走ると瀬戸内海の島々を伝って山陽の尾道（おのみち）に至る西瀬戸自動車道の入口が見えてきた。本郷は右車線に移動し高速道に乗った。

　広島県に着いたころ時計の針は夜中の〇時を回っていた。幸い国の軍事実験は行われてはいないようで広島県は相変わらず不気味なほどの静けさだった。無人化した広島の異常な風景に恵実はしばらく呆然とした。

「信じられない。ひどすぎる……」

自分の生まれ育った広島をこんなふうにされたのだ。次に彼女は怒りの感情を露わにした。

「許せない」

本郷はハンドルを握りながら言った。

「ホンマ、横山は狂っとるで」

博文も同じことを考えていた。奴こそ国の危険人物、権力に執着するモンスターだ。しかし誰も止められないのだ。

三人を乗せた車は現在広島県呉市に向かっている。そこに恵実の実家がある。中国地方に行くのならせめて実家には行きたいと恵実が切望したのだ。

母の死、そして故郷の変貌と、二重のショックを受けた恵実は、博文に背を向けて窓の景色を見ている。博文はあえて声はかけなかった。

約一時間後、『呉市』という看板が見えてきた。恵実の指示でさらにそれから二十分走ると、彼女はもうすぐですと本郷に教えた。車は平屋ばかりが建ち並ぶ住宅地を走るが、恵実は突き当たり手前にある平屋に向かって、

「あれです」

と本郷に指示した。本郷は返事して速度を落とし恵実の家の前に停車した。三人は車から降りて、恵実の家の玄関の前に立った。他の家と比べても一際古く、玄関だけを見ても母親と二人でそうとう苦労したのが分かる。博文とはまったく逆の生活をしてきたのだ。

「鍵なんて持ってへんよな」

本郷が聞いた。

「はい」

「裏に回って入るか」

本郷はそう言うと庭のほうに歩いていった。庭はもちろん手入れされていないので雑草だらけだった。本郷は地面の石を拾い、

「ちょいと乱暴やけど仕方ないよな？」

と恵実に確認した。彼女が了承すると本郷は石を投げてガラス窓を割り、鍵を開けて窓を開けた。恵実は窓の前で靴を脱ぎ家に上がった。二人も中に入り彼女の後ろをついていく。むろん電気が来ていないので博文と本郷はやはりスマホを明かり代わりにした。何年も使われていない家なので埃がすごくて博文と本郷は腕で鼻と口を押さえた。

今三人がいるのはわずか四畳ほどの和室で、狭い部屋の真ん中にはコタツが置かれ

隅には古いテレビがある。壁には恵実が幼いころ描いたと思われる母親の似顔絵が飾られており、テレビの上には母親と恵実そして五年前に亡くなった祖母が写った写真が三枚立てかけられていた。恵実はその中の一枚、母親と制服を着た恵実が学校の前で写っている写真を手に取った。桜が咲いているので入学式のときに撮ったものだとすぐに分かった。恵実はその写真を見つめながら二人に話した。

「これは高校の入学式に撮ったものです。本当は高校に行く余裕なんてなかったのに私のために母が昼も夜も働いてくれて、東京の大学にまで行かせてくれた……」

博文は胸が苦しかった。本郷も言葉が見つからないようだった。

「お母さん……」

恵実は語りかけるようにつぶやくと泣き崩れた。

「恵実」

屈んで声をかけると恵実は、

「少しの間独りにさせて」

と言った。本郷は博文の肩を叩くと行こうと目で合図した。博文はうなずいて立ち上がり二人は外に出て車に戻った。

「本郷さん」

本郷は目で返事した。

「朝になったらここから離れましょう。恵実が寮から消えたことが分かれば警察は僕と一緒に逃げたのだと踏んでここにやってくるかもしれませんから」

本郷は納得したようにうなずいた。

「そやな。もう少しいさせてやりたいけど仕方ないな」

本郷はそう言うとシートを倒した。

「朝まで少し眠っとこかな。ヒロちゃんも疲れたやろ。少し寝たほうがええで」

「はい」

返事はしたが博文は眠れるわけがなかった。この先、自分たちや両親はどうなるのか。実験エリアまで逃げてきたがどれだけ時間が稼げるだろう。博文は不安で朝まで目を閉じることはなかった。

17

真っ暗だった空が明るくなり始めたころ恵実は自ら家を出てきて車に乗った。彼女は最初に手に取った写真立てを大事そうに持っていた。

「もういいのかい？」

博文が訊くと彼女はうなずいた。恵実も博文と同じ恐れを抱いていた。

「私も一緒って分かったらここも危険だから」

二人の話を運転席で聞いていた本郷は、

「ほな行こうか」

と言って車を発進させた。

「本郷さん。できるだけ目立たない所へ行きましょう」

博文は本郷に言った。

「そやな」

本郷はナビを見ながら国道に出た。博文に目立たない所と言われて彼は山のほうへ行くことに決めたらしく、ナビを見ながら山を目指していく。

車もない、信号も点灯していない道を一時間以上走ると、標識に『道後山』と見えてきた。前方は左右に山がそびえ立ち、周りは畑だらけで、だんだんと民家も少なくなってきた。ここなら警察も見当すらつかないだろう。

本郷は『道後山入口』と書かれた標識の指示に従い国道を右折した。彼は道後山入口手前にポツリと立つ平屋を見つけ指さした。

「あそこなんてどうや？」

博文は後部座席から確認して納得するようにうなずいた。

「あそこにしましょう」

本郷は緩やかな上り坂を進み平屋の前に車を停めた。玄関前には植木鉢がたくさん置かれており、どうやら盆栽が好きな家主だったようだが、その植木も全て枯れて腐ってしまっている。玄関は蜘蛛(くも)の巣だらけで何年も人が住んでいないことを物語っていた。

表札には『成田』とあり、本郷はその表札を見ながら、

「成田さん、お邪魔させてもらいますよ」

と律儀に言うと、恵実の実家のときと同様に家の裏に回って石で窓ガラスを割って鍵を開けた。

「入ろか」

本郷は靴を脱いで家に上がった。博文と恵実も続いて中に入った。空はもう明るいので明かりには不自由はしないが、やはり部屋は埃だらけで三人はしばらく咳が止まらなかった。

窓を全て開けはなち換気すると、少しは咳が落ち着いてきて三人は疲れ果てたようにその場に腰を下ろした。

今いるのは八畳ほどの和室で恵実の家と家具の配置が似ている。真ん中に木のテー

ブルがあり隅にはわりと新しいテレビが置いてある。テーブルの上には新聞、吸いかけのタバコが残った灰皿、それと腐ったミカンが置いてあり、突然家から追い出されたのが分かる。

壁には魚拓(ぎょたく)がいくつも飾られておりどうやら家主は釣りも趣味だったらしい。

本郷は疲れ切ったような声を洩らすと埃だらけの畳に寝そべった。

「運転しっぱなしで疲れたわ、ホンマ」

博文は深く頭を下げた。

「本郷さん、本当にありがとうございます」

本郷は寝ながら手を振った。

「ええねんええねん。気にするなって」

博文はもう少し休ませてやりたいが、自分たちと一緒にいることが心配だった。

「本郷さん。今すぐ愛媛に戻ってください。今ならまだ大丈夫です。今日はもう仕事には出られませんが適当なことを言えば誰も疑いませんから」

本郷は目を閉じたまま言った。

「何言うてんねん。お前らを放っておくことなんてできひんわ」

「本郷さん！」

「でも適当な嘘をつくのは名案やな。あとで伊藤さんに連絡するわ。急に熱が出てしばらく仕事休ませてもらいますってな」

本郷は言ったあと目を開けて舌をチロリと出した。

博文は脳天気な本郷に呆れた。

「本郷さん……お願いですから戻ってくださいよ。僕たちなら大丈夫です。本郷さんを巻きこみたくないんですよ」

本郷は博文の言葉を無視して起き上がるとお腹をさすって言った。

「それより腹減ってきたな。何か食いもんないかな」

「あるわけないでしょ。あっても腐ってますよ」

博文は冷たく言った。

「そうやけど」

本郷は言いながら部屋を出ていった。どうやらキッチンに向かったようだった。博文はどうして分かってくれないんだと溜め息をついた。彼は事の重大さが分かっていない。本郷は本来なら犯人隠匿罪だが恐らくそれではすまないだろう。自分は今、東西の情報を握る危険な工作員にされている。一緒にいるだけでグルとみなされ命は助からないように思う。

本郷を帰らせる方法はないかと考える博文はふと恵実を見た。彼女は母親が写った写真をじっと見つめていた。

声をかけると恵実は現実に引き戻されたようになった。

「大丈夫かい？」

「ええ」

恵実は少しは落ち着いたようだった。博文は改めて彼女に謝った。

「嘘をついて本当にごめん。恵実にこれ以上辛い思いをさせたくなかったから」

恵実はかすかに笑みを浮かべた。

「分かってる。ヒロくんも辛かったよね。ごめんなさい」

恵実は博文を気遣った。そんな余裕はないはずなのに彼女は本当に強いなと博文は思った。

恵実は気持ちを切り替えるように一つ息を吐き口元を引き締めた。

「いつまでも悲しんでいられないよね。これからのことを考えないと」

気丈に振る舞う彼女に博文はどう返事したらよいのか言葉が見つからなかった。

すると廊下のほうから慌ただしい足音がする。部屋に戻ってきた本郷は嬉々とした表情で言った。

「やったでヒロちゃん。食料見つけたで」

博文は信じなかった。

「どうせ腐った物じゃないんですか」

「甘いなヒロちゃん。ジャーン、これを見てから言うてくれるか？」

本郷は自慢げに非常食を見せた。一つは乾パン、もう一つは缶詰だった。博文は非常食を見てそれなら食べられると納得した。

「二人ともお腹空いてるやろ？」

博文は恵実と視線を合わせた。昨日の昼から何も口にしていないがあまり食べる気にはなれない。恵実も同じようだった。

「なんやねん二人とも、せっかく見つけてきたのに。俺一人で食べてまうで」

本郷はそう言うと乾パンを開けて二人に遠慮することなくあっという間に食べきった。

「悪いな二人とも。一缶食べてもうたわ。もう一つあるけど俺腹減ってるから食べるで」

本郷は冗談ではなく躊躇うことなく缶のフタを開けると缶詰を食べた。博文はこのとき案外冷たい人なんだなと思った。

本郷は食料を食べ終えると、

「ほれ、あっという間になくなってしもたわ。二人とも飢え死にしてもしらんで。後悔するなよ」

と冷たく言った。しかしすぐに彼は笑って、

「嘘嘘。心配するなや。他の家にも非常食はたくさんあるやろ。腹減ったら俺が探してきたる」

と優しい声の調子で言った。

博文と恵実は顔を見合わせた。呆れるのを通り越して二人はクスリと笑った。本郷は二人の笑顔を見て心底ホッとしたようだった。

「少しは元気出たみたいやな。安心したわ。ちょっと休んだら食料探しに行ってくる。食べないと元気も出んし不安に押し潰されてまうで」

博文は本郷の優しさがありがたいが、一方ではその優しさが理解できなかった。

「本郷さん……どうしてそこまでしてくれるんですか。知り合って間もない人間にそこまでする必要はないでしょう」

本郷は博文の言葉にがっかりしたように肩を落とした。

「そんな言い方寂しいやないのヒロちゃん。俺はヒロちゃんを大事なダチやと思ってるんやで。四国に来て初めてのダチや。放っておくことはできひん。だからもう寂しいことは言わんといて」

本郷はそう言うと二人に背を向けて横になった。もう何も言うなという合図であった。

博文は本郷の気持ちが胸が熱くなるほど嬉しかった。彼は心の中で本郷にありがとうございますとお礼を言った。

ずっと横になっていた本郷が背を向けたまま博文に話しかけた。

「ヒロちゃん、今何時？」

壁に寄りかかっていた博文はスマホを見た。

「もう十一時過ぎですよ」

時間を教えると本郷は起き上がって、

「ほなそろそろ食料調達してくるわ」

と言った。

「僕も行きます」

博文も立ち上がったが本郷に座らされた。

「ええからええから。ヒロちゃんは休んでおき」

「いや、でも悪いですよ」

「昨日からずっと寝てへんやろ？　ホンマ少しは寝とかんと身体に毒やで」

確かにもう三十時間以上寝ていないので正直身体はかなり疲れている。朝までずっと気が張っていたが頭もぼんやりとしてきた。本郷の言うとおり寝なければ身体に悪い。あまり寝る気分ではないが、本郷の言葉に甘えて少し身体を休ませようと思った。

「じゃあ、そうさせてもらいます」

「ああ、そのほうがええ。恵実ちゃんも少し寝とき」

恵実は本郷に頭を下げた。

「ありがとうございます」

「ほな、行ってくるで」

本郷は軽く手を上げて部屋を出ていった。玄関の扉が閉まったのを確認して博文は座布団を枕代わりにして畳の上に横になった。恵実もそれを見て博文のそばに横になった。

よほど疲れていたのだろう。二人は会話もなくすぐに眠りに落ちた。博文はほんの二、三時間のつもりだったが目が覚めると空は夕陽で紫色に変わっていた。

「やっと起きたか」

本郷はスマホをいじりながら言った。こんなときにゲームをやっている。テーブルの上にはたくさんの非常食が置いてあった。その横には大量のロウソクと百円ライターが準備されていた。

「帰ってきたの全然気づきませんでした」

本郷はハハッと笑った。

「いびきかいて眠っとったで」

博文は恥ずかしそうに頭を掻いた。

「そうですか」

「それよりほれ、食料たくさん持ってきたで」

「よくこんなに集まりましたね」

「どの家にも非常食はあるで。そんな苦労はしなかったわ」

「ありがとうございます」

二人の会話で恵実も目を覚ました。

「おはようさん」

時刻は夕方だが本郷はそう声をかけた。恵実は悪い夢でも見ていたのか博文と本郷を見てホッと息を吐いた。

恵実は空の色に気づき、

「今何時？」

と博文に訊いた。

「もう六時前だよ」

「そう。もうそんな時間」

「二人ともかわいい寝顔しとったで」

本郷は冷やかすように言った。博文は本当に本郷は脳天気な男だなと思った。

「何言ってるんですかこんなときに」

「まあまあええやないか。それより二人とも腹減ったやろ。夕食、とは言えないけどな、三人で食べようや」

博文は食事よりも気になることがあった。自分関連のニュースだ。小田原からの連絡がないので期待はしていないが、何か動きはあったかと博文はスマホでニュースをチェックした。もちろん、電波で位置を探られないようにすでに様々な機能をオフにしてある。インターネットだけオンにした。

ちょうど六時のニュース動画が始まった。アナウンサーは視聴者にあいさつすると、早速〝工作員〟に関する原稿を読んだ。

『昨日、スパイ容疑が発覚し、消息を絶っていた愛媛県第一地区監視員の東条博文ですが、警察の捜査が続いているものの未だ発見されておりません』

画面に博文の顔写真が映された。その下には名前と年齢が表示されている。スマホでもはっきり分かるくらい顔は大きく映されている。しかしニュースはそこで終わらなかった。

『なお、東条容疑者とともに第一地区の奴隷一名も行方をくらませており、当局は共犯と見て捜査を進めている模様です』

アナウンサーがそう告げたあと恵実の写真が出る。本郷は衝撃を受け黙りこんだが博文と恵実は報道を聞いても驚くことはなかった。寮から消えた時点で容疑者と一緒と疑うのは当たり前だしいずれこうなるのは分かっていた。恐らく向井の証言もあったのだろう。博文は驚きやショックよりも恵実に申し訳ないという気持ちのほうが強かった。

幸いなのは本郷も一緒だと知られていないことである。知られる前に本郷には一刻も早く愛媛に戻ってほしいのだが、いくら言っても帰りそうにない。一日だけならともかく、何日間もここにいればいずれ本郷も一緒だということが分かり彼にも疑いがかかるだろう。

無実が証明されれば恵実も本郷も助かるのだが、肝心の小田原からの連絡がない。彼は今、博文の無実を証明するために必死に動いてくれているに違いないが、博文は気持ちが焦る。

三人の運命は小田原にかかっているのだ。お願いしますと博文は心の中で小田原に祈った。

画面は次に全国の検問場所を次々と映した。一台一台停めて運転者および同乗者を確認している。それだけではない。トランクの中まで調べているのだ。一台に時間をかけているせいで国道は大渋滞が起きていた。

『警察は二人の身柄を押さえるため四国地方を中心に捜索を強めています』

その画面を見て本郷は、

「あちゃ、これじゃホンマ下手に動かれへんな」

と言った。博文は返事をしなかった。

その後ふたたびスタジオに画面が切り替わると、局の専属ジャーナリストと評論家を交えて、博文が西に潜入するまでの流れと潜入後の行動を視聴者に説明し始めた。

博文は両親のことが気になるが、結局最後まで両親のことは伝えられず番組は次の事件に移った。他の局も観てみたがどの局も両親については報道していない。

博文はスマホを消して深い溜め息をついた。

お通夜みたいな暗い空気を明るくさせようと本郷が突然パンパンと手を叩いた。

「どないしたんや二人とも。そない暗い顔して」

博文は思わず苛立った声になった。

「今のニュース観なかったんですか」

本郷はあっけらかんと答えた。

「観たで」

博文はまた溜め息が出た。

「よくそんな明るくいられますね。本郷さんだってここにいたら共犯者にされてしまうんですよ。下手したら命はないですよ」

「そうやなあ」

「そうやなあ、じゃないですよ。本当に分かってるんですか」

本郷は何の不安もないというように笑みを浮かべて答えた。

「俺は全然心配してへんで。ヒロちゃんの疑いが晴れるって信じてる。だって悩んだってしゃあないやん？　信じるしかないねん。それに悪いことばかり考えてたらホンマに悪い結果になってしまう。いつも言うてるやろ？　暗いときこそ笑うんや」

最後の言葉を聞いて、恵実はあれ？　というように博文の顔を見た。博文は恥ずかしそうにうつむいて彼女に説明した。

「そうなんだ。実は本郷さんの受け売りなんだ」

恵実はクスッと笑った。

「そうだったの」

本郷は嬉しそうに博文の肩を叩いた。

「なんや、ヒロちゃんも分かっとるやん。そや、彼女に言うたみたいに、暗いときこそ笑うんや。ええな？　信じるんや」

本郷は博文に言ったあと今度は恵実に視線を向けた。

「恵実ちゃん。どうして二人には不幸なことばかり起こるか分かるか？」

恵実は分からないというような表情を見せた。

「これから二人には最高の幸せが待ってるからや。みんな幸せの数は一緒って言うやろ？　これまでが辛かったからこれから二人はめっちゃ幸せになるんや。言ってみれば試練みたいなもんや。これが最後の試練や。これを乗り越えた先に幸せが待ってるで。だからええな？　二人ともそない暗い顔せんと信じて待つんや。何度も言う。暗いときこそ笑うんや」

博文と恵実は顔を見合わせ、

「はい」

と返事した。本郷は満足そうにうなずくと、

「よっしゃ！　ほな飯食べよ。非常食やけど」

と冗談交じりに言った。

本郷は缶のフタを開けて非常食を次々と口に運ぶ。博文と恵実もやっと食べた。正直美味しくはないが贅沢は言っていられない。食べられるだけでもマシである。

その後、本郷は二人を盛り上げようと過去の笑い話や失敗談を二人に聞かせた。博文と恵実は笑みを見せるが心の底から笑うことはなかった。それでも本郷は何時間もしゃべり続けた。空が暗くなるとロウソクをつけ今度は怪談話を始めた。

結局本郷の漫談は夜の十一時まで続いたのだった。

四時間以上しゃべり続けた本郷は突然話を止めると、「疲れたわ」と言って腰を上げた。

「ここじゃ狭いから隣で寝るわ」

本郷はそう言って、

「おやすみ」

と手を上げて部屋を出ていった。恵実と顔を見合わせた博文は、

「マイペースな人だな」

と困った表情で言った。恵実はクスリと笑って、

「そうね」

と返した。

それから二人は急に深刻な表情になって黙りこんだ。二人はロウソクの火を見つめながら自分たちの行く末を考える。本郷の言うように前向きに考えなければならないと分かってはいるが、どうしても不安が先行して頭を支配する。

自分のせいで恵実も容疑者となってしまった。

博文は心が痛くそして申し訳ない気持ちでいっぱいだった。

「すまない」

博文はその一言しか出なかった。

「どうして謝るの？」

恵実はロウソクの火を見つめながら訊いた。

「だって、俺のせいで恵実も」

「言ったでしょう？」

恵実はその先を言わせなかった。

「私は覚悟して一緒についてきたの。後悔なんてしてない」

「でも、もし無実が証明されなかったら恵実も」

「それでもよ。一生あんな所にいるより、たとえ短い時間でもヒロくんと一緒にいることを選ぶ。昨日もそう言ったでしょう？」

博文はうなずくが表情は暗かった。

「だからお願い。もう二度とそんなことは言わないで」

恵実は博文を見つめるが博文はうつむいたままだった。

「ああ……ごめん」

それから恵実は空気を変えようと本郷がしたような話題を探しているようだったが、なかなか見つからないようで、結局、

「私たちも寝ようか」

と言った。

「ああ」

博文が返事すると、恵実はロウソクの火を消した。一瞬にして部屋が真っ暗になる。二人は横になるが博文はなかなか寝付くことができない。恵実はこちらに背を向けているが彼女も目を開けているのが何となく分かった。博文にああは言ったがやはり心は不安なのだ。

博文の脳裏に小田原の顔が浮かぶ。彼は今どこで何をしているのか。

小田原が無実を証明することができなければ自分たちの命はない。

博文はもう一度小田原に祈った。

お願いします。早く無実を証明してください。

翌朝、三人は午前八時に起床した。水がないので歯も顔も洗えずトイレも外ですませた。

三人は非常食を朝食代わりに食べ、そのあとスマホでニュースを確認した。どの動画ニュース配信サイトも依然容疑者たちは捕まっていないという報道で、新たな情報はないがその後ようやく両親について伝えられた。共謀者である二人の身柄は大阪にあり現在取り調べを受けているとのことだった。博文は画面に映る二人の顔写真に申し訳ありませんと心の中で詫びた。父はいま博文を恨み、そしてあの子さえ生まれてこなければと後悔しているに違いない。

本郷は落ちこむ博文の肩に優しく手を置いた。

「二人だってきっと大丈夫。信じるんや」

博文は本郷の言うとおり信じようと力強く返事した。

その後三人は部屋の掃除を始めた。本当は水拭きをしたいが水がないので乾拭きで我慢した。

たまった埃は箒で外に払った。

十一時を回ると本郷は思い出したように二人に言った。

「俺はまた食料探してくるわ」

博文はその必要はないと思った。非常食はまだかなりの数が残っているのだ。

「まだいいんじゃないですか？」

本郷は博文に目で合図した。

「こんなもんすぐなくなってまうよ。俺行ってくるから二人はちゃんと掃除しといてや」

どうやら本郷は気を利かせてくれているようだ。

「ほな行ってくるで」

本郷は機嫌良く出ていった。博文はやれやれというように息を吐いた。

「朝から元気な人だな」

　恵実はクスッと笑った。

「本郷さんが帰ってくるまでに綺麗にしておこう。少しでも汚かったら文句言われそうだからさ。ああいう人は意外に神経質なんだ」

　恵実はまた小さく笑った。

「そうね」

　二人は部屋の掃除を再開した。こうして二人で掃除していると大学時代を思い出す。恵実は毎日のように博文の部屋の掃除をしてくれた。恵実が忙しいときは博文も一緒に掃除を手伝った。

　懐かしいが博文は逆に表情が暗くなった。本郷が気を利かせて二人きりにしてくれたが幸せな気分にはなれなかった。

　こんな逃亡生活ではなく早く恵実と二人で普通の生活がしたい。恵実も同じことを考えていたようだった。

「ねえヒロくん」

　恵実は不安を抱いているような声で博文を呼んだ。

「なに？」

　恵実は博文のそばまで行って手を握りしめて言った。

「昨日本郷さんが言ってたように私たち幸せになるよね？　もうこれ以上不幸になることはないよね？」

恵実は急に将来が怖くなったらしく博文にそう問いかけた。博文は恵実を優しく抱きしめてうなずいた。

「大丈夫だよ。心配いらない」

そこで博文は、ずっと肌身離さず持ち歩いていたものをポケットから取り出した。変に喜ばせては現実とのギャップでかえって辛い思いをさせてしまう。そう考えて渡すタイミングを失っていたのだ。

恵実の前にかざすと目を見張って驚いている。

「これ……」

「ああ、五年前のクリスマス・イブに買ったやつ。向こうから持ってきたんだ。俺に買ってくれた時計も……」

恵実は言葉なくただじっとそれを見ている。

博文の手には、あの日一緒に買った指輪のケースが握られていた。

「あの日以来、ずっと言いたかったんだ。でも日本が分裂して、壁ができて、そのまま五年も……もうダメかと思ったけど、恵実のいない人生なんて考えられない。会えるなら命を賭けてもいいと思った。だから西に潜入して恵実を探したんだ。もし見つけたらプロポーズしようって……」

　恵実は黙って博文の話を聞いている。

　その眼にはいつしかいっぱいの涙が浮かんでいた。

「ようやく言える──」

　博文はケースのフタを開ける。

　そこには小さなダイヤの指輪が輝いていた。

「恵実、俺と結婚してくれ。必ず幸せにするよ。ずっと一緒にいてほしい」

　博文の口からその言葉が出た瞬間、恵実の目から大粒の涙がこぼれる。

　そのままうつむくと博文にそっと抱きついた。

「……ありがとう。でもこんな私でいいのかな。身寄りもない、奴隷の私で……」

「そんなこと関係ない。階級なんてあいつらが勝手に作ったものだ。必ず平和な時代が来る。この国もまた統一するさ」

　恵実が博文から離れてその目をじっと見つめうなずいた。

　博文がケースから指輪を取り出して恵実の左手をとる。

　そしてゆっくりと薬指にはめた。

　痩せたためだろうか、指輪は少しゆるく感じられる。

　恵実は再会してから一番の笑顔を見せてつぶやいた。

「ありがとう」

恵実はそう言ったあと、今度はもうひとつの箱を開けて中から時計を取り出す。一度も使わず五年間しまいっぱなしだったそれは綺麗に輝いている。恵実は博文の左腕に時計をはめた。

「素敵。とっても似合ってる」

そう言った瞬間、博文は恵実にキスをした。

二人の身体が熱を帯びる。恵実の鼓動が胸に伝わった。博文は気持ちが抑えられなくなり、恵実をその場にそっと寝かせた。

STAGE 6

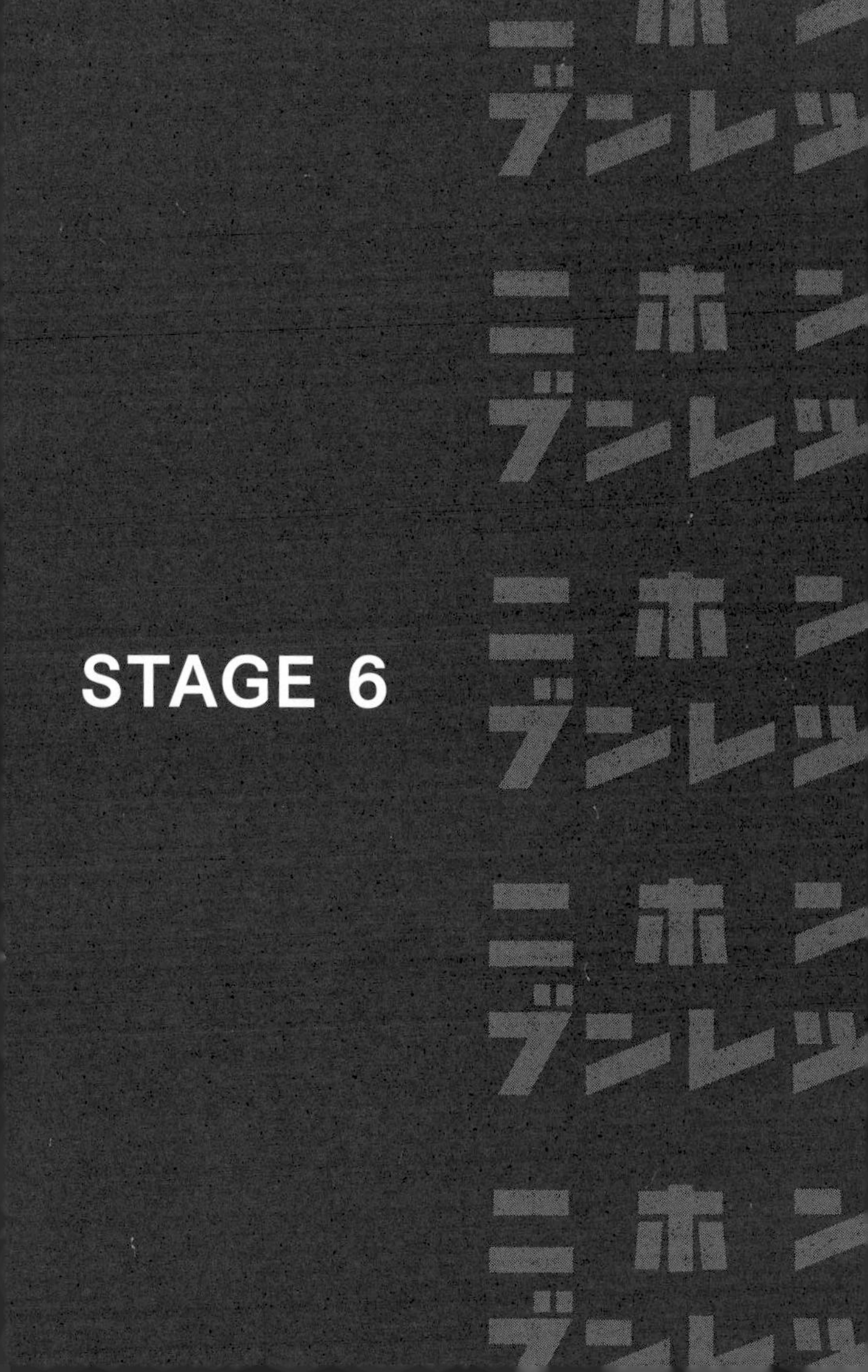

18

それから二日の時が流れた。博文たちは部屋にこもり、食料がなくなったら他の家に探しにいくという生活を繰り返していた。

容疑をかけられ丸四日が経つが国はまだ博文たちの居場所をつきとめていない。まさかこんな山奥にいるとは予測もしていないだろう。

捕まる前に容疑を晴らしたいが肝心の小田原からの連絡がない。彼の動きや現在の状況が何一つ分からないから博文は不安が募る一方だが、電波で居場所が特定されるのを恐れこちらからはかけられないでいた。これだけ連絡が来ないと別の悪い予感がする。

もしかしたら小田原も理不尽な容疑をかけられ捕まってしまったのではないか。しかしそんな報道は一度もされていない。する必要もないということか……。

小田原はいったい何をしているのだ。

博文は昨日から急激に焦りと苛立ちを感じ始めている。原因は環境から来るストレスにあった。逃亡生活を始めてから狭い部屋に閉じこもり、捕まるのではないかと怯える毎日。それだけではない。ろくな食事もとっていないし、一番の苦痛は飲み物がないことだった。喉が渇いても水すら飲めない。こういうときに限って雨も降ってくれない。唯一、民家から見つけてくる缶詰の水分や非常時用の保存がきく水だけが頼りだった。水がないので当然シャワーも浴びることはできないし、せめて着替えたいがもちろん替えなど持ってきていないので服も下着もそのままだ。寝るときも三人分の布団はあるが、洗うことができないので汚れたまま寝るしかない。

博文はあと十日で限界が来ると思っている。本郷と恵実も態度や表情にはまだ出ていないがストレスを感じているのは間違いない。このままでは捕まる前に頭が狂ってしまいそうである。期限はないようでタイムリミットは迫っている。

博文は焦りを抑えていたが小田原からはいっこうに連絡がない。

何をやってるんだ。電話くらいしてくれ。

待つしかないのは分かってはいる。しかしこれだけ電話が来ないということは、やはり小田原の身に何かあったのだ。もし本当にそうだとしたら自分たちは絶望的である。

この様子では無理かもしれないと博文は半分諦めかけていた。

しかし翌日の昼過ぎに突然動きがあった。小田原からようやく電話がかかってきた。

博文のスマホが鳴った瞬間緊張が走った。コタツのある部屋で昼食を取っていた三人は小田原からの連絡に息を呑んだ。

待ち望んだ小田原からの連絡だが博文は電話に出るのが怖かった。この電話で自分たちの運命を知ることになるだろう。

恵実と本郷は促すようにスマホから博文に視線を移した。博文は二人にうなずき電話に出た。

「もしもし」

緊張のせいで声が震えた。心臓はすでに張り裂けそうなくらいに暴れている。

一拍置いて小田原の静かな声が返ってきた。

『私です』

「小田原さん。ずっと連絡待ってました」

『遅れて申し訳ありません』

博文は聞くのが怖いが覚悟して本題に入った。

「それで小田原さん、どうなりましたか？」

恐る恐るではあるが声には期待が込められていた。しかし小田原の声はさらに低くなった。

『申し訳ありません。やはり私の力では無実を証明することはできそうにありません』

小田原の答えを聞いた博文は一気に力が抜け目の前が真っ暗になった。彼はまぶたを閉じて返事をした。

「そう、ですか……」

助かる望みが完全に断たれたが小田原を責めることはできない。最初から可能性はゼロに近かったのだ。むしろ自分のために動いてくれた小田原に感謝しなければならない。それは分かっているが博文はショックのあまり声が出なかった。

これで何もかもが終わった。そう思った。

『ですが博文さん、まだ諦めないでください』

小田原は声に力を込めて言った。

博文はこの瞬間生き返ったように目を開いた。まだ全ては終わっていないというのか。

逆転の策がある。博文に見当はつかないが小田原はそんな口ぶりだ。

博文の中でかすかな希望の光がふたたび灯った。

「何ですか小田原さん」

思わず声に力が入る。小田原は緊張に満ちた声で言った。

『一つだけ、助かる方法があります』

小田原はそう言って付け足した。

『賭けではありますが』

賭けというその言葉に博文は一抹の不安を覚えた。

博文の喉がゴクリと鳴る。そして口を開いた。

「助かる方法とは、何ですか？」

期待を込めて訊いた。

『東日本に亡命するのです』

その瞬間、博文の全身に電流のようなものが走った。

「東に、亡命する……？」

その言葉に本郷と恵実も目を見開いた。

東に亡命とは誰が予測するであろう。それはあまりに大それた計画だった。

しかし博文は高ぶるどころか失望した。亡命などできるはずがない。自分は東を裏切り西国民になった人間なのだ。東が受け入れるはずがない。

『西で助からないのなら東に亡命するしかないと私は考えたのです』

「ですがそれは無理でしょう。僕は東を裏切った人間なのですよ。東からも反逆罪に問われているんです」

そんなのは関係ないというように小田原は話を進めた。

『私は秘密回線を使って東政府に接触することに成功しました。そして〝ある物〟を渡す条件に東条博文を受け入れてはくれないかと打診したんです』

「ある物？」

『そうです』

「それは、いったいなんです？」

『博文さんは、中国地方が軍事実験エリアだということはもちろんご存じですね？』

「ええ。まさに今広島のある民家に隠れています」

『そうでしたか』

博文はそれどころではないと先を促した。

「小田原さん。続きをお願いします」

小田原は話を続けた。

『西は現在極秘裏に最終兵器〝プラズマ爆弾〟の実験を進めています』

「プラズマ爆弾？」

聞いたこともない兵器であった。

『核は、島国という限られた空間では自滅の恐れがあります。そうした理由から、西は以前からプラズマ爆弾に注目して研究を進めていました。プラズマ爆弾とはマイクロ波によって超巨大・超高温のプラズマ球を作り出し、都市全体を焼き尽くす恐ろしい兵器です。そしてもうじき完成というところまで迫っていたのです。完成すれば西側に被害を与えずに東を殲滅することができます』

「殲滅……」

博文は身震いした。西はそんな恐ろしい破壊兵器の研究を進めていたというのか。横山の冷笑が脳裏に浮かんだ。

『私はプラズマ爆弾の研究データを渡す代わりに、博文さんの受け入れを認めてくれないかと交渉したのです』

博文は話が大きすぎて混乱よりも戸惑いのほうが大きかった。

「それで東の反応は？」

博文は緊張の面持ちで訊いた。

『東は一日経って受け入れを認めると返事してきましたよ』

裏切り者の亡命を受け入れるとは意外であった。

「それは本当ですか？」

『ええ。条件を呑むということは自国防衛のためはもっともですが、東は恐らく大量破壊兵器の研究が遅れているのでしょう。これを絶好の機会だと思ったに違いありません。亡命を認める代わりにプラズマ爆弾のデータを得られるなんて、東からしたらかなり魅力的な取引ですからね。むしろ博文さんに感謝したいくらいではないですか。その証拠にプラズマ爆弾のデータを渡せば、博文さんを免罪して生活も保障すると言ってきました』

小田原の話を聞けば聞くほど博文の身体は熱を帯びる。

ただし問題はそのデータをどう持ち出し東に渡すかである。博文はそれを問うた。

小田原は自信に満ちた声で答えた。

『準備は整っています。苦労しましたが、昨夜私は西日本軍中央研究所のコンピューターシステムに侵入し、プラズマ爆弾のデータをコピーすることに成功しました。あとは今あるデータを東に渡すだけです』

つまり小田原は国のコンピューターシステムに〝ハッキング〟してプラズマ爆弾の研究データを盗んだのである。なんて大胆で命知らずの男だと博文は思った。

小田原は続けて言った。

『データを入手した私はすぐに東に亡命者の数の変更を要請しました。今回の計画は私一人のものではなく協力者が二人います。どちらも私と同じ本部長の秘書です。犯行を知られずにデータを抜きとれば問題はなかったのですが、どうしても私のＩＤパスワードが残るので私たちがデータを盗んだことはすぐに発覚します。もし捕まれば言うまでもありません。私は独り身ですが他の二人は家庭を持っています。私と二家族、そして……』

小田原は一呼吸置いて言った。

『西堀恵実さんの受け入れも要請しました』

博文がもっとも心配していたことだが小田原はすでに手を打っていた。

『今、一緒にいるんでしょう?』

博文は恵実を見つめながら返事した。

「はい」

『安心してください。東は彼女の亡命も受け入れてくれました。その後の生活の保障もしてくれましたよ』

それを聞いた博文は胸が熱くなり涙で身体が震えた。

まさか自分の命を消そうとしていた東日本に助けられるとは。何とも皮肉ではあるがとにかく恵実と一緒に東に行くことができる。

これで、これでやっと恵実と幸せな家庭を築くことができる。もうじき長年の夢が叶う。

博文は小田原に感謝してもしきれない思いだった。

「小田原さん。ありがとうございます。本当にありがとうございます」

お礼を言った博文はふと小田原に思うことがあった。

「でもどうして僕たちのためにそこまでしてくれるのですか」

小田原は間を置かずに答えた。

『当たり前じゃないですか。東条先生のご家族だからです』

「だからって、そんな危険を冒してまで……」

『お父様が連行される際、お父様は私にそっと、どうか博文を助けてやってくれとおっしゃいました』

脳裏に憎悪に満ちた目でこちらを睨む父の顔が浮かんだ。

あの父が息子を助けろと？

「父が？　それは本当ですか？」

『本当です』

小田原は嘘をついている声ではなかった。

博文は信じられないというように首を振った。父は自分を恨んでいるのだとばかり思っていた。

自分が勝手に思いこんでいただけで本当は違うというのか。父は自分のことより何とかして俺を守ろうとしてくれた……。

『博文さんもご存じのとおり、私とお父様はもう十年以上の付き合いになります。お父様が市議会議員のときに知り合い県議会議員のときから秘書を務めております。こんな言い方は失礼かもしれませんが苦楽をともにした仲でございます。立場は違えどお互いを支え合ってきました。そしてどんな壁も一緒に乗り越えここまで来たのです。これまでお父様には大変お世話になり、またいろいろ助けていただきました。ですから今度は私が助ける番でございます。恩返しをさせていただきたいのです。他の二人も同じ気持ちでございます』

父がこんなにも人に信頼され、ここまで思われているとは意外であった。

父は自分が上りつめることができれば国民や周りのことなどどうでもいいと考えている人間だと思っていたが、小田原の話を聞いていると仲間に対する思いやりや温かさを感じる。

なんだか父のことを言っているようには思えなかった。

博文が黙っていると小田原は自分の考えを博文に告げた。

『博文さん、あなたはお父様のことを誤解しているようですが、お父様は決して悪い人ではありませんよ。博文さんの目には、嫌な父親、冷酷な政治家と映っていたかもしれませんが、政治家というものは冷酷な決断を迫られ、決意しなければならないときがあるのです。全国民を完全に満足させることはできませんしそれは無理なことなのです』

博文は考えこみ返事をしなかった。

小田原は続けた。

『博文さん、あなたはお父様を嫌い避けてきましたがお父様はあなたのことを第一に考えておられましたよ。博文さんが実家を出て上京したときは言葉には出されませんが寂しそうにしておられましたし、東西に分かれてからはずっとあなたを心配していらっしゃいました。博文さんにそんな態度はお見せになりませんがお父様はあなたのことを誰よりも大切に思っておられますよ。だから連行される際、博文を助けてやってくれと私におっしゃったのではないですか。確かにお父様は誤解されやすい性格ではありますしお父様の期待があなたには重圧だったかもしれませんが、子どものことを考えない親なんていませんよ。それでもあなたはお父様を嫌うのですか？』

小田原は秘書の立場を越えて博文に言い聞かせた。博文の胸に小田原の熱い訴えが響く。

父は生き別れてからずっと自分を心配していた……。

博文は過去を振り返った。

父は息子を操りたいだけで、思いどおりにしたいだけで、自分を思う感情など一切ないと決めつけていた。

でも本当は自分を愛してくれていたというのか……。

恵実のことを反対し彼女に会わせぬよう工作したとき、博文は父自身の地位と名誉のためと決めつけていたが、後にお互いが傷つくことになるというあの言葉は本心で二人のことを考えて発した言葉だったのか。

博文が彼女の高知行きを取り消さなければ死ぬと言ったとき、父は不承不承ではあるが了解した。もし博文が心配でなければあのとき父は有無をいわさず彼女を高知に移しただろう。

父は地位や名誉も大事だが、それ以上に自分を大事に考えてくれていたのか……。

小田原の言葉ではあるが、父の思いを知った博文はまた熱いものが胸をついて身体が震えた。

黙りこむ博文に小田原は沈んだ声で言った。

『残念ですが、恐らくお父様とお母様は助かることはないでしょう。捕まっていなければ一緒に亡命することができましたが、首都の大阪にいては私にもどうすることもできません』

博文は胸に強い痛みを覚えた。

そう、自分は亡命できたとしても両親が助かることはない……。

しかし小田原は力強く言った。

『それでもお二人は博文さんが助かればそれでいいと思っているのですよ』

博文は立っていられなくなりその場に屈んだ。何てことだ。自分のために両親が犠牲になろうとしている。これは死よりも辛いことであった。博文は涙を堪えるのが精いっぱいで声が出なかった。小田原は博文が泣いているのを知ったのだろう。厳しい声で言った。

『ですが博文さん、まだ安心はできません』

博文は涙を拭き大きく息を吐いて返事した。

「はい」

『東日本は、データの受け渡しに峻岳島を指定してきました。分かりますか？　奥島の東にあり、東の領土である峻岳島です。タイムリミットは明日の正午です。そこでデータが本物であれば私たちの亡命を受け入れるということです』

小田原は説明を続けた。

『私たちは今、京都府舞鶴の海岸にいます。小型船ではありますが出航する準備もできています。あとは博文さんと恵実さんを待つだけです。

西は東日本と取引が行われていることなど想像すらしていないでしょうが、すでにデータの漏洩には気づいているはずです。ＩＤが残っているので国は今ごろ私たちを追っているでしょう。だから私たちは下手な動きはできません』

もし小田原たちが捕まれば計画は破綻する。西が小田原たちの居場所を突き止める前に恵実と一緒に舞鶴まで行かなければならない。

『博文さん、タイムリミットは迫っています。私たちは明日の早朝六時には出航したいと考えています』

「はい」

『広島県に隠れているとおっしゃいましたが、そこから何としても舞鶴まで来てください』

小田原は〝何としても〟を強調した。

博文はこのときニュースで映し出されていた数々の検問場面を思い出した。小田原の言う〝何としても〟とはそれらを突破してきてくれという意味であり、初めに小田原が言った〝賭け〟とは舞鶴まで来られるかどうかということであったのだ。

博文は恵実と一緒に東に亡命できるということばかりに頭がいっていて、小田原のもとに辿り着くには数々の壁が立ちはだかっているという現実が頭から消えていた。

果たしてここから舞鶴までいくつの検問を突破しなければならないのか……。

『博文さん、聞こえていますか？』

博文は小田原の声に引き戻された。

「は、はい」

彼の声は急に力がなくなった。

『私たちは舞鶴港で二人を待ちます』

博文は長い間を置いて返事した。

「分かりました」

小田原は最後にこう言った。

『博文さん。無事を祈ります。横山の狂行を止めてください。我々が救かるためにも、武力の均衡を保つためにも、これしかありません！』

小田原との通話を終えるとすぐさま本郷が慌てた口調で訊いてきた。

「なあヒロちゃん、東に亡命できるってホンマなんか？」

恵実の視線も感じるが博文は下を向いたまま返事した。

「はい。西の重要データを渡せば僕と恵実を受け入れるとのことです。そしてその後の生活も保障してくれるとのことです」

「西の重要データ？」

博文は小田原の説明を繰り返した。

「で、そのデータが手に入ったんやな？」

小田原との会話の様子でそれは分かったようである。

「はい。明日の早朝、舞鶴港から船で峻岳島に行きます」

二人が助かると知った本郷は興奮し大声で喜んだ。

「やった！　やったやないか二人とも！　これで助かるやないか！　ホンマ良かったな」

本郷は言ったあともう一度、ホンマ良かったとつぶやいた。

恵実も博文の話を聞き心底安堵した表情を浮かべる。しかし博文だけは深刻な表情であった。本郷は肝心なことを忘れている。

本郷は博文の表情に気づき、

「どないしたんやヒロちゃん。助かるんやで？　もっと喜べや」

と肩を強く叩いた。

博文はかすかに笑うだけで本心から喜ぶことはできなかった。

博文の様子に二人の顔からも笑顔が消えた。本郷は心配そうに訊いた。

「なあどないしたん？　何か引っかかることでもあるん？」

博文は答えず立ち上がった。

「どこ行くねん」

博文は背中を向けたまま返事した。

「少し独りで考えさせてください」

そう言って博文は部屋を出た。

外に出た博文は鍵が開いたままの車の後部座席に座った。二人はあえて博文を追ってこなかった。博文が何について深刻に悩んでいるのか二人もようやく気づいたのであろう。

博文は小田原との会話を頭の中で繰り返し、そして最後に検問の様子を伝えるニュースの映像を脳裏に浮かべた。彼は深い溜め息をつきクソッと声を洩らした。小田原のもとに亡命することができれば今度こそ恵実と幸せに暮らしていける。小田原のもとに辿り着ければその先に幸せが待っている。しかしそれはもうすぐそこだというのに途中にはいくつもの壁が立ちはだかる。博文は検問の目をあざむき突破することはできないかといろいろな手段を考えるが、結局無理だと首を横に振った。どんな方法を用いてもすぐに気づかれる。一つ二つなら何とか突破できるかもしれないが、全箇所突破は無理である。逃げたとしても応援を呼ばれて四方から囲まれて捕まる姿が目に浮かぶ。

他の交通手段もダメだ。全ての場所に警察は張っているだろう。小田原と自分が繋がっていることはすでに警察が摑んでいるはずだ。万引き程度の軽い罪ならともかく自分は国の重要データまで盗んだことになる。西からしたら最も危険なスパイなのだ。

では小田原のもとに辿り着くにはいったいどうすればいい？

悩む博文の脳裏に両親の顔が浮かんだ。二人は自分のために犠牲になろうとしているのに自分もこのままでは助からない。博文は怒りと悔しさで運転席を何度も叩くが最後は弱々しかった。

博文の目に涙が浮かぶ。

博文はつくづく自分の運命を呪い、そして神を恨んだ。

しかし運命のせいにしている場合ではないしクヨクヨしている時間などない。タイムリミットは刻一刻と迫っている。いくつもの検問を突破する方法を考えなければならないが博文はどうしても良策が浮かばない。

ふと彼は恵実だけでも助からないだろうかと考えた。

彼女をどこかの家で着替えさせ、帽子も被らせて、博文の赤バッジを付けさせる。そして本郷と一緒に小田原のもとに向かわせる。西は自分を追っているので変装すれば恵実は気づかれることはないのではないか？

まさか奴隷階級の人間が赤バッジを付けて高級車に乗っているとは思わないはずだ。運転者も華族である本郷だし警察はそれほど注意しないのではないか？

博文は一瞬突破口を見いだしたと思ったがすぐに心の中でダメだと言った。

その考えは甘すぎる。西は彼女がデータを持っている可能性も視野に入れているかもしれない。うまく変装しても見逃すことはないだろう。

恵実が共犯者として容疑をかけられていなければ恵実だけは東に亡命することができたのだが……。

それ以前にやはり恵実は連れてくるべきではなかったのか。自分は判断を誤ったのだろうか。

博文は別の方法を考えるんだと自分に強く言い聞かせた。後悔したって仕方ないし、もっとも彼女自身がその考えには納得しないだろう。彼女はどんなことがあろうと自分と運命をともにすると決意を固めている。自分しか助からないと分かったら拒否するに違いない。ならばどうすればいい？

博文はその後も二人が助かる方法を思索する。

時間ばかりが過ぎていき博文は焦りと苛立ちが募る一方だった。しかしどうしても良い方法が見つからない。

車に閉じこもり早四時間が経った。博文はさすがに疲れてぐったりと背もたれに身体を預けた。

いろいろな方法を考えたがとうとう良策は見つからず博文はもうこれしか方法はないと結論を出した。

タイムリミットが迫っているのでいつまでもここにいるわけにはいかない。

いずれにせよ捕まるのであれば賭けに出るしかない。

検問に出くわすたびに強行突破する。小田原のもとに辿り着くにはそれしかないのである。

やるしかない。

博文はここを出ることを決意しそしていろいろな覚悟を決めた。口元を結び車から降りると二人のいる部屋に戻った。そしてこちらを見る本郷に博文は言った。

「本郷さん。僕たち今日中にここを出ます」

本郷は心配そうに訊いた。

「しかし大丈夫なんか？」

「分かりませんが行くしかないんです。ずっとここにいるわけにもいきませんから賭けるしかないんです」

その言葉で博文に秘策がないことは明らかだが、本郷はそれについては何も言わずそうかというようにうなずいた。

「分かった」

相談もせずに決めたことだが恵実も何も言わなかった。博文は彼女に視線を移し、

「いいね？」

と確認した。

「はい」

恵実はどこまでもついていきますというような、決心に満ちた表情であった。

「ほな行く準備しよか。準備言うても荷物なんて何もないんやけどな」

本郷は立ち上がって言った。予想したとおり本郷も一緒に行く気なのだ。博文はその気持ちだけで十分嬉しかった。

「本郷さんとはここでお別れです」

本郷は普段と変わらぬ声で言った。

「え？　そやけど車一台しかないで？　どうやって行くんや」

「この町にはたくさんの車が残されたままじゃないですか。僕たちは他の車に乗っていきます。一緒に行ったら今度こそ本当に本郷さんを巻きこむことになります。お願いです。僕の気持ちも分かってください。本郷さんを共犯者にしたくないんです」

熱を込めて訴えるとようやく本郷も諦めてくれた。

「そうか。分かったわ」

博文はそれを聞き安心した。

本郷は珍しく寂しそうな声で言った。

「ヒロちゃんと恵実ちゃんとはここでお別れなんやな」

本郷は元気がないのは自分らしくないと思ったのだろう。無理に笑顔を作った。博文も本郷に笑みを見せた。

博文はすぐに家を出るつもりだったがその前に夕食を取ることになった。本郷が最後に三人でご飯を食べようと言ったのだ。博文は快く返事した。

本郷はロウソクに火を点けて残っている非常食を全て開けた。貧相な食事に本郷はかすかに笑った。

「最後くらい良いもん食いたかったけどな。まあ我慢しようや」

博文は微笑んでうなずいた。

「はい」

本郷はいただきますと言って非常食を食べ始めた。最後だからこそ悲しい顔は見せないと心に決めたのだろう。今夜は美味しそうに食べた。

博文と恵実も本郷との最後の食事である。今の心境を表情には出さなかった。この時間を大切にしようと思った。

「もしも日本が統一したら二人にめっちゃ美味い飯おごったるよ。楽しみにしといてな」

博文と恵実は見合って笑顔を見せた。

「ありがとうございます」

「またすぐに会えたらいいな」

博文と恵実は同時に返事した。

「はい」

「しかし俺はまだ実感が湧かへん。ホンマに東に行くなんて」

二人の顔から笑みが消えると本郷は慌てて話を変えた。

「すまんすまん。しんみりしてしまったな。そや、また笑える話聞かせたるよ」

本郷はそう言うがさすがに話が浮かばないらしく、それからほとんどしゃべらなかった。博文と恵実も自分たちから口を開くことはなく、非常食を食べ終えたあともずっと沈黙が続いた。本郷は何度もスマホで時間を確認するようになり、彼は名残惜しそうではあったが二人に言った。

「ほな、そろそろ行こか」

九時を回り、本郷のこの言葉で博文は一気に緊張が増した。いよいよ小田原のもとへ向かうときが来た。あたりは闇に包まれており夜陰(やいん)に紛れて行動しやすい。厳しい戦いになるだろうが必ず小田原のもとに辿り着いてみせる！

博文と恵実は深呼吸し、そして表情を引き締めて立ち上がった。

家を出た三人は車に乗りこみ博文と恵実が乗る車を探した。博文はあまり車に詳しくないので本郷に任せた。

十五分後、本郷はある一戸建ての前に車を停めた。庭の広い三階建ての家である。本郷はガレージを指さして言った。

「あれがええんちゃうかな」

本郷が選んだのは外車のスポーツタイプでかなりスピードが出そうである。ただしずいぶん年代物のガソリン車である。逃げるには位置情報を発しない古い車のほうが好都合だ。

「外で待っとき。俺が鍵探してきたる」

本郷はそう言って車を降り家のほうに足早に向かっていった。

約十分後に本郷が家を出て戻ってきた。彼は博文にキーを見せてニヤリと笑った。

「玄関の引き出しに入っとったわ」

本郷は車のドアを開けて鍵穴にキーを差しこみひねる。しかしカタカタと音を立てるがエンジンがかからない。博文はこのとき肝心なことに気づいた。そうだ、ずっとエンジンをかけていないからバッテリーが上がってしまっているのだ。

博文はどうすればいいかと悩むが本郷にしてみればたいした問題ではなかった。

「ちょっと待ってて。俺の車と繋ごう。配線探してくるわ。どこかにあるやろ」

本郷はそう言って庭の物置をこじ開けた。そして中をゴソゴソと音を立てながら探り、赤と青に分けられたコードを見つけてきた。

「あったでヒロちゃん。これでエンジンかかるやろ」

本郷は自分の車と博文たちが乗ろうとしている車のボンネットを開け、両方のエンジンを赤と青のコードで繋いだ。そして本郷は再度キーをひねった。エンジンがかかると本郷はライトを照らし車から降りた。

「どや、俺もたまには役にたつやろ？」

本郷は冗談を言った。博文は笑わず深く頭を下げた。

「何から何までありがとうございます。本郷さんには本当に感謝しています。この恩は一生忘れません」

恵実もありがとうございましたと頭を下げた。

本郷は困ったように手を振った。

「俺は何もしてへんよ。お礼なんていらん。俺らダチやないか」

博文はもう一度低頭した。

「しかしホンマに行ってまうんやな。せっかく二人と友達になれたのにちょっと寂しいな」

「はい……」

「でも二人が幸せになるためやもんな。ホンマ良かったな」

本郷は言ったあと独り言のように言った。

「東か。正直俺も行きたいわ。行って妹に会いたい」

博文と恵実はどう言葉を返すべきか分からなかった。本郷は二人の表情を見てまた冗談っぽく言った。

「妹の名前は香織いうねん。もし香織に会ったら兄貴は元気やって伝えてな」

博文は微笑んでうなずいた。

本郷も一緒に亡命してほしいがあまりに危険だ。自分たちに退路はないが本郷は元の生活に戻ることができるだろう。何より東日本政府が認めた亡命者の中に本郷は入っていない。

「分かりました」

それから三人は沈黙する。

しばらくして博文がその沈黙を破った。

「じゃあ、そろそろ行きます」

本郷はハッと顔を上げてもう行ってしまうのかというような悲しい表情を見せた。

「そ、そうか。ヒロちゃん、恵実ちゃん、元気でな」

「本郷さんこそお元気で。本当にありがとうございました」

本郷は別れるのが辛いというように下を向いてしまった。

二人は車に乗りこんだ。博文はナビを舞鶴港までセットした。ここから直線で約二百キロメートルの距離である。時間にして五、六時間だろう。

ハンドルを握ったとき博文は本郷との出会いを思い出した。

「本郷さんに会えてよかった。最初は馴れ馴れしい人だなって思いましたけどね」

博文が冗談を言っても本郷は笑わなかった。うつむいたまま顔を上げようとはしなかった。

「本郷さん、忘れたんですか？　暗いときこそ笑うんでしょ？」

そう言うと本郷は視線を上げて、

「そやな。暗いときこそ笑わなな！」

と返事すると最後に満面の笑みを見せた。そして博文に手を差し出した。

「ヒロちゃん、恵実ちゃん、無事を祈ってるで」

本郷と握手した博文はシフトをドライブに下げた。

「じゃあ本郷さん、お元気で」

「二人もな」

博文はうなずき車を発進させた。バックミラーに映る本郷がだんだん小さくなっていく。本郷は一度も手を振ることなくずっと棒のように立っていた。もしかしたら泣いているのかもしれない。

博文は涙で視界が歪んだ。涙を拭うともう本郷の姿は見えなくなっていた。

19

本郷と別れた二人は国道から無人の中国自動車道に乗り兵庫方面に進む。博文は真っ暗な高速道路を時速百二十キロで走行する。このペースで行けば華族エリアには日付が変わる前には入ることになるだろう。そこからが勝負である。

博文は最初、下の道を使い全て裏道で行こうかと考えたが、国道を避けたとしても検問は裏道にも必ず敷かれているはずだ。いずれにせよ強引に突破するのであれば高速道を使って一気に行ったほうがいい。高速道なら追われても囲まれることはない。勝負は高速道を下りてからだと博文は考えている。

高速に乗って三十分が経つが二人はまだ一度も口を開いていない。恵実を一瞥すると彼女はしっかりと前を見据えていた。

博文が沈黙を破った。

「怖くはないかい？」

恵実は首を横に振った。

「怖くなんかない。ヒロくんと一緒だから」

「そうか。君は本当に強いな。俺は正直怖いよ」

博文が心の内を告げると恵実は博文の右手を取って優しく握った。彼女の温もりが博文を少し落ち着かせた。

「大丈夫。信じるのよ」

「そうだな」

二人はそれからふたたび沈黙し博文はニュースを聴こうとラジオをつけた。するとちょうど番組MCが、

『ペンネーム、サカッチョさんのリクエストに応えて——』

とアーティストと曲名を告げる。その瞬間博文の手が止まった。そして二人はこんな偶然もあるんだなと顔を見合わせた。この曲は恵実との思い出の曲で、同棲し始めのころ毎日聴いていた。歌っているのは四人組のJポップバンドで、普段はアップテンポの曲ばかりなのだが初のバラードということもあって話題となった。恋愛映画の主題歌にもなったほどだ。

遠く離れた恋人を一人孤独に待つという悲しい歌で、それからしばらくして東西の壁ができた。もしかしたら彼らは東西が二つに分かれることを予期していたのではないかと思うくらい、二人を襲った悲劇とその歌詞は似ていた。

スピーカーから曲が流れ出し博文は少し音量を上げた。二人は一言もしゃべることなく聴き入った。

博文の脳裏に幸せだった日々が鮮明に蘇ってくる。恵実もあのころを思い出しているようだった。

曲は五分少々で終了し博文は現実に引き戻された。

二人の思い出の曲で博文は大きな勇気を貰った。あのころのような幸せを取り戻すために必ず小田原のもとに辿り着いてみせる。

岡山県を通過中だった二人の目に『兵庫県』と書かれた標識が映った。


広島を出発して二時間後、ほぼ予定どおりの時刻に兵庫県に入りそうだ。実験エリアと華族エリアの境である作東（さくとう）ＩＣを越えしばらくすると、ポツポツと赤いランプが見えてきた。

二人に緊張が走る。見る限り警察車両は見あたらないが一瞬たりとも気を抜くことはできない。博文は目立たぬよう速力を落とし中央車線を走行した。

恵実は実験エリアと華族エリアの景色の違いに驚きを隠せないようだった。

「これが、華族エリア」

「全て横山がしたことだよ」

恵実は景色を見ながら怒りを込めた声で言った。

「お母さんも横山に殺されたのね」

博文はうなずいた。

「そうだ。全てあいつが悪い」

「許せない」

博文も父と母の姿を思い浮かべた。

「俺だって許せないよ。殺してやりたいほど憎い」

恵実は実家から持ってきた写真を見つめながら母親に言った。

「お母さん。どうか私たちを守ってください」

彼女の母親に会ったことはないが、博文も心の中で自分たちが無事小田原のもとに辿り着けることを祈った。

その後も博文は焦る気持ちを抑え、速度を落としたままで大阪方面に向かって走行する。まだ警察車両や検問に出くわしてはいないが、このまま何事もなく舞鶴港に行けるとは思っていない。もうじき戦いが始まる予感がする。

それから間もなく、華族エリアに入ってすぐの山崎(やまさき)ＩＣの周辺に、光るいくつものパトランプが停まっていることに二人はハッとなり急激に心拍数が上がった。約二十人態勢で検問が敷かれている。

一台一台停めて警察が顔を確認している。

博文は覚悟していたことだと、汗ばんだ手でハンドルを強く握りしめた。引き返すことはできないしするつもりもない。博文はしっかり前を見据えて恵実に言った。

「覚悟はいいか？」

恵実は迷うことなく答えた。

「ええ」

博文はよしと力強くうなずいた。速度を落とし列の後ろにつく。一台また一台進むたびに緊張は増していく。そしてとうとう博文たちの番が来た。博文は少しでも油断させるために完全に停止し窓を開けた。

「運転手さん、ちょっとよろしいですか？」

警官が覗きこんできた瞬間、博文はアクセルを目いっぱい踏みこんだ。タイヤの擦れる音と、エンジン、マフラー音が周囲に響く。後ろから笛の音がしたと同時にサイレン音が鳴った。

博文の車はたちまち二百キロに達した。博文はバックミラーを確認する。二台のパトカーが猛スピードで追走してくる。博文はさらに速度を上げて次々と車を抜いていく。カーブでは大きく横に揺れた。一瞬でも運転操作を誤ればスピンして大事故になる。しかしブレーキを踏むわけにはいかない。警察車両は思ったよりも馬力がすごく少しずつ距離が縮まっている。

博文は左右に忙しくハンドルを切り必死にパトカーから逃げる。恵実はもう見ていられないというように目を閉じた。胸には母親の写真を強く押し当てていた。

後ろからはサイレン音と警官の声がする。止まれと言っているのだろうがエンジン音ではっきりとは聞こえない。

捕まってたまるか。俺たちは東日本に行くんだ。

博文の車は直線では二百三十キロにまで達していた。メーターは三百まであるがどうやらリミッター機能で二百三十が限界のようであった。博文は神経を研ぎ澄ませて絶妙なハンドリングとブレーキングでコーナーを曲がっていく。直線になるとまたアクセルを限界まで踏みこんだ。警察も逃がしてなるかと全力で追いかけてくる。

あっという間に次のＩＣが見えてきた。ここには検問が敷かれてはいなかったがその先の合流地点から二台のパトカーが現れる。博文は一気に抜き去った。現在四台のパトカーに追われているがその直後前方に赤いパトランプが見えた。博文は舌打ちした。かまわず抜こうとするがなかなか抜かせてくれない。パトカーは横につくと、

「東条！　止まれ！」

と命令した。博文は一瞥もくれず先に出た。しかし相手はすぐに真横についた。その後もパトカーは先に出ることも後ろにつくこともせず並走した。

下手に止めにかかれば大事故に繋がるし、一瞬のミスで博文を見失い逃がす可能性がある。それよりは相手の燃料がなくなるまで並走していたほうが確実だと考えているに違いない。神戸に近づくとさらにもう一台パトカーが現れた。そのパトカーは行く手を阻むように博文の前についた。それでも博文は臆さず減速しなかった。接触してもブレーキを踏むつもりはなかった。博文の威圧に危険を感じたパトカーは横にそれた。しかし博文は徐々に追いこまれている。この状況では圧倒的不利であった。いくらスピードを上げて逃げても次々とパトカーが現れるので振り切れそうになかった。

時速二百キロ以上で走行しているため、あっという間に兵庫県を進み中国自動車道と舞鶴若狭自動車道の分岐点まで来た。料金所付近に検問が敷かれていたが博文は減速せず強行突破した。すぐさまパトカーと白バイが追いかけてきた。

博文の後ろにはパトカーの列ができていた。いくつものパトランプがバックミラーに反射している。

博文は、絶対に諦めるな、もう少しだと自分に言い聞かせた。舞鶴港まで残り六十キロ。距離はまだあるがこのスピードで行けばすぐである。しかし依然真横と真後ろにパトカーがぴったりとくっついている。どうにかまかなければ小田原のもとに辿り着くことはできない。

しかし今の博文は運転が精いっぱいで、策を考える余裕などなく敵をまくことはできなかった。舞鶴港までの距離ばかりが縮まっていく。

その後も警察との激しいカーチェイスは続き、いよいよ博文の目に『舞鶴市』と書かれた看板が見えた。トンネルを抜けると向かって左側に海が見えてきた。

「もう少しだぞ恵実」

恵実は強くうなずいて母親に祈るようにふたたび写真を胸にあてた。

舞鶴港まで十キロを切った。ナビゲーションがあと一キロで出口ですと指示を出した。

博文の心は高ぶった。もうすぐ小田原のもとに辿り着く。何とか船に乗ることができれば自分たちは東に逃げることができる。

この一キロの間に博文が五年間抱いた夢と恵実と一緒に語らった夢が次々と浮かんだ。

結婚したら自分は教師に復帰して家に帰ると恵実が夕食を作って待っていてくれる。そしてその日の出来事を話しながら一緒に晩ご飯を食べるのだ。

休日は映画に行ったり買い物に行ったりしてのんびり過ごす。恵実の誕生日には欲しい物を買ってあげて夜は高級レストランで食事する。大学時代は誕生日にたいしたことをしてやれなかったから、結婚して最初の誕生日は一生記憶に残るものにしてあげたい。

一年、いや二年後だろうか、二人の間に子どもができる。一人目は男の子がいいと思っていたが、生まれてきてくれるならどちらでもいい。

子どもが大きくなったらドライブに行ったりピクニックに行ったり、その他にもいろいろなことを経験させてあげたい。両親の愛情を注げば優しくて心豊かな子どもに育ってくれるはずだ。

その後子どもが何人生まれてくるか分からないが、とにかく笑いの絶えない明るい家庭にしたい。五十年先も変わらず……。

日本が東西に分かれてからずっとそれを夢見てきた。二人の前には様々な壁が立ちはだかったがもう少しで長年の夢が現実となる。明るい未来はもう目の前なんだと博文は減速し高速の出口に向かう。螺旋（らせん）状の道を下りていくと百メートルほど先に料金所が見えてきた。

しかしその先の光景に博文と恵実は絶望した。

何台ものパトカーが料金所出口を完全に塞いでいる。これでは高速道を出られない。しかしなぜ警察は自分たちがここで下りることを知っていたのか？　いや知っていたのではない。警察は全ての下り口に網を張ったのである。

博文は突っこむことができず急ブレーキをかけた。怒りと悔しさでハンドルを叩いた。

やはり高速道は避けるべきだったか。いや。下道を使ったところで結果は同じだったろう。むしろここまで来ることもできなかったのではないか。

恵実はジッと前を見据えて言った。

「もう……無理よ」

博文自身、これではもう逃げられないと思った。しかし彼はまだ諦めるなと自分に強く言い聞かせた。これで全てが終わったわけではない。そう簡単に捕まってたまるか！

「恵実、降りるんだ！」

博文は車から出てグズグズしている恵実を外に引っ張り出すと、料金所を背にして走った。この先に道はないがガードレールを越えればうっそうとした森の中に入る。暗闇の中に入ってしまえばまくことができるかもしれない。

「待て、東条！」

後ろから銃声がした。博文は振り返らず全力で走る。足の遅い恵実の手を強く引っ張った。

「もう少しだ、がんばれ！」

森まで残りわずかであった。しかしもう少しのところで後ろから追ってきていたパトカーに行く手を阻まれた。それでも博文は諦めず方向を変えて逃げた。しかしその先は高速道でありムダな抵抗であった。高速道に出てもすぐに捕まるのは明白である。博文は分かってはいるが逃げた。が、すぐに機動隊が進路を塞いだ。後ろを振り返るがすでに警官の壁ができていた。完全に囲まれた博文はクソッと叫んでぐったりと力を落とした。しかし彼はすぐに顔を上げて彼らに訴えた。

「話を聞いてください。僕は工作員でもなんでもない！　全て東が仕組んだことなんだ。僕たちは何も悪くない！」

博文の叫び声が真夜中の料金所に響く。だがいくら訴えてもムダだった。信じる者など一人もいなかった。警察は慎重に博文との距離を詰める。警察からしたら相手は危険なスパイである。全員を死に至らしめる武器を隠し持っている可能性が非常に高い。しかし博文はそんなものを持っているはずがなかった。俺がスパイのわけないじゃないかと心の中で叫んだ。どうして分かってくれないんだ。

彼らは横山を恐れているだけではなく洗脳されているんだと思った。

「東条、手を上げろ！」

一人の刑事が命令した。博文は降参するというように素直に両手を上げた。恵実も言うとおりにした。それでも警察は油断しなかった。最後に爆弾で自爆でもするのではないかと危険を感じているのだろう。みんな顔に汗を浮かべてすり足で近づいてくる。

警察は博文の両手を摑むまで気を緩めなかった。手錠をかけられた博文は両親や小田原や本郷に詫びた。

お父さん、お母さん、申し訳ありません。僕は二人を巻きこんだ上、東に逃げ延びることもできませんでした。

小田原さん、すみません。僕たちのために命を賭けてくれたのに、そこまで行くことができませんでした。

本郷さん、ごめんなさい。僕たちにはかまわず東に逃げてください。

僕たちのためにいろいろ動いてくれたのに、僕は恵実すら助けることができませんでした。

そして博文は最後に恵実に言った。

「恵実……本当にすまない。許してくれ」

手錠をかけられた恵実は首を振って博文に優しく言った。

「ヒロくん、本当にありがとう」

恵実は博文にこれまでの感謝の気持ちを伝えたがそれは永遠の別れの言葉でもあった。

20

博文と恵実の東日本への亡命は舞鶴港に着く寸前で断たれ、亡命計画は失敗に終わった。スパイ容疑で逮捕された二人は別々の車に乗せられ、博文はふたたび大阪府の梅田警察署に連行された。恵実が乗せられた車も大阪府に入ったが、途中で別れたのでその後どこの警察署に連れていかれたかは分からない。隣に座る刑事に訊いても黙ったままだった。

梅田署はマスコミでごった返し車は人混みをかき分けて署に入った。

博文は取り調べを受けることなくいきなり留置所に放りこまれた。西日本は大騒ぎだろうが留置所は不気味なほど静かだった。

博文は何もかも覚悟しているが恵実のことが心残りである。博文は一睡もせず恵実のことを心配し、そして命だけは助けてくださいと神に祈り続けた。

気づけば朝を迎えており、スマホも恵実からプレゼントされた腕時計も没収されてしまったので時間は分からないが、恐らく出航時間は越えている。小田原は博文がスマホに出ない時点で諦めたに違いない。今ごろ峻岳島に向かっているであろう。せめて恵実一人だけでも行かせてやりたかった……。

結局俺は最後の最後まで恵実を助けてやることができなかった。再会してから繰返し言ってきたが口ばかりで守ってやれなかった。

恵実とはもう二度と会うことはできないだろう。恵実もそれを知って最後にありがとうと言ったのだ。博文は恵実に会いたいがそれ以上に後悔が大きかった。やはり恵実を連れてくるべきではなかったのではないか。それ以前に、自分は西に来てはいけなかったのではないか。そのせいで父と母、そして恵実を巻きこんだ。本郷や小田原たちにも迷惑をかけた。謝っても謝りきれない。

しかし今さら後悔しても遅いのだ。博文は祈るしかなかった。両親や恵実の命が助かることを。

太陽の日射しがうっすらと顔に射したとき廊下に大勢の足音が響いた。博文に緊張が走る。まもなく部屋の扉が開いた。博文の前に現れたのは、なんとダブルのスーツに身を包んだ横山であった。初対面だが博文はテレビでこの顔を何度も見ている。頭は薄いがオールバックで、顔と身体にはたっぷり肉がついている。毎日の贅沢が身体に出ていた。

額には脂がにじみまぶたは腫れぼったくて目は鋭い。東西が分かれる前、大阪府の副知事だったときも野心に満ちた顔つきであったが、この五年で権力者の顔つきとなった。後ろには側近らしき男たちが十人ほどいるがみんな横山に怯えた目をしている。

横山は博文を冷たい目で見下ろし、

「このドブ鼠が」

と吐き捨てるように言った。博文は男を憎々しい目で睨んだ。

「誰がお前の命を救ってやったと思っている。さっさと殺しておけばよかったわ」

「両親と恵実は無事なんだろうな」

横山は答えなかった。

「小田原たちにプラズマ爆弾のデータを盗ませたのもお前やな？」

博文も答えなかった。

「大変なことしてくれたな。あのデータをどないするつもりや？　どこに流すつもりなんや？」

横山は余裕の態度ではあるが内心かなり焦っているに違いない。

「答えんかい！」

横山は急に声を荒らげた。

「データはどこにある！　小田原たちはどこや！」

博文は答えるわけにはいかなかった。横山は非常に危険な男だ。もしこのまま西でプラズマ爆弾が完成すれば東日本本土に攻撃をしかけるかもしれない。そうなれば国民に被害が及ぶどころではない、大戦争が起き日本が滅びる。データが小田原たちの手で東に渡り武力の均衡が保たれたほうが絶対にいいのだ。

横山は急に声を荒らげたと思ったら今度は博文を鼻で笑った。

「かわいそうにな。捕まったってのに命令した国は無反応。仲間だって誰も助けにこないやないか。お前はただの捨て駒やったんやな」

バカがと博文は心の中で言った。俺がそんな国と繋がっているはずがないじゃないか。なぜこんな愚か者が西のトップなのだと博文は改めて思った。

「はよ答えんかい。データはどこや？」

今度は静かな声だった。博文はそっぽを向いた。その態度に横山は上等だというようにうなずいた。

「ほな、嫌でも吐かせたろかい」

横山は側近に合図した。すると木の棒を持った警官が二人現れた。警官は博文の前に立ち木の棒をかまえた。

横山はこれが最後だというようにもう一度訊いた。

「データはどこや？」

博文は下を向いたまま顔すら上げなかった。横山は博文に答える気がないと判断し警官に合図した。二人の警官は躊躇うことなく思いきり木の棒を博文の背中に振り下ろした。その瞬間身体に激痛が走り博文は床に叩きつけられた。殴られた部分が燃えるように熱い。

「痛いやろ？　はよ話したほうが楽になるで」

　博文は痛みを堪えて言った。

「誰が……話すもんか」

　ふたたび棒が振り下ろされた。博文の叫び声は廊下にまで響いた。横山は博文の苦しむ姿を見てたまらなく気持ちよさそうだった。

「どこや？」

　横山は愉快(ゆかい)そうに訊いた。博文は首を横に振った。拒否するたびに木の棒が振り下ろされる。

　横山は痛みに耐える博文を見て最初は楽しそうであったが、だんだん飽きてきたのか呆れたように息を吐いた。

「ホンマしつこいやっちゃな。吐けば楽になれるのに。まあ、どれだけ耐えられるか楽しみやな」

　横山は博文にそう言い残し部屋を出た。横山は帰り際二人の警官に、

「殺したらあかんで」

と気持ち悪いくらい優しい口調で指示し不気味な笑みを浮かべた。警官たちは返事して横山に敬礼した。横山がいなくなるまで少しもその姿勢を崩さなかった。

横山たちの姿がなくなると警官はふたたび鋭い目つきになり博文を問いつめた。

「データはどこや？　吐け！」

博文の反応を見て二人の警官は容赦なく博文の身体を叩く。博文は歯を食いしばり痛みを堪える。だがあまりの激痛にだんだん意識が遠くなり、博文はとうとう気を失ってしまった。

しかし当然それで終わるはずがなかった。博文は水をかけられ目を覚ました。ふたたび拷問（ごうもん）が始まり博文は亀のようになって激痛に耐える。背中はもう麻痺（まひ）したようになっていた。骨が折れていてもおかしくなかった。それでも博文は口を割らなかった。博文の身体が目に見えるほど腫れ上がってきて、さすがの二人もこれ以上殴るのは嫌そうであったが、留置所には監視カメラが設置されている。二人は横山に怯えて仕方なく拷問を続けた。

拷問は午後の六時まで行われた。頭以外の全身を木の棒で殴られ、気絶した瞬間に水をかけられまた拷問を受ける。それが延々繰り返された。博文はこの日の拷問が終わったことを知ると心底安堵した。

十時間近く拷問を受け続けた博文の全身は青黒く腫れ上がり少し動いただけでも叫

ぶほどの痛みが走る。自分でも見ていられないほど身体はひどく変化し傷ついていた。

憔悴しきった博文は床を這って何とか壁に寄りかかり、小さな窓から夜の空を眺めた。

恵実は今どこでどうしている。彼女も重要なデータの行方を知っている一人だ。同じように拷問を受けているのではないかと博文は気が気ではない。もしそうだとしたら恵実は死んでしまう……。

博文は夜空に映る恵実に詫びた。

ごめん恵実。こうなったのは全て俺のせいだ。

もし拷問を受けているのならデータの行方を正直に話してくれ。この国の将来にはマイナスだろうが愛する人の苦しむ姿に博文は耐えられなかった。これ以上拷問を受けたら本当に死んでしまう。

恵実、俺を許してくれ……。

博文は心の中で言った直後倒れこみ気を失った。

翌日も早朝から拷問は行われた。当然のように食事など与えられず木の棒で叩き起こされた博文は、昨日と同じ顔ぶれを見た瞬間部屋の隅に行き亀のような体勢になった。どんな罰を受けてもしゃべるつもりはないという意思表示であった。二人の警官は博文の腫れ上がった顔や身体を見て良心の呵責を感じているようだった。

「東条、データはどこにあるんや」

怒鳴るのではなく、頼むから早くしゃべってくれといったような声の調子だった。彼らだって本当は辛いのだ。しかし横山の命令に従わなければ自分たちが罰を受ける。

「東条！　はよ言え！」

博文は首を横に振った。その動作は弱々しかった。二人の警官はきつく目を閉じて棒を振り下ろした。博文から呻き声が洩れる。叫ぶ力すらなかった。

「データはどこや！」

次に振り下ろされた一発が博文の頭を直撃した。しまったというように警官は手を止める。博文は意識が朦朧としながらも弱々しく顔を上げて二人を睨んだ。一瞬警官は臆したが、

「な、なんやその目は！」

と怒鳴って博文の背中を棒で叩いた。

その後も拷問は続けられたが博文は何発喰らっても口を割らなかった。話すもんか。負けてたまるかと自分に言い続けて痛みに耐えた。異常な精神力と忍耐力に二人の警官は怒りや苛立ちを超えてだんだん怖くなってきたようだった。これ以上やったら死んでしまうのではないかという怯えが表情に出ていた。むしろ警官の

ほうが先に逃げ出してしまいそうであった。しかし彼らはそれ以上に横山が怖い。葛藤しながら暴行を続けた。

留置場が慌ただしくなったのは昼の一時を過ぎたころだった。横山が現れると二人の警官は手を止めて直立不動となった。

横山は博文の姿を見て呆れるよりも先に感心するような声で言った。

「ほう、まだ耐えているとは」

しかしすぐにあざ笑った。

「もう誰だか分からないようになってるやないか」

博文は横山を睨み付けた。横山は鼻で笑って言った。

「そろそろ話したほうが身のためや。その根性は褒めたるけどな。いい加減死んでまうで。お前みたいに大胆で肝の据わった男、殺すには惜しすぎるわ」

博文が顔を背けると横山は急に真剣な顔つきになった。

「西堀恵実がどないなってもええんやな」

博文はハッとして横山を見た。とたんに身体中が火のように熱くなった。

「女やから甘くしとったけどお前が話さんのやったら強引に吐かすしかないわな」

「横山……！」

博文は思わず横山に飛びかかっていた。すぐさま警官が止めに入り博文は突き飛ばされるとまた床に崩れ落ちた。怒りに満ちた目で睨み付けると横山は冷笑を浮かべた。

「なんや、まだそんな力が残っとったんかい。ほんならまだまだがんばれそうやな。まあええ、西堀恵実に吐かせるわ」

横山はそう言って背を向けた。そして部屋を出ていこうとした。

汚い野郎だと博文は心の中で叫び拳を床に叩きつけた。心配していたことが現実になろうとしている。今まで東西の国民のために必死に耐えてきたが、恵実が同じ痛みや苦しみを味わうとなると話は別だった。しかも捕まってから一日以上が経ち小田原たちももう安全な所まで辿り着いているだろう。

「待て！」

横山はその言葉を待っていたようにすぐに足を止めて振り返った。

「なんや？」

横山は白々しく訊いた。博文は渋々話した。

「プラズマ爆弾のデータは……東に渡った」

その事実を聞いた瞬間、横山の顔から余裕が消えて顔色が真っ青になった。

「な、なんやと？　東やと？」

「小田原さんが東に交渉したんだ。プラズマ爆弾のデータを渡すから自分たちの亡命を認めてくれと」

横山は呆然となり声を失った。

「昨日の朝、小田原さんたちは船で西日本を発ち東日本に亡命したはずだ。プラズマ爆弾のデータとともに」

横山の額からジワジワと汗がにじむ。口は金魚のようにパクパクと動いていた。

恐らく横山は、まだ完成していないとはいえプラズマ爆弾を自分の子どものように愛し、国民よりも大切にしてきたに違いない。そして完成を今か今かと心待ちにしていた。大量破壊兵器が完成すればさらに大きな力を手に入れるのだから。しかし自分の進めていた計画が東に渡り、今度は自分がプラズマ爆弾の恐怖に怯えることになろうとは何とも皮肉であった。

未だ硬直している横山だが辛うじて言葉が出た。

「ホンマなんか。ホンマに東に！」

博文は冷静に答えた。

「嘘なんかつくかよ。全部本当の話だ」

横山はしばらく混乱していたが、これも東の策略だったんだと思ったに違いない。

横山は怒りに震え地団駄を踏んだ。

「俺が工作員のはずがない。それは冷静に考えれば分かることだ。あんたが東の工作にはまらなければこんなことにはならなかったんだよ。あんたは東に踊らされたたんだ！」

　博文は一度言い出したら止まらなかった。

「お前のせいでどれだけの人間が不幸になったと思ってる。お前がいなければみんな平和に暮らせたんだ。お前がこの国をメチャクチャにしたんだよ」

　博文はずっと溜めていた怒りをぶつけた。好き放題言われた横山は激怒した。顔を真っ赤にして叫んだ。

「このクソ餓鬼が……！」

　横山は今にも殴りかかってきそうな勢いだった。しかし男はあと一歩のところで踏み留まり不気味な笑みを見せた。

「東条、俺の恐ろしさを知らんようやな。なら教えたるわ」

　博文は背筋に冷たいものが走ったが臆することなく睨み続けた。

「お前にもう用はない」

　横山は博文にそう言って向き直ると側近に小さな声で、

「始末せえ」

　と命令した。

　博文はその瞬間そっと目を閉じた。とうとうこのときが来たかと自分でも意外なくらい冷静だった。

最後に怒りをぶつけたことを後悔などしていないし死の恐怖心もない。捕まった時点で全て覚悟していたことだしいずれにせよ運命は決まっていた。ただ横山にデータのことを話したのには大きな罪悪感がある。だが仕方なかった。話さなければ恵実が殺されていたかもしれないのだ。

博文はデータが東に渡ったと知った横山がどう動くのか、それが心配であった。

21

五時間後の夕方六時、博文の処刑執行のときが来た。

留置場にやってきた警官に、

「東条、来い」

と命令された博文は静かに返事をして立ち上がった。

手錠をかけられ部屋を出ると横山の側近や警官ら十人ほどが待っていて、その者たちに囲まれて警察署を出た。その瞬間大勢のマスコミが詰めかけてきて眩しいくらいのフラッシュに襲われた。アナウンサーはカメラに向かって興奮した口調でしゃべる。

「姿はほとんど見えませんが、たった今東条博文が出て参りました。これより処刑が行われる模様です！」

護送車に向かう途中、マスコミから様々な質問が飛んできたが、どれも下らないものばかりで博文は心の中でバカバカしいと言った。

護送車に乗せられた博文は一番後ろの席に座らされた。両隣には警官がガードするように乗りこむ。カーテンは全て閉じられているのでマスコミの声だけが聞こえている状態だった。中からでもそうとう騒がしいのが分かる。

間もなく護送車は出発した。行き先は告げられていないが恐らくどこかの監獄だろう。そこで処刑が行われる。もう覚悟はできていた。

ただ恵実の無事を知るまでは死んでも死にきれないと思った。博文は処刑執行のときが来るのを待っている間も、自分のことよりもずっと恵実を心配していた。彼女は今どこでどうしているだろう。せめて命だけでも助けてやってほしい。

博文は監獄に着くまでの車中でも恵実を心配し、そして心の中でごめんと何度も繰り返した。

次々に恵実との思い出が蘇るが、護送車はあっという間に目的地に到着した。両隣の警官に腕を摑まれて博文は護送車の出口に向かう。

護送車を降りてまず目に飛びこんできたのは監獄ではなく、なぜか西の国会議事堂だった。まさか議事堂の中で処刑が行われるのかと思ったがそうではなかった。

車を降りると目の前に、鉄パイプで骨組みされた全長五メートルほどの高さのステージのような建物が建てられていた。前はこの場所にこんな建物はなかった。今いるのは裏手側なのではっきりとは分からないが、雑な造りなので恐らく先ほど完成した特設舞台だろう。

博文は両隣に立つ警官に引っ張られて直線階段を上らされる。言わば死の階段であった。一段踏みしめるたび心臓が震えた。最後の一段を越え頂上に立つと父と母の後ろ姿があり、博文はハッと目を見開いた。

二人とも首に紐(ひも)の輪をかけられていた。下を見ると足下が開く仕組みになっている。二人のその姿を見た博文はショックで目眩を起こし崩れ落ちそうになった。横山は両親まで処刑することを決定したのである。博文は血も涙もない男にふたたび怒りを燃やした。

「お父さん……お母さん……」

博文が呼びかける。二人は博文の声に同時に振り返り、

「博文！」

と口を開いた。父は博文と同じく顔が腫れ上がり母は憔悴しきった顔だった。

博文が姿を現した瞬間一斉にフラッシュがたかれた。下にいるマスコミが大騒ぎす

るがそれ以上に集まった人たちのざわめきのほうが大きかった。博文は見物に来ている人々の数に愕然とした。その光景はまるで大規模な野外コンサートのようだった。同情の目を向ける者はごくわずかでそのほとんどが冷ややかな目であった。中にはこれから行われる処刑に興奮する者もいた。みんな真実を知らないから東条一家が裏切り者だという目で見るのは当たり前であった。博文はそれが悔しかった。国民には真実を知ってもらいたい。自分たちは濡れ衣を着せられたうえで処刑されるのだ。だがここでいくら訴えてもみんなの目が変わることはないだろう。

博文は父の隣に立たされ同じように首に輪をかけられた。足下を見た博文はかすかに足が震えた。下が開いた瞬間に自分は死ぬのだ。

母はボロボロの息子が首に紐をかけられるその光景を見て大声で泣いた。博文は両親に申し訳ない気持ちで胸が痛かった。

「お父さん、お母さん。申し訳ありません」

父は悲痛な表情を見せ母は博文さんと叫んだ。博文は辛くて二人の姿を見ていられず顔を伏せた。

処刑の準備が整うとステージの下に設けられた壇上に横山が現れた。横山はマイクを使ってマスコミや国民にこう言った。

『みなの者、彼ら親子は東から潜入して諜報活動をしていた。よって公開処刑することを決めた」

横山は博文たちが工作員でないことを知ったが、国民には平気な顔して裏切り者と言い放った。自分を棚に上げて正義面して最後の最後まで東条一家が悪だと言い通した。

横山はどうしても博文たちを殺す必要があった。博文たちを生かしておけば、自分が東の策略にはまりそのせいでプラズマ爆弾の研究データが奪われてしまったことが全国民に知られる。己の威厳を保つための処刑でもあった。もちろん自分に逆らったらどうなるか見せしめの意味もあるのだろう。

博文は遠くの壇上に立つ横山を鬼のような目で睨んだ。横山もこちらに目を向けたが国民の前では博文に見せた笑みは見せなかった。あくまで凶悪テロリストを憎むような目である。

「博文」

父が横顔のまま呼んだ。博文は横山から父に視線を移した。

「はい」

父は博文の目を見て言った。

「私はお前を助けてやることができなかった。すまない。許してくれ」

父は博文に深く頭を下げた。父のこんな姿は初めてだった。

「お父さん……」

「彼女も捕まってしまったのか」

父は恵実のことを心配した。博文は力無くはいと返事した。

「小田原さんが西が研究を進めていたプラズマ爆弾のデータを盗み出し、それを渡す代わりに僕たちの亡命を認めてくれと東に交渉してくれて、準備は整っていたのですが……」

博文はその先は言わなかった。

「そうか。そうだったのか」

「せめて彼女だけでも助けてあげたかったのですが」

「博文、だから私は彼女との交際を反対したんだよ」

博文は言葉を返せなかった。

「お前がそれほど思っている女性だ。私だって本当は一緒にさせてやりたかった」

博文は父の横顔を見た。

「お父さん……」

「だがそれは許されないことだったんだ。二人の将来のためを考えて私は反対したんだ。しかし今さらそんなこと言ってももう遅いな」

父は続けて言った。

「お前は何か誤解していたようだが、博文、これだけは分かってくれ。私はお前のことを第一に考えていたよ。お前に毎日勉強させて私立の学校に入らせたのも、お前を政治家にさせたいと思っていたのも、お前のためを思ってのことだったんだ。確かに私自身の名誉と見栄もあったかもしれん。だがそれだけではないということを分かってくれ」

博文は言わなくても分かっているというように何度もうなずいた。

「小田原さんからも同じことを言われました。お父さん、ありがとうございます。最後にお父さんの想いを聞けて本当によかった」

父はかすかに笑みを浮かべて言った。

「しかしお前は最後まで私を困らせる息子だったな」

「申し訳ありません」

「だが、お前にもう一度会えてよかった」

父はこれから処刑されるというのに晴れやかな表情で言った。

「僕もです」

博文はすすり泣く母にも謝った。

「お母さん。ごめんなさい」

母は首を横に振った。

「私もお父さんと同じ気持ちよ。もう二度と会えないと思っていた博文さんにもう一度会えたんですもの。もう思い残すことはないわ」

「お母さん……」

博文は耐えきれず涙を流した。困っているとき助けてくれたのはいつも母だった。父は教師になる夢に反対したが母は陰で応援してくれていた。独り暮らしのときも父に知られぬよういろいろ助けてくれた。なのに自分はまだ母親に一つも恩返ししていない。それどころか自分のせいで母も……。

「そうだ博文——」

父は思い出したことがあるらしく静かに泣く博文を呼んだ。博文は大きく息を吐いて返事した。

「はい」

「お前と再会したとき、お前は私にこう訊いたな。西の独立計画に関与していたのかと」

博文はそのときの会話を鮮明に憶えている。父はあのとき何も答えなかった。

「はい」

「関与していないと言えば嘘になる。結果的に横山に従ったんだからそういうことになるな。しかし言い訳かもしれないが、私が計画を知ったのは経済封鎖が実行される直前だったんだ。横山は水面下で計画を進行させていた。お前に知らせる間もないくらい、いきなり経済封鎖は実行されたんだよ。私は本当は独立計画に反対だったが、他県の知事への横山の根回しは完璧で私一人の反対ではどうしようもなかったんだ。結局従わざるをえなかった。今まで築き上げてきた地位のためにも……」

博文は父が西の独立には反対だったというだけで十分だった。

「そうだったんですね」

「この五年間横山に従い、忠義を尽くしてきたつもりだが……」

父は怒りに震え、

「無念だ」

と声を洩らした。父は声の調子を変えて言った。

「私は後悔しているよ。あのとき、もう少し早く独立計画を知っていたら、お前にそれを知らせることができた。お前が西に来ればこんなことにはならなかったんだ」

博文はふたたび横山を見た。横山も博文の視線に気づいた。

「いいえ。お父さんは何も悪くありませんよ。悪いのはあの男です。あの男が国をメチャクチャにし、僕たちの将来や幸せ、全てを奪ったんです」

父も横山を睨み付けるように見た。

「そのとおりだ」

横山は無視するように二人から視線を逸らすと国民に向けて言った。

「みなの者、ではこれより東条博文、東条彰文、東条紀子の公開処刑を行う！」

あれほどざわついていた国民がシンと静まり返った。同時にフラッシュも止んだ。みな固唾（かたず）を呑んで見守る。

三人は互いに顔を見て強くうなずいた。そして博文はそっと目を閉じた。

暗闇の中に恵実の笑顔が浮かぶ。

博文は死ぬ直前になると、恵実に会いたくて会いたくてたまらなくなった。一目だけでいい。

それが無理なら声だけでもいい。

もう一度会いたい。会って彼女を強く抱きしめたい。

博文の脳裏に彼女との思い出が走馬灯のように蘇る。彼女といた時間は本当に幸せだったなと思った。もし生まれ変わったらもう一度彼女に出会いたい。そして今度こそ幸せになるのだ。

恵実を助けてやれなかった悔いは残るが博文にはもうどうしようもない。

ただただ彼女の無事を祈るしかなかった。

だが命が助かったとしても恵実は博文の死を知ったらあとを追うことを考えるかもしれない。

博文は暗闇に浮かぶ恵実に言った。

辛いかもしれないが生きるんだ！

本郷さんも言っていたではないか。不幸が続くのはその先に幸せが待っているからだと。

君には必ず幸せがやってくる。だからどんな辛いことがあっても負けないでほしい。俺のぶんまで生きてくれ。暗いときこそ、笑うんだ。

横山はゆっくりと右手を上げた。

博文はそれを知ると恵実に最期の別れを告げた。

さよなら恵実。

今までありがとう。

横山の右手が下りたと同時に三人の足下が一気に開いた。

エピローグ

博文がこの世を去って二年の年月が過ぎた。やっと残暑が終わり今年もまた秋の風が吹き始めた。しかし秋の風にしては冷たい。季節は秋でももう冬の気候である。今年は長い冬になりそうだった。

西堀恵実は高知刑務所の作業場にいた。大勢の受刑者と一緒に流れ作業の仕事を行っている。服役中なので強制労働であるが松山の強制労働とは意味が違う。当然暴力はないし、一時間に一度の休憩があるし、ごくわずかではあるが出所時に賃金も貰える。松山とは天と地ほどの差があった。

一年前、恵実はこの高知刑務所に収容された。博文が処刑されてから間もなく裁判が行われ、恵実は共犯の罪は免れたが犯人を隠匿した罪で二年六ヶ月の実刑判決を受けた。舞鶴港の目前で逮捕されて結審するまでのしばらくは、あえて東西対立の最前線である浜名湖の西の湖畔に建てられた拘置所で過ごしたが、収監される際恵実は初めてじかに東西の境界線にそびえ立つ東西の壁を見た。まるで万里の長城を彷彿とさせる巨大な壁に恵実は言葉を失い、次いで怒りがこみ上げて憎しみのこもった目で壁を睨んだ。あの壁がなければ二人は引き裂かれることなく幸せな日々を送っていた。彼が死ぬこともなかったのだ。あの壁が二人の運命を狂わせたのだとしばらく涙が止まらなかった。

あれから早二年、恵実は作業場の窓から見える紅葉に懐かしい気分になった。恵実は澄んだ青空に博文の顔を思い浮かべて話しかけた。

ねえヒロくん憶えてる？　二人で車を借りて八王子の高尾山に行って紅葉狩りをしたのを。ロープウェイで山を登ってお団子やソフトクリームを食べながら紅葉を観たよね。

高尾山から見える景色は本当に綺麗だった。ついでに猿園で猿も見たよね。ヒロくん子どものようにはしゃいでた。帰りはお蕎麦を食べたんだよね。本当に懐かしいよね。考えてみたらもう七年以上も前のことなんだね。でも大切な宝物だから一つひとつ細かいところまで憶えてるよ。

博文と心の中で会話をする恵実は看守に呼ばれて思い出から現実に引き戻された。振り返ると看守は恵実に優しい表情で言った。

「面会だ。行きなさい」

恵実はこの日、朝から心が弾んでいた。二週間に一度の面会日だからだ。恵実は看守に明るく返事した。

「はい。ありがとうございます」

面会室の扉が開くと看守とともに本郷が入ってきた。彼の両腕にはかわいらしい子ども服を着た小さな男の子が抱かれている。恵実は子どもの顔を見て目を輝かせ、

「博成（ひろなり）」

と呼んだ。博成は一瞬こちらを向いたがふたたび本郷に顔を向け声を出して笑顔を見せた。

もう一歳になったが博成はまだ恵実を意識していない。本郷は椅子に座ると口を開いた。

「どや？　身体の調子は？　風邪ひいてないか？」

恵実は笑顔で答えた。

「はい。大丈夫です」

看守は二人の会話をメモしていく。

「それより博成やけど、また少し大きくなったやろ？　みるみる成長していくで」

二週間に一度しか会えない恵実は特に博成の成長を感じている。

「博成、ちゃんと食べてますか？　体調は崩してませんか？」

「大丈夫や。めっちゃ元気やで」

本郷はそう言って博成を恵実に近づける。恵実は夢中になって手を伸ばすが、アクリルの透明な壁が邪魔して触れることができない。博成は目の前だというのにもどかしい。恵実は早く博成を抱きたい気持ちで溢れた。出所まで残り半年だが、こうして子どもに会うと半年がものすごく長く感じる。博成と一緒に暮らす日が待ち遠しい……。

自分のお腹に命が宿っていると知ったのは、裁判で判決が出た直後であった。父親は言うまでもなく博文である。広島の民家に隠れているときに授かった子どもだった。それが分かったとき恵実は泣いて喜んだ。博文は死ぬ直前、自分に新しい命を授けてくれていたのだ。彼の最後の贈り物だった。もしかしたら博文の生まれ変わりなのではないかとも思った。

恵実は刑期が確定していたが、お腹に赤ん坊がいるのですぐに刑務所には入らず、子どもが生まれるまで警察病院で過ごすことになった。そして彼女は無事元気な男の子を生んだ。お腹から出てきて泣き声を聞いた瞬間、恵実は感動し嬉しくて涙が止まらなかった。恵実は泣きながら心の中で博文に言った。

ヒロくん、あなたが欲しがっていた男の子です。あなたにそっくりな顔してますよ。

ヒロくんのように優しい子に育てるから。

名前はすでに決めていた。博文の博を取り立派な大人に成ってほしいという思いから〝博成〟とつけた。

しかしすぐに別れのときが来た。恵実は高知刑務所に収容されることが決まっていたのだ。

恵実には親がいなければ親戚もいない。その場合、子どもは施設に預けられることになるのだがそうはならなかった。本郷が出所まで育ててくれることになったのだ。おかげで博成は施設に入れられることなく本郷のもとでスクスクと育っている。

恵実は博成の成長が毎日の生き甲斐だった。二週間に一度の面会のために毎日一生懸命働いている。面会時間は二十分と短いが、その二十分のために本郷は仕事を休んでわざわざ高知刑務所までやってきてくれる。仕事は忙しいが保育園の先生に協力してもらいながらしっかり育ててくれている。そうとう苦労をかけてしまっているが彼は一度も嫌な顔は見せない。

本当に本郷には頭が上がらなかった。

本郷は突然何かを思い出したらしく「そうや」と手を叩いた。

「恵実ちゃん、そういえばこの前な、博成にママって教えたら、ママって繰り返したんやで。それだけやない。どんどん言葉憶えてくで」

本郷は嬉しそうに話した。恵実は感動した声になった。

「本当に？」

「ホンマや」

本郷は博成に顔を近づけて、

「ほれ、ママにママって言ってみい」

と赤ちゃん口調で言った。しかし博成は意味が分からないというように首をかしげた。

本郷はハハハッと笑って言い訳をした。

「今日はご機嫌斜めみたいやな。でもホンマにちゃんとママって言ったんやで」

恵実は微笑むが少し落ちこんだ。本郷は彼女の表情の変化に気づいた。

「どないしたんや？」

恵実は最近感じている不安を本郷に話した。

「もう一歳になったけど博成はまだ私のことを母親と思っていないみたいです。親は本郷さん独りだと思ってるみたいで私はそれが心配で」

本郷は落ちこむ恵実を元気づけた。

「何言うてるんや。離れて暮らしてるし二週間に一度しか会われへんのやから仕方ないやろ」

「そうですが……」

「大丈夫やって。一緒に暮らせば博成も恵実ちゃんが母親だって理解するって。もっと自信持たな。そんなんじゃ育てられへんで」

毎日子育てに悪戦苦闘している本郷が言うと説得力があった。

「そうですね。悩んでる暇なんてありませんよね」

本郷が返事する前に博成が突然、

「バーバー」

と意味不明な言葉を言った。本郷と恵実は顔を見合わせてクスクスと笑った。

「何や博成。お母さんがババアって意味かいな？」

本郷の冗談に恵実は頬をふくらませた。

「ちょっと！　まだ私三十にもなってませんから！」

「変わらんて。あとちょっとで三十路（みそじ）やろ？」

恵実は拳を振り上げた。

「もう！」

本郷は手を合わせて、

「スマンスマン」

と謝った。そしてごまかすように話題を変えた。

「それより最近、博成がめっちゃヒロちゃんに似てきてると思うねん」

恵実もそれを感じている。生まれたときからどちらかと言えば博文似だったが、どんどん博文の顔に近づいてきている。

二人は博文の姿を思い浮かべた。

「嬉しいやろな、ヒロちゃん。自分の子どもが生まれたうえ……」

本郷は博成から恵実に視線を移して言った。

「恵実ちゃんが奴隷生活から解放されて、ここを出所したら普通の生活に戻れるんやからな」

恵実は本郷の胸を見た。彼の胸にはもうバッジは付いていない。看守や自分の胸にもだ。

この二年間で一番大きな変化は階級制度が廃止されたことである。無人化していた軍事実験エリアにも人が戻った。もう二年近くも前のことなので西国民にはもうそれが当たり前のようになっている。

二年前、博文が処刑されて恵実は生きる気力を失っていたのだが、その三日後、西日本の総統であった横山清が博文の父親の後援会の男に突然暗殺されたのである。報道によると東に亡命した小田原たちが主導したことのようだった。この事件に西日本中が大騒ぎになったが彼の死を悲しむ者などいなかった。すぐに臨時国会が開かれると満場一致で総統制と階級制度を廃止し西日本は独裁国家から民主国家となった。それ以来、西国民は平和に暮らしている。恵実が公平な裁判を受けられて子どもを産めたのも横山の死があったからであった。もし横山が生きていたら自分は処刑されていたに違いない。

恵実は博文や博文の両親が自分を救ってくれたのだと思っている。彼らがいなければ横山の死もなかっただろう。博文は自分の命と引き替えに博成を守ってくれたのだ。

「あとは東西の壁が崩壊するだけやな」

恵実はうなずいた。

「そうですね。東西の壁がなくなれば妹さんにも会えますもんね」

「そや。まだまだ時間はかかるやろけどいつか必ず会える日が来る」

本郷の言うように未だ東西が統一する兆しはないが、恵実はその日が来るのを信じている。

「ええ。必ず」

「なあそれより恵実ちゃん」

本郷は話題を変えた。

「はい」

「出所したら、ホンマに広島の実家で暮らすのか？」

「ええ、そのつもりです。家を借りるお金なんてないですからね」

そう答えると本郷は寂しそうに言った。

「そうか。そしたら頻繁に会えなくなってしまうけど、ホンマ独りで大丈夫か?」

階級制度が廃止されたので本郷は一時職を失ったが、父親の研究所と提携している高知の大学の事務員として働いている。彼曰く、この仕事も親のコネらしい。

「大丈夫ですよ」

「仕事はどないしよう。そろそろ考えていかんとな」

「本当はずっと夢だった教師をやりたいですが、博成を育てるのが最優先ですからやれる仕事は何でもやります」

「そうか。でも心配やな」

「博成のためならどんな辛いことも耐えられます。博成は自分の命よりも大切な宝物ですからね。必死に守ります」

本郷は優しい笑みを浮かべた。

「そうやな」

その後、恵実は本郷にこの二週間の出来事を訊いた。本郷は博成の二週間の様子をできるだけ細かく恵実に話す。恵実は本郷の話を嬉しそうに聞く。だが全て話しきらないうちにこの日もまた面会時間は終わってしまった。看守がやってきて、

「そろそろ時間です」

と本郷に告げた。その瞬間、本郷と恵実から笑みが消えた。

「はい。分かりました」

本郷は返事すると椅子から立ち上がった。

「ほな恵実ちゃん、また来月な。楽しみに待っといて」

本郷は言って博成を恵実に近づけた。恵実は赤ちゃん口調でバイバイと言って壁越しにキスをした。博成は意味が分からず透明の壁をバンバンと叩いた。慌てて本郷が止めた。

「こらこら博成。叩いたらあかん」

恵実はクスクスと笑った。

「ほな、行くわ」

恵実は本郷に深く頭を下げた。

「ありがとうございました」

本郷は手を上げて振り返る。

恵実は本郷の背中を見送りながら心の中で博文に話しかけた。

ヒロくん、天国から見ていますか？　博成は元気に育ってますよ。最近どんどんあなたに似てきています。私は博成の成長が嬉しくてたまりません。

私はあと半年で出所します。本当はヒロくんと博成の三人で暮らしたかったけど私はもう後ろは振り向かない。暗い顔したらヒロくんだって悲しいもんね。

正直この先、博成を育てる上でたくさんの不安があります。でも必ず博成を守る。そしてヒロくんが夢見ていた幸せな家庭にします。

本郷が面会室から出る間際、恵実は大きな声で呼んだ。

「博成！」

すると博成はこちらを向いて恵実をジッと見つめると、

「マーマー」

と言った。博成に初めてママと呼んでもらった恵実は嬉しくて一筋の涙をこぼした。

「博成……」

もう一度呼ぶと博成は無邪気な笑みを母親に見せた。

恵実はこの瞬間、生きていて良かったと改めて思い、そして博文に感謝した。

私の命を救ってくれただけでなく、最後に新たな命を残してくれて、ヒロくん本当にありがとう。どうかこの先もずっと私たちを見守っていてください。

本郷は博成の手を持って恵実にバイバイした。恵実はこのとき手を振る博成と博文が重なって見えた。

恵実は涙を拭い、笑顔を浮かべて本郷と博成に手を振った。

二十年後──

恵実が広島の実家のリビングでソファに座りながらテレビを点ける。画面には投票所に足を運ぶ大勢の人たちが映っていた。

日曜日のこの日は西日本各地で選挙が実施されている。

ただしこれは大阪府知事選挙ではない。国政選挙でも統一地方選挙でもなかった。

恵実はテレビの前で手を合わせ、祈るような想いで画面を見つめていた。

二十二年前、横山が暗殺され、民主国家に戻った西日本国だったが、その後も東日本との分裂状態が続いた。恵実は刑期を終えて無事に高知刑務所を出所したが、その状態は今現在まで続いてきたのである。西日本が開発したプラズマ爆弾の技術は小田原たちの手で東日本に流出し、武力の均衡が図られた。表向きは平和だったが、それはプラズマ爆弾による応酬（おうしゅう）を恐れて身動きできないだけだったのだ。

ところが三年前、若者を中心としたグループが結成され、事態は動き始めた。

彼らは西日本政府の弾圧をものともせず各地でデモを実施。次第に支持を広めていき、西日本全土に広がる巨大組織に成長していった。

ことあるごとに西日本各地でデモを企画し、数十万、ときには百万人を超える集会を開いてきたのだ。

その際、グループを率いる若者たちが貫いてきたのが非暴力だった。

暴力は決して解決を生まない。

お互いに向けて発射準備されているプラズマ爆弾は決して使用してはいけない。それればかりかデモを警戒する警察や自衛隊に対しても、決して力で迫らないというルールを自らに課しているという。

その姿勢が広く受け入れられた結果だった。

そして数ヶ月前、西日本全土でこれまでにない大規模デモが一斉に実施された結果、この日の〝特別選挙〟の実施が西日本政府国会で正式に決定したのである。

まもなく夜の八時を迎える。

投票が締め切られた瞬間、速報で結果が判明するだろう。

恵実は額に入れられた写真を握りながら息を詰めた。

八時を告げる時報が鳴る。

それまで流れていた情報番組が終わり、選挙特番の画面になった。次の瞬間――

『東西日本統一』

画面いっぱいに文字が躍る。

それを目にしたとたん、恵実は涙を堪えることができなかった。

あとからあとから涙が溢れてくる。

この選挙の実施はあえてこの日が選ばれた。それは唯一国境を越え、統一のために命を落とした東条博文と、元広島県知事の父・彰文夫妻の命日だった。

恵実が手にした写真に向かってつぶやく。

「ヒロちゃん、やったよ。ようやく一つになれる。これで本郷さんも妹さんに会える。離れ離れになっていたたくさんの家族がまた一緒に暮らせる……」

恵実が写真を胸に抱きながら声にならない声でつぶやく。その左手薬指には、あの日受け取った指輪が輝いていた。

「あの子、やったわ――」

テレビではアナウンサーが選挙の結果を興奮気味に伝えている。

そして画面はスタジオから歓喜に湧く西日本各地へと中継で繋いでいった。

大阪の難波では、喜びに湧く若者が道頓堀にダイブしている。名古屋の栄ではテレビ塔前の広場に集まった県民が大合唱していた。福岡中洲の繁華街では、あちこちでさっそく日の丸が掲げられている。分裂以来、掲揚を禁じられていたものだった。

徳島、松山、恵実が収監されていた高知でも、誰もが歓喜に揺れている。

そして最後に広島平和公園が映し出されると、どこよりも巨大な歓声が響いていた。

そこは統一に向けた運動のスタートの地である。

ある一人の若者が呼びかけた運動が、ついに二つの国を一つにしたのだ。

公園に集まった老若男女は百万人を超えているだろう。歓声は地響きとなってあたりにこだましていた。

その歓声が、いつしか統一運動リーダーの名前を連呼し始める。

それは公園全体へ伝播し、百万人の大合唱へと変わった。

組織の仲間たちに促されて名前の主が姿を現す。

階段を上り、デモを指揮するときに使っていた特設舞台に上がった瞬間、人々の興奮は最高潮に達した。

『ヒロナリ、ヒロナリ、ヒロナリ！』

大歓声を受けてリーダーが満面の笑顔で拳を掲げる。

そこにはあの日、恵実が博文のために贈った腕時計がはめられていた。一時没収されていたが取り戻し、形見としてずっと手元に置き続けていた。そして二十歳の誕生日に息子に譲(ゆず)ったものだった。

マスコミが彼の写真を収めようと一斉にシャッターを切る。

フラッシュの閃光(せんこう)と喝采(かっさい)に包まれたその眼には、父・博文と同じ光が輝いていた。

この物語はフィクションです。
実在する個人、組織、事件等とは一切関係ありません。

初出
「ニホンブンレツ」
単行本（書き下ろし）、二〇〇九年三月、文芸社
文庫、二〇一三年二月、文芸社文庫
スピンオフ「STAGE 0」
書き下ろし

ニホンブンレツ

二〇二〇年 九 月一〇日 初版印刷
二〇二〇年 九 月二〇日 初版発行

著 者 山田悠介（やまだゆうすけ）
発行者 小野寺優
発行所 株式会社河出書房新社
〒一五一－〇〇五一
東京都渋谷区千駄ヶ谷二－三二－二
電話〇三－三四〇四－八六一一（編集）
〇三－三四〇四－一二〇一（営業）
http://www.kawade.co.jp/

ロゴ・表紙デザイン 粟津潔
本文フォーマット 佐々木暁
本文組版 株式会社創都
印刷・製本 中央精版印刷株式会社

Printed in Japan ISBN978-4-309-41767-7

「スイッチを押すとき」
他一篇

政府が立ち上げた青少年自殺抑制プロジェクト。実験と称し自殺に追い込まれる子供たちを監視員の洋平は救えるのか。逃亡の果てに意外な真実が明らかになる。その他ホラー短篇「魔子」も文庫初収録。

「その時までサヨナラ」

ヒットメーカーが切り拓く感動大作！　列車事故で亡くなった妻が結婚指輪に託した想いとは？　感動の書き下ろしスピンオフ「その後の物語」を収録。誰もが涙した大ベストセラーの決定版。